그해 5월 1

그해 5월 1

이병주

한길사

"학자와 장군이 같은 철학을 가져야 할 때
거기에 전체주의 국가가 나타난다."

작가후기
기전체 수법으로 접근한 박정희 정권 18년사·임헌영
작가연보

이사마

20수 년 전의 일이다. 중미 과테말라에서 그런 일이 있었다.

대통령 알폰소가 그의 친위대원의 한 사람으로부터 저격을 당해 죽었다.

알폰소는 바로 이틀 전 방탄차를 구입했다. 미국 대통령도 가지고 있지 못한 어머어마한 방탄차를 링컨 콘티넨털을 만든 회사에 주문해서, 기관포의 습격을 받아도 끄떡도 하지 않을 자동차를 마련한 것이다. 그 한 대의 자동차 값이 고스란히 1백50만 달러였으니까 미루어 짐작할 만하다.

알폰소 대통령은 특히 자신의 안전 보장에 관해선 치밀한 신경을 썼던 모양으로 반경 2킬로미터 지역 내에 있는 모든 빌딩의 대통령 관저를 향한 창문은 모조리 봉쇄해버렸다. 뿐만 아니라 친위대원을 제외하곤 어떤 사람도 무기를 휴대하고는 관저에 접근하지 못하도록 엄명을 내려놓고 있었다.

주치의는 하루 세 번 알폰소를 진찰했고, 어떠한 묵자두 엄격한 검사를 받아야만 관저에 들어올 수 있었고, 음식은 역시 검사관에 의해 시식이 있은 다음에야 대통령의 식탁에 오를 수가 있었다.

이를테면 어떠한 형식, 어떠한 통로로써도 죽음이 그에게 접근할 수 없게 되어 있었던 것인데, 난데없는 곳에서 죽음이 알폰소를 찾아들었던 것이다.

박정희 대통령이 중앙정보부장 김재규가 쏜 총탄을 맞고 죽었다는 보도를 들었을 때 나는 『타임』지의 한 페이지에서 읽은 적이 있는 과테말라의 사건을 연상했다. 박정희 대통령은 '유비무환'有備無患이란 글귀를 즐겨 쓰던 어른이다. 액자에 넣은 '유비무환'이란 그 어른의 필적을 우리는 어느 관청에서나 볼 수가 있다.

유비무환이로되 죽음 앞엔 유비有備가 불가능한 것일까. 아무튼 죽음은 뜻밖인 곳에서 뜻밖인 방식으로 나타나는 것이다.

이런 감회가 그대로 꼬리를 끌고 있던 바로 그날 이사마가 나를 찾아왔다. 돌연한 방문이었다.

이사마는 대문을 들어서자 내 비좁은 뜰의 추색秋色을 점검이나 하려는 듯 뜰 가운데 서서 이곳저곳 둘러보고 있더니,

"아아, 목련이 이렇게 커버렸구나. 10년 세월의 의미가 이 목련에 있는 것 같군."

하고 아래채 2층 높이를 능가해버린 목련이 벌써 10월의 빛깔로 시들어가는 나뭇잎을 한참 동안이나 바라보며 중얼거렸다.

"나무를 심어야 하는 기라, 나무를."

그 말에 나는 아득한 옛날에 읽었던 이사마의 수필을 상기했다. 「산에 가서 나무나 심어라」라는 제목으로 된 수필을 읽었을 때의 묘한 느낌이 되살아나기도 해서,

"나무 심으란 사상은 아직도 변하지 않았구나."

하고 웃으며 나는 그의 손을 끌다시피 하여 서재로 안내했다.

그와 나는 아주 가까운 사이인데도 10년 넘어 만나지 못했으니 피차 물어야 할 일들이 많았다. 그런 얘기가 대강 끝났을 때 화제는 자연 어젯밤 있었던 사건으로 옮아갔다.

"아까운 인재가 죽었다."

는 것은 내 말이었고,

"박정희 씰 그렇게 죽게 해선 안 되는 일인데……."

5·16혁명으로 인해 인생의 방향이 엉뚱하게 바뀌어버린 이사마로선 복잡한 생각이 있어 그런 말을 했을 테지만 나는 그 말의 뜻을 굳이 캐고들려고 하지 않았다.

어떻게 해서 그런 사건이 발생할 수 있었을까 하고 이런 말 저런 말이 있었지만 막연한 추측을 넘어서는 말들이 아니었기 때문에 기록할 필요도 없다.

다음과 같은 문답이 있었다.

"이래저래 제3공화국도 끝장이 나는 모양인데, 후세 사가들의 평가는 어떻게 될까."

"백 년 후의 고등학교 역사 교과서에 한 페이지쯤 차지할까."

"백 년 후에 한 페이지면 2백 년 후엔 반 페이지?"

"3백 년 후면 서너 줄?"

"천 년 후면 흔적도 없어질까?"

"아냐, 어젯밤의 사건 때문에 길이 기록엔 남을 거야."

이어 역사란 무엇이냐 하는 문제로 화제가 번졌다.

"무의미한 흐름 같으면서도 의미가 있는 것이 역사가 아닐까."

한 것은 나였고,

"억지로 역사에서 의미를 찾으려고 하면 되레 역사를 잘못 보게 될 염려가 있다."

며 이사마는,

　"하나의 인물, 하나의 사건으로 세상이 온통 뒤바뀌게 된다면 역사
는 우연의 연속이랄 수밖에 없지 않은가."

하고 나폴레옹을 예로 들었다.

　"나폴레옹이 코르시카의 아작시오란 마을에서 탄생한 것은 1769년
8월 15일, 공교롭게 8·15가 돼서 날짜를 외고 있는 것이지만. 그런데 바
로 전년 1768년 5월에 루이 15세가 제노아 공국으로부터 코르시카를
사들여, 프랑스령으로서의 선포를 한 것이 1768년의 8월 15일이지.

　루이 15세가 무엇 때문에 수백만 프랑이나 주고, 특별한 생산품도 없
고 복잡한 문제만 안고 있는 코르시카를 샀겠느냐 말이다. 이유는 단
한 가지, 당시의 재무대신이 제노아 공국으로부터 뇌물을 먹은 거라.
제노아 공국으로선 코르시카는 골칫거리였거든. 세금을 낼 생각은 안
하고 독립투쟁만 하고 있었으니 말야. 그렇다고 해서 그냥 내버리는 것
도 뭣하고 해서 프랑스의 재무대신에게 뇌물을 주고 꼬신 거지. 말하자
면 뇌물을 주고 뇌물을 먹고 한 수작이 없었더라면 코르시카는 제노아
의 영토로 남아 있었을 것이고, 그랬더라면 나폴레옹이 프랑스의 국적
을 갖게 될 리가 만무했을 것이고, 그랬더라면 나폴레옹과 프랑스 혁명
과는 무관한 것으로 되어 나폴레옹 황제가 나타날 까닭도 없으니 유럽
은 오늘의 유럽과 전연 달라 있었을 것 아닌가. 말하자면 오늘의 유럽
이 있는 것은 루이 15세의 재무대신이 제노아로부터 뇌물을 먹은 그 행
동에 근거가 있다는 얘기야. 이게 우연이 아니고 뭔가."

　나폴레옹의 얘기가 나오면 나는 그의 적수가 아니다. 잠자코 귀를 기
울일 수밖에 없다.

"나는 최근 프랑수아 비고 르슝이란 사람이 쓴 『나폴레옹 전선 종군기』란 책을 입수했어. 놀라지 마. 필자는 45년 동안 군에 복무하며 70여 전투에 참가한 사람이야. 그 기록 속에 나오는 나폴레옹은 전연 인상이 달라. 영웅 나폴레옹이 아니라, 어쩌다 영광의 대좌에 올라버린 나폴레옹이었어. 그런데, 나도 그 점이 소중하다고 생각해. 별 볼일 없는 것 같은 사람이 어쩌다 풍운을 타고 영웅 나폴레옹이 되었다는 그 사실, 거게 인간사가 있어. 나는 르슝의 기록을 전부 그대로 믿는 것은 아니지만 종래 유포되고 있는 나폴레옹상이 허상이었다는 것만은 알았어. 그런 사실로 해서 르슝의 기록은 가치가 있다고 생각해."

하고 그는 르슝의 기록 속의 얘기를 몇 개 들먹였다.

"그러나 종래 유포되고 있는 것이 나폴레옹의 허상이라고 하더라도 그가 프랑스 황제였다는 것은 사실이고 지금 파리의 앵발리드에 어떤 제왕도 모방할 수 없는 호화스런 무덤 속에서 잠들어 있지 않은가."

기껏 내가 해본 소리에, 이사마는 그 말이 픽이나 마음에 들었던 모양으로 외치듯 말했다.

"바로 그거라니까. 일단 허상이 정립되고 나면 어떠한 진실을 갖고도 그 허상을 파괴할 수가 없어. 그러니까 서둘러야 하는 거라."

나는 그의 말뜻을 단번에 알아차렸다.

"그래, 자네 제3공화국의 역사를 쓸 작정이군."

"역사를 쓰다니, 역사를 쓰기엔 시간적인 거리가 아직 일러. 다만 나는 허상이 정립되지 않도록 후세의 사가를 위해 구체적인 기록을 정리해볼 작정이야."

하고 그는,

"그러려면 자네의 도움이 필요해."

라고 했다.

"내가 도움이 될 게 있을까?"

나는 일단 사양했다.

"아냐, 기록의 공정을 기하기 위해선 자네의 의견이 있어야 해. 이렇게도 저렇게도 해석할 수 있는 경우엔 나는 그 모든 의견과 해석을 망라할 참이니까."

나는 이사마의 집념을 알고 있었기 때문에 가능한 한 협력을 아끼지 않겠다고 약속했다.

이사마는 후일 구체적인 계획을 만들어 다시 찾겠다는 말을 남겨놓고 그날은 그냥 돌아갔다.

이윽고 그와의 공동작업이 시작되었는데, 그 작업의 과정을 말하기에 앞서 이사마란 인간을 미리 소개해둘 필요를 느낀다.

그는 30대에 이미 출중한 논객이었다. 35세에 K신문사의 주필 겸 편집국장으로 있으면서 백만 독자의 경애를 한 몸에 모으기도 했었다. 그의 논객으로서의 일면을 보여줄 겸, 아까 들먹인 적이 있는 「산에 가서 나무나 심어라」라는 수필을 인용해보고자 한다.

─장안에 남아가 있어, 나이 20에 마음은 이미 썩었다.

당대唐代의 귀재 이하李賀의 「증진상」贈陣商이란 시 가운데의 일절이다. 이 시에 덧없는 공감을 가진 20대를 지금 회상해본다.

제2차 세계대전 말기, 각박한 세정 속에서 우리 연배는 우리의 젊음을 감당할 수가 없었다. 희망은 애매하고 공포는 확실했다. 우리는 50세가 넘은 사람 이상으로 지쳤다. 그래서 첫머리의 시구를 이어받은 다음과 같은 일절이 더욱 절실했던 것이다.

―지금 길은 막혔는데, 하필이면 백수白首가 되길 기다려 뭣할까.

이하의 시에 가슴을 설렌 지 어언 20여 년 가까운 세월이 흘렀다. 확인한 것은 우리에겐 청춘이 없었다는 사실이다. 청춘은 동경이었고 회상이었다.

이제 40의 고개를 넘으려는 고비에 와서 나는 청춘을 모방해보려는 것이다. 모방하려고 몸부림친 나머지 영원히 젊은 마음이 늙어가는 육체에 깃든 비극을 발굴하고 아연할 뿐이다.

이미 썩었다고 생각한 20대의 마음은, 지금에 와서 생각해보니 하잘것없는 센티멘털리즘이었다. 말하자면 청소년 때는 노인의 심사를 모방하고, 노년에 이르러선 청춘의 마음을 기탁하는 데 우리의 불행이 있다. 그런데 묘한 일이 있다. 인간은 좋건 나쁘건, 밉든 곱든, 자기 나이를 중심으로 인생을 율律하고 세상을 대한다.

공간적으로 자기가 밟고 선 땅이 곧 지구의 중심이라고 생각하는 사고의 타성과 아울러, 인간은 취약하기 짝이 없는 스스로의 삶을 반석 위에 세워진 궁전처럼 착각하고 산다. 그러니 나의 연령에 관한 견식을 말하려고 하면 부득이 그것에 관한 나의 착각을 말하는 셈으로 된다.

공자의 유명한 연령관은 15에 지학하고, 30에 이립하고, 40에 불혹하고, 50에 지천명하고, 60에 이순해, 70엔 마음이 원하는 대로 행동해도 어긋남이 없는 것으로 되어 있다.

지성至聖의 말꼬리를 잡고 시비를 거는 것은 죄송한 일이지만 냉정하게 평해서 공자의 이 말엔 다분히 쇼맨십이 있지 않을까 한다.

대체 마음이 원하는 대로 해도 어긋남이 없는 정도가 아니고서는 이순도, 지천명도, 불혹도 있을 수 없는 것이라면, 어찌 불혹함이 없이 입立할 수가 있겠는가 말이다.

그러나 공자의 시대엔 연령의 순에 따라 인생의 각 시기를 의미적으로 구분할 수 있었던가 하는 시사는 된다. 그만큼 가치가 안정되어 있었다는 뜻으로도 통한다.

오늘날처럼 가치가 혼란해 있는 상황으로선 인생 각 시기의 의미적 구분 자체가 무의미하다. 결국 우리는 우리의 연령을 정서적으로 밖엔 파악할 수가 없다. 그리고 육체의 노쇠와 싸워 이길 마음의 젊음을 어떻게 유지해야 할 것인가의 이법을 체득할밖엔 없다.

내 마음으로 말한다면 나는 내 나이를 먹어 없앨 작정이다.

지금 내 나이가 40이라면 내년에 한 살을 먹어 없애 39세가 되고, 그 다음해 또 먹어 없애 38세가 되어 나이 영세零歲가 되도록 청년과 소년을 향해 역코스를 걷겠다는 얘기다.

과연 내 나이 영세가 되도록 내게 세월이 허용될 것인지는 천명에 맡기기로 하고 그저 오늘을 충실히 살아보겠다고 다짐하는 것인데, 이 말을 친구에게 했더니 그 친구의 반응은 이랬다.

"너도 늙었구나."

그리고 덧붙인 말이 있었다.

"하루하루를 살며 이 세상에 아름다움을 보태든지, 어떤 가치를 생산하지 못하는 인간은 오래 살수록 자기를 독毒하고 주위에 해독을 끼칠 뿐이다. 엉뚱한 생각일랑 아예 말고 산에 가서 나무나 심어라!"

산에 가서 나무나 심어라!

나는 대단한 진리를 얻은 것 같은 감동을 얻었다. 40의 고갯길에 섰다고 해서 갈팡질팡하게 된 내 자신이 부끄럽게만 여겨졌다. 모든 것은 미망으로 돌리고 산에 가서 나무나 심을까.

그러나 「증진상」의 마지막 구절을 생략해버릴 순 없다.

天眼何時開 천안하시개
古劍庸一吼 고검용일후

풀이하면 "만사가 똑바로 보이도록 하늘의 눈이 뜨일 때가 언제일까. 그런 때가 오면 이미 낡은 칼처럼 된 나도 한번 큰소리를 쳐볼 수 있을 텐데……" 하는 말이다.

그런데 나에겐 비록 그런 때가 온다고 해도 큰소리를 칠 건덕지가 없다. 산에 가서 나무나 심으라고 할 이상의 말이 어디에 있겠는가 …….

이 수필을 썼을 무렵의 이사마는 열렬한 연애 중에 있었다. 아까 묘한 느낌을 얻었다고 한 것은 그 때문이다. 20세 연하의 여성을 사랑하게 되었기 때문에 나이에 관한 콤플렉스가 두드러져 있었던 것이다. 그 연애와 그후 이사마의 동향과는 밀접한 관계가 있기도 하지만 그 사연은 우선 다음으로 미루기로 하고…….

사마는 그의 본명이 아니다. 그는 어떤 시기부터 본명을 묻어버리고 이사마라는 이름으로 살기를 발심했다.

사마라고 하면 누구이건 연상하는 사람이 있을 것이다. 사마천이란 사람. 한나라의 사관, 『사기』의 저자.

이사마는 사마천의 성을 따서 스스로 그렇게 명명했다. 명명했을 뿐만 아니라 사마천의 집념을 배우려고 했다. 사마천과 같은 기록자가 되려고 했다. 그리하여 그의 일체의 다른 가능을 봉해버리고 20세기 한국의 사마천으로 되려고 스스로 맹세한 것이다.

어떻게 해서 무슨 까닭으로 그가 사마천의 집념을 닮으려고 했던가. 그 사연만으로도 한 권의 스토리가 엮일 수 있다. 그러기에 앞서 사마천의 생애를 대강이나마 설명해둘 필요를 느낀다. 닮고자 하는 사람을 설명하기 위해선 그 원형을 제시해놓아야 하기 때문이다.

옛날 중국엔 다섯 가지의 형벌이 있었다. 사형, 궁형, 단족형, 비절형, 입묵형. 사형은 죽이는 것이고, 단족형은 발을 자르는 것이고, 비절형은 코를 베는 것이고, 입묵형은 얼굴이나 몸뚱어리에 먹을 넣어 무슨 표를 하는 것을 말한다. 이 가운데 궁형은 부형腐刑이라고도 하는데, 남자의 생식기를 잘라버리는 형벌이다. 궁형은 사형 다음의 형벌이라고 되어 있지만 생각하기에 따라선 사형보다도 더 가혹한, 사내로서는 참기 어려운 수치스런 형벌이다.

사마천은 한무제의 명령으로 궁형을 받은 사람이다. 38세 때의 일이다.

이사마는 이 대목을 얘기했을 적 내게 물었다.

"자넨 자지를 끊기고도 살 생각이 나겠는가."

그때 나는 얼굴을 붉혔을 뿐 대답하진 않았다. 상상도 못할 일이었기 때문이다.

도대체 무슨 죄를 지었길래 사마천이 그런 가혹한 형벌을 받았을까. 이사마는 일단 다음과 같이 말했다.

"누구보다도 인간답게 행동했기 때문이다. 억울한 친구를 구하기 위해서 구명운동을 한 것이 원인이었다. 누구보다도 인간답게 행동한 사람이 가장 비인도적인 박해를 받았다는 사실, 이것이 중요하다."

사마천의 친구에 이릉李陵이란 장군이 있었다. 이 장군이 흉노에게 항복했다. 조정은 발칵 뒤집혔다. 궐석재판으로 이릉을 처단하고 그의 가족을 몰살해야 한다는 의견이 압도적이었다. 당시의 황제 무제도 밥맛을 잃을 정도로 낙담해 그 의견에 따르려는 기맥을 보였다. 이때 사마천이 이릉을 그렇게 처리해선 안 된다고 무제에게 아뢰었다. 무제는 노발대발 사마천을 하옥시키고 드디어는 궁형에 처했다.

"그간의 사정을 잘 밝힌 것이 사마천의 임안任安에게 보낸 답서이다. 임안은 반역죄에 몰려 감옥에 있었는데, 감옥에 가기 전에 사마천에게 쓴 편지가 있었다. 그 편지에 대한 답장이 「임안에 보報하는 서」이다. 이 편지를 읽고 눈물을 흘리지 않는 사람은 아마 없을 것이다."

하고 권하는 바람에 나는 사마천의 그 편지를 읽었다. 사마천의 면목을 전하는 것이기 때문에 다음에 옮겨본다.

—사마천 재배하고 몇 자 올립니다. 소경少卿(임안의 자)의 편지를 받았습니다. 편지에 이르길, 사람과의 교제를 삼가고 현사를 추천하길 힘쓰라고 했습니다만, 귀하께선 내가 귀하의 충고를 무시해 일반 도배의 말과 같이 취급하고 있다고 생각하고 계시는 것 같은데, 내 마음은 전연 그렇지가 않습니다. 나는 형편없는 놈입니다만 그래도 장자長者의 유풍쯤은 들어서 알고 있습니다. 그러나 조용히 생각해보건대 나는 형여刑餘의 슬픈 신세입니다. 사소한 일로 비난의 대상이 되고 좋은 일을 한다는 것이 나쁜 결과를 가져오는 처지에 있습니다. 때문에 맘동무도 없이 욱적한 기분으로 그날그날을 지내고 있습니다. 속담에도 이런 말이 있지 않습니까. 누구를 위해 이 일을 할까, 누구에게 이 말을 들려드릴까. 종자기鍾子期가 죽자 백아伯牙는

평생 거문고를 켜지 않았습니다. 선비는 자기를 아는 사람을 위해서 노력을 하고, 여자는 자기를 좋아하는 사람을 위해 몸치장을 한다는 말도 있지 않습니까. 나는 육체적으로 이미 병신입니다. 가령 수후隨侯의 주珠, 화씨和氏의 벽璧 같은 재능을 갖고 허유許由·백이伯夷처럼 고상한 행동을 한다고 해도 영예를 얻기는커녕 되레 비웃음을 받아 스스로를 더욱 욕되게 하는 것이 고작일 것입니다. 빨리 답장을 쓸 작징이었습니다만 번거로운 일에 사로잡혀 뜻대로 못하고 있었는데, 귀하께선 뜻밖인 죄에 몰려 하옥되신 지가 벌써 수 개월, 판결이 내릴 시기도 가까워지려고 하고 있어, 언제 귀하에게 죽음이 닥칠지도 모르는 지금, 이대로 내 마음을 피력하지도 못하고 끝난다면 세상을 떠난 귀하의 혼백이 길이 원망할 것이 아니겠습니까. 그래서 내 가슴속에 있는 생각을 전하려고 합니다. 오랫동안 답장 드리지 못한 점 너그럽게 용서해주옵소서.

수신修身은 지혜의 징표이며, 호시好施는 인의 시작이며, 취여取與는 의의 표현이며, 치욕恥辱은 용기가 결정할 바이며, 이름을 높이는 것은 행위의 궁극적인 목표라고 듣고 있습니다. 선비 된 자, 이 다섯 가지의 영예가 있고서야 비로소 세간에 나가 군자의 숲 속에 참여할 수가 있는 것입니다. 그런 까닭에 이욕에 눈이 먼 것처럼 안타까운 화가 없고, 마음을 상하는 이상으로 고통스러운 슬픔은 없고, 선조를 욕되게 하는 것처럼 추한 행동은 없고, 궁형 이상의 치욕은 없는 것입니다. 형여의 인간을 천하게 여기는 것은 옛날부터의 일이고 오늘 시작한 일은 아닙니다. ……지금 조정에 인재가 부족하다고 하지만 형벌을 받은 사나이의 추천을 받아 인재를 등용할 필요까진 없을 것으로 압니다.

나는 부업父業을 이어 천자를 모신 지 수십여 년이 되었습니다. 부끄러운 일이지만 나는 상上에 충신을 다해 명주明主의 신임을 받지도 못하고, 안으로 버린 것을 줍고 모자라는 것을 보충해 현자를 초빙하고 능자를 추천해 숨은 인재들을 현창하지도 못하고, 밖으로 군려軍旅를 따라 공성야전攻城野戰해 공을 세울 수도 없고, 아래에 대해선 높은 지위, 많은 봉록을 얻어 친족과 교유하는 보람을 누릴 수도 없습니다. 이러한 자가 억지로 자신을 나타내려고 해보았자 아무것도 되지 않는다는 건 뻔한 일 아니겠습니까. 그래도 한동안은 나도 사대부의 말석을 차지한 적이 있었습니다만 판단이 명확하지 못하고 사려가 부족해서 이렇다 할 일을 하지 못했는데, 하물며 지금 육체 불구자로서 노예의 처지가 되어 더럽혀질 대로 더럽혀진 꼴을 하고 고개를 들어 정색을 하고 외람되게도 시비를 논하려고 든다면 그야말로 조정을 업신여기고 당대의 선비들을 모욕하는 짓으로 되지 않겠습니까. 오호라, 나 같은 자, 무슨 할 말을 가졌겠습니까 ⋯⋯.

나는 이릉과 더불어 같은 문하에 있긴 했습니다만 그다지 친한 사이는 아니었습니다. 행동도 각각 달라, 주석에 어울려 술잔을 들고 서로의 우정을 가꾸는 일도 없었습니다. 그러나 내가 그의 인품을 관찰하건대 그는 나면서부터 기특한 사람입니다. 부모를 받드는 데 효, 선비와 사귀는 데 신, 재물에 대해선 청렴, 취하고 주는 데 있어선 의, 어떤 경우라도 친구에게 양보해 공검했으며 겸손했습니다. 언제나 분발해 자신의 몸을 돌보지 않고 나라의 위급이 있으면 순국하려는 정성이 그의 흉중에 축적되어 있었습니다. 이릉에겐 국사國士의 풍이 있다고 나는 보았습니다. 인신人臣 된 자 만사萬死를 무릅쓰고 자기 자신을 돌보지 않고 국가의 난을 구하려 한다면 그것만으로도 기특하다고 해야 옳지 않겠습니까. 그런데, 그가 한 번 실수를 했다고 해서, 일신의 안전만을 생각하고 처자를 편안하게 거느리고 있는 관리들이 그의 잘못을 추궁해 죄인으로 만들려고 했을 때 내 마음은 실로 견딜 수 없을 만큼 슬펐습니다. 이릉은 3천에 미달하는 보병을 이끌고 흉노융마匈奴戎馬의 땅 깊숙이 진입해 선우禪于의 왕정王庭을 짓밟고, 먹이를 호구虎口에 디밀어 과감히 강적호병强敵胡兵의 수만 군사를 요격해 선우와 싸우길 10여 일, 적의 사자는 우리의 사자보다 훨씬 많아 적들은 공포에 떨었습니다. 이에 적들은 좌우현왕左右賢王을 남김없이 징집하고 강궁선사强弓善射하는 자를 총동원해 일국일단一國一團이 되어 이릉을 포위·공격했던 것입니다. 전전천리轉戰千里 이릉의 군대는 시진도궁矢盡道窮했는데도 원군은 도착하지 않고 사졸들은 사상자가 속출했습니다. 그래도 이릉의 한마디가 있으면 사졸들은 하나 빠짐없이 몸을 일으켜 눈물과 피를 닦고 공궁空弓을 겨누어 백인白刃을 무릅쓰고 사력을 다해 싸웠던 것입니다.

이릉이 흉노에 항복하지 않았던 동안엔 그로부터 보고의 사자가 있으면 나라의 공경 왕후들은 모두들 축배를 올리고 기뻐했습니다. 그러다가 수일 후 이릉이 패전했다는 소식이 들리자 천자는 식욕을 잃을 정도로 낙담하고 대신들은 어쩔 줄을 몰라 했습니다. 이에 나는 비천한 몸을 돌보지 않고 천자의 비탄을 차마 볼 수가 없어, 내 충직한 의견을 개진하려 했던 것입니다. 즉 이릉은 병졸들과 간고를 같이 하고 기쁨을 같이 나눠 그들로 하여금 사력을 다하게 했습니다. 이점 옛날의 명장에 비해 조금도 손색이 없었습니다. 이릉의 몸은 패배·항복했다고 하지만 그 진의는 언젠간 한나라를 위해 보답함이 있을 것으로 기약하고 있을 것입니다. 이제 와서 어떻게 하겠습니까. 그의 실패는 묻지를 말고 그의 흉노 격파의 공을 크게 현창하는 것이 좋을 것입니다. ……마침 소문召問을 받은 기회가 있어, 이상과 같은 뜻으로 이릉의 공적을 들먹여 천자의 마음을 넓히고, 군신의 편찬을 완화하려고 했던 것인데, 내 본심을 몰라주고 나를 옥관에게 넘겼습니다. 결국 상을 업신여겼다는 중리의 판결이 있었습니다. 집안이 가난해 재산으로써 속죄할 수도 없고, 친근자 가운데 나를 도우려 하는 자도 없고, 좌우 친구들도 한마디 나를 위해 변호해주지 않았습니다. 낸들 목석이 아닙니다. 깊은 감방에 유폐되어 형리들의 감시를 받고 있는, 어느 누구에게도 호소할 길이 없는 슬픔과 고통, 지금 귀하께서 겪고 있는 그대로입니다. 내 운명도 귀하와 동일했던 것입니다. 이릉은 살아 있는 채 흉노에 항복해 가명家名을 더럽혔고, 나는 또한 잠실蠶室의 몸이 되어 천하의 웃음거리가 되었습니다(자지를 끊은 후, 상처가 아물 때까지 누에똥으로 찜질하게 되어 있었다). 슬프고도 슬픈 이 사정을 누가 알아주기라도 하겠습니까.

내 아버지는 부부단서剖符丹書를 받을 만한 공적도 없는 단지 문사성력文史星曆을 주관하는 자이므로 그 아들인 내가 주살당했다고 해도 구우가 일모를 잃는 격밖엔 안 될 것이며 버러지가 죽는 거나 다를 바가 없을 겁니다. 세상 사람들은 내가 절의를 위해 죽었다고는 생각하지 않고, 지혜에 궁하고 죄에 강박되어 이러지도 저러지도 못해 드디어 죽었다고 생각할 것입니다. 이게 바로 내 처지입니다. 죽으려고 해도 죽지 못할 처지란 말입니다. 이것도 오로지 내 자신이 탓이니 누굴 원망하겠습니까.

죽음은 하나입니다. 그런데 그 죽음은 어느 때는 태산보다도 무겁고 어느 때는 홍모鴻毛보다도 가벼운 것입니다. 그건 죽음의 용도가 다르기 때문입니다. 선비의 행위엔 갖가지가 있습니다. 조선祖先을 욕되게 안 하는 일, 스스로를 욕되게 안 하는 일, 도리를 욕되게 안 하는 일, 말을 욕되게 안 하는 일 등이 있는데, 신체를 부자유스럽게 하는 욕을 당하는 일, 죄수의 옷을 입는 욕을 당하는 일, 머리를 깎이고 목에 철퇴를 둘러 욕을 당하는 일, 가죽을 벗기고 수족을 잘리는 욕을 당하는 일, 그리고 최하등의 부형 등은 치욕의 극치입니다. 『예기』엔 '대부에겐 형을 가하지 않는다.'고 되어 있습니다. 이것은 사대부를 천하의 의표로 인정하고 선비 된 자의 도를 엄격하게 여행勵行할 것을 가르친 것입니다. 그러나 사태는 이처럼 간단한 것이 아닙니다.

맹호가 심산에 있을 땐 백수가 겁내어 몸을 떱니다. 그러나 함정에 빠져 우리에 갇히면 맹호도 꼬리를 치며 먹이를 구걸합니다. 하물며 수가족가手枷足枷를 차고 살을 드러내어 매질을 당하고, 옥리를 보면 땅에 닿도록 머리를 숙이고, 사환과 인부의 모습만 보아도 가슴이 철렁합니다. 그러면서도 스스로 욕되지 않았다고 하는 것은 괜한 소리에 불과합니다.

그 옛날 주나라의 서백, 즉 문왕은 구주九洲의 장인 백伯의 지위에 있으면서도 폐소에 갇힌 바 있었고, 이사는 진나라의 재상이면서도 5종의 형을 골고루 받았고, 팽월·장오는 왕을 칭하면서도 감옥 신세를 졌고, 강후주발은 한가漢家의 원수인 여씨일족을 주멸해 권세 비견할 바 못되는 몸이면서도 심문실에 들었고, 의기는 대장의 신분으로 죄인의 옷을 입었고, 임협任俠으로 유명한 계포는 종놈으로 팔렸으며, 무용의 장군 관부도 하옥되어 욕을 당했습니다. 이 모두 위位는

24

장상에 있고 그 이름을 널리 떨친 사람들입니다. 그런데 그들은 죄에 몰려 갖가지 치욕을 받으면서도 자살하지 않고 진애 속에서 생명을 이어갔습니다. 요컨대 용감과 비겁은 때의 세에 따르는 것이며, 강하고 약하고는 때의 흐름을 말하는 것뿐입니다. 사람 된 자 형벌을 받기 전에 자살하지 못하고, 형틀 아래 놓이고 나서 절의를 다하려고 해보았자 되는 일이 아닙니다.

생명 탐하고 죽음을 싫어하고 처자와 친척을 생각하지 않는 자가 없을 겁니다. 이것이 인정이긴 합니다만 일단 의분심이 끓어오르면 그렇지도 않게 되는 것은 실로 어쩔 수 없는 경우라고 하겠습니다. 나는 불행하게도 양친을 일찍 여의고 서로 도울 형제도 없는 독신고립의 상태였습니다. 평소의 나를 알고 있는 귀하께선 내가 처자를 위해 이렇게 존명하고 있다고는 생각하시지 않을 것입니다. 용기 있는 자라고 해서 반드시 절의에 죽는 것도 아니며, 비겁자도 어쩌다 의분에 이끌려 스스로 명을 끊는 경우도 있습니다. 나는 죽기를 두려워하는 비겁자이긴 합니다만 그래도 다소의 도리는 알고 있습니다. 죄와 욕을 받으면서도 이렇게 살고 있는 것이 내 본의가 아니란 것쯤은 알고 계실 줄 믿습니다. 노예와 노비도 자살하는 경우가 있습니다. 그런데 진퇴가 궁한 내가 어찌 자살하지 못할 까닭이 있었겠습니까. 은인해 살며 분토에 유폐되어 있으면서도 참고 견디는 것은 내 소원이 이루어지지 않은 채 내 문장이 후세에 전해지지 않을까 하는 두려움 때문입니다.

고래로 부귀한 사람으로서 그 이름이 마멸된 사례는 이루 헤아릴 수가 없을 정도로 많습니다. 그러나 탁이비상卓異非常한 인물만은 그 이름을 후세에 전하고 있습니다. 주나라 문왕은 유폐된 몸으로서

『주역』을 만들었고, 공자는 액을 만나 『춘추』를 만들었고, 좌구명은 실명한 연후 「주어」周語를 만들었고, 손자는 양다리를 끊긴 후 『병법』을 완성했으며, 여불위는 촉나라에 유배되어 『여람』을 만들었고, 한비는 진나라에 붙들렸기 때문에 「세난」說難, 「고분」孤憤을 펴냈습니다. 시 3백 편도 성현들이 발분해 만든 것입니다. 이 모두 맺힌 마음이 풀어지지 않고, 마음을 통할 수가 없었기 때문에 지난 일들을 적어 다음 세대의 사람들에게 알리려고 했던 것입니다.

나도 외람되게 천하에 산일되어 있는 유문을 모아 그 사실의 대강을 연구해 그 시종을 통합하고 성패흥괴成敗興壞의 이리를 규명해서, 상고로부터 현재에 이르기까지를 「표」 10, 「본기」 12, 「서」 8장, 「세가」 30, 「열전」 70, 합계 1백30편으로 만들어 천인지제天人之際를 밝히고 고금지변古今之變을 통해 일가지언一家之言을 이루고자 기도했던 것입니다.

그런데 이 사업이 미완성으로 있는 가운데 이릉의 화를 당했습니다. 이걸 미완성으로 둔다는 건 참지 못할 짓이었습니다. 그 때문에 극형을 받으면서도 나는 노색을 나타내지 않았습니다. 내가 만일 이 책을 완성해 내 뜻을 수도 장안을 비롯해 천하 방방곡곡에 알릴 수만 있다면 내가 여태껏 받아온 치욕은 보상되는 것으로 될 것이며 앞으로 만번 형륙을 당한다고 해도 뉘우칠 것이 없다고 생각한 것입니다.

그러나 이러한 말을 귀하와 같은 지자에게나 할 수 있을까 누구에게 하겠습니까. ……나는 입으로 만든 화로써 이런 꼴을 당하고 있는데, 이 위에 다시 향리 사람들의 웃음거리가 되어 조상을 욕하는 일이 거듭된다면 나는 조상의 묘에 참배할 수도 없게 되어 백세에 걸쳐 그 치욕을 씻지 못할 것이 아닐까 합니다. 그 때문에 나는 하루 동안에도 아홉 번 장이 뒤틀리는 고통으로 집에 있으면 망연자실 얼빠진 사람 같고 바깥에 나가면 어디를 가야 할지 분간 못할 때가 있습니다. 하여간 이 치욕을 생각할 적마다 냉한삼두, 등의 땀이 옷을 적시는 형편입니다.

내 신분이 조정에 있는 이상 지금 와서 깊은 동굴에 숨어 있을 수도 없습니다. 그저 동료와 더불어 적당하게 지내며 부침부앙浮沈府仰, 선을 알고도 행할 생각을 않고, 악인 줄 알면서도 고칠 생각을 않고 무사주의로만 나가고 있습니다. 그러고 있는 차인데, 귀하로부터 현자사인賢者士人을 천거하라는 말씀이 있었습니다. 그런데 그 충고는 현재의 나완 너무나 어긋난 얘기가 되는 것이 아니겠습니까. 현재의 나는 아무리 좋은 말을 해보았자 누구의 도움도 되지 않을 것이고, 누구도 믿어주지 않을 것이고, 치욕만 더할 뿐인 것이 명백합니다. 요컨대 죽은 연후에야 일의 시비는 판정이 날 것이라고 믿습니다. 서면으로써 뜻을 다하지 못하겠습니다만 내 가슴에 있는 생각을 대강 말씀 드려본 것입니다.

재배 돈수.

나는 이 편지를 읽고 느낀 충격을 어제 일처럼 기억하고 있다. 2천 년의 세월을 한꺼번에 뛰어넘어 가슴에 와닿는 인간의 슬픔이란 것, 그 슬픔의 깊이라는 것에 새삼스럽게 눈이 뜨이는 기분이었던 것이다.

그러나 내가 이 편지를 읽고 느낀 충격 따위는 문제가 아니다. 이사마는 이것을 옥중에서 읽었다. 이사마는 이 편지를 읽고 2천 년 저편의 사마천과 자기가 동일한 운명에 있다는 것을 느꼈다. 그때부터 이사마는 사마천에게 경도했다. 옥중에서의 생활 대부분을 읽는 데 소비했다.

"이 편지엔 세 사람의 운명이 새겨져 있다."

고 하고 이사마는 다음과 같이 풀이했다.

"쓴 사마천의 운명은 물론이고, 이릉의 운명, 임안의 운명. 이릉은 당시 흉노의 땅 호지胡地에서 산송장이 되어 있었다. 그때의 이릉의 심정을 담은 것으로선 소무蘇武라는 친구에게 보낸 편지가 있다. 이릉의 심징은 정치적으로도 윤리적으로도 비장하기 짝이 없었다. 그 편지엔 '상거만리相去萬里 인절로수人絶路殊, 살아선 별세別世의 사람으로 되고, 죽어선 이역의 귀신이 된다.'는 말이 있다. 사마천은 이릉을 관대하게 처우함으로써 이릉의 마음속에 조국을 남겨주고 싶어했다. 그의 공만 찬양하고 비非를 묻지 않으면 이릉이 어떻게 해서든 탈출로를 찾아 다시 한나라로 들어올 수 있을 것이라고 생각했고, 그러지 못하더라도 그 땅에서 한나라를 위해 무언가 할 수 있을 것이라고 믿었다. 사마천은 이릉의 인물을 그처럼 아꼈다. 그만한 인물에게 대한 아량은 나라의 인재를 키우는 데 있어서도 도움이 된다고도 믿었다. 이처럼 사심 없이 나라를 아끼고 인물을 아낀 사마천을 무제는 극형에 처하고 말았던 것이니 처참하지 않은가. 이 편지의 상대자 임안도 대단한 인물이었던 모양이다. 무제의 정화 2년 여태자가 반란을 일으켰을 때 병을 이끌고 가담한 사람이다. 사마천이 이 편지를 쓰고 있을 무렵엔 체포되어 옥중에서 사형을 기다리고 있었다. 말하자면 이 편지엔 이미 산송장이 되어버린 두 사나이와 죽음을 기다리고 있는 한 사나이의 원념이 서려 있다. 이 편지가 뿜어내는 살기가 바로 그것이다. 나는 이 편지가 산일되지 않고 2천 년을 살아남아 우리의 눈앞에 있다는 기적도 그 원념 때문이 아닌가 한다."

자지가 끊긴 사나이가 인적을 멀리한 골방에 들어앉아 희미한 불빛 아래 한자 한자 역사를 쓰고 있는 광경을 상상하면 귀기가 닥치는 것 같다.

중서령인가 하는 직책에 있었으니까 낮엔 관청에 나가 있었을 것이고 집필은 주로 밤에 했을 것이다.

그런데 당시엔 글을 쓴다고 하는 행위 자체가 오늘날 종이에 펜으로 쓰는 것처럼 수월한 일이 아니다. 사마천이 살고 있던 2천 년 전엔 종이란 게 없었다. 죽간에 썼다.

죽간이란 대를 넓게 깎은 것을 말한다.

이사마의 표현을 빌리자면,

"봉두구면, 피골은 상접해 도깨비 같은 형상이었을 것이다. 그런 몰골을 하고 상고 이래의 사적을 뒤져 한무제에 이르기까지의 역사를 대쪽에 써넣고 있는 상황을 상상해볼 필요가 있다. 그것은 이미 사람이 아니고 집념의 화신이다. 그는 글을 쓰고 있는 것이 아니라 원념을 새겨 넣고 있었던 것이다."

이렇게 사마천은 자지가 끊기고 나서도 8년 동안 그 일에 몰두했다.

그는 죽간에 두 벌을 썼다. 한 벌은 태산에 묻고 한 벌은 궁중에 바쳤다.

무제는 자기의 치적이 기록된 부분을 보고 대로해 그 죽간을 팽개치며 불살라버리라고 호통을 쳤다.

"그놈을 당장 잡아 가두어 목을 치라."

고까지 격분했다.

그러나 이미 자지까지 끊어놓은 사마천을 다시 형장에 끌어낼 수 없었던지 관직을 삭탈하는 것으로써 그쳤다.

궁중으로 들어간 것은 그런 사정으로 해서 없어져버렸지만 태산에 묻어놓은 것은 살아남았다. 그것이 오늘날 전해져 이사마의 심금을 울리게 된 『사기』인 것이다.

무제가 어떻게 해서 사마천의 『사기』를 읽고 그처럼 진노했는가는 「무제본기」를 보면 당장 짐작할 수가 있다.

사마천의 기록에 의하면 무제는 정사엔 마음이 없고 신선술과 방술, 복술에만 미쳐 있는 사람으로 나타나 있다. 아니, 무제에 관한 기록 전체가 점쟁이에게 휘둘리는 무제의 광태인 것이다.

예컨대 다음과 같은 기록들이 있다.

—이때 천자(무제)는 신군을 찾아내어 상림원에 모셨다. 신군은 장릉의 여자로서 아이가 죽은 것을 슬퍼한 나머지 자기도 죽었는데, 그 영혼이 오빠의 아내인 원약宛若에게로 옮아 영험을 나타냈다. 원약은 그 신령을 자기 방에 모셔놓고 있었다. 무제는 즉위하자마자 예를 후하게 해 상림원에 원약을 모시게 된 것이다.

—이때 또 이소군李少君이란 자가 있었다. 그는 부엌에 신을 모셔놓고 복을 구하는 도술, 신선이 되는 도술, 또는 불로장생하는 도술에 통달한 사람으로 되어 있었다. 주상은 이소군을 대단히 존중했다.

—천자는 몸소 부엌에 신을 모시고 방사를 해상으로 보내 봉래의 선인을 찾게 하고…….

—천자는 남대라는 방사에게 시복 천 명, 승여乘與, 척차마斥車馬, 유장帷帳 등 기물을 하사하고 위장공주와 혼인을 시켜 금 1만 근을 지참케 했다. 그러고는 천자 스스로 그 집을 찾아 남대에게 문안을 드렸다. ……그에게 대도장군大道將軍이란 인수를 주어 그자가 천자

의 신하가 아니란 증표로 삼았다…….

　요컨대 무제의 이러한 광태만을 열거한 짓이 「무제본기」의 내용인 것이다.

　반고의 『한서』, 또는 그밖의 기록을 보면 한무제는 명군으로 되어 있는데, 사마천의 무제는 이렇게 되어 있다는 것은 무슨 까닭일까. 이사마의 말을 들어보자

　"사마천이 무제를 싸늘한 눈으로 보았을 것은 사실이다. 사마천도 역시 감정의 동물이었을 테니까. 그러나 나는 사마천이 무제의 행실을 고의로 조작했거나 왜곡했다고 생각하지 않는다. 그럴 수도 없었다. 사마천의 『사기』는 언제인가는 무제가 읽을 것으로 전제한 것이니까. 그러나 다음과 같은 비난은 있을 수 있다. 무제인들 점쟁이에게 미쳐 돌아다닌 것만은 아니다. 그밖에 많은 업적이 있었을 것인데, 그것을 전연 기록하지 않은 것은 잘못이라고. 그러나 사마천의 말이 들리는 것 같다. 무제가 한 업적이란 이릉과 같은 명장을 비호할 줄 모르고 자기와 같이 옳은 말을 한 사람의 자지를 자르는 그런 따위의 일이고 나머지는 누가 해도 할 수 있는 일을 했을 뿐인데, 기록할 가치가 어디에 있겠느냐는. 공정하게 생각해도 그렇지 않은가. 복술, 방술, 신선술에 미쳐 날뛰고 있는 자가 명군일 순 없는 것 아닌가. 요컨대 사마천은 무제를 시시한 인간으로 본 것이다. 만일 사마천과 한무제 사이에 승패를 가린다면 승자는 시미친이고 무제는 패자다. 천 년 후에 승부를 가리자는 밸이 곧 기록자의 밸이다."

　『사기』가 완성된 3년 후에 무제가 죽고, 그 죽음이 있은 지 다시 3년 후에 사마천이 죽었다.

향년 60이었다.

"나는 이처럼 처절한 생애를 상상할 수가 없다. 사마천이야말로 역사이며 역사의 정신이다. 세계의 모든 기록자는 일단 사마천을 배워야 한다. 사마천의 중심 과제는 인간이었다. 왕후와 장상도 희로애락하는 개인으로서만 파악했다. 사실 그렇지 않은가. 찌르면 피가 나고 때리면 아픈 생신生身을 가진 인간의 기쁨과 고통을 외면하고 나라의 흥륭쇠망에만 중점을 둔 역사에 무슨 가치가 있겠는가. 그런 뜻에서도 사마천은 역사의 선구자다."

이사마의 말이었다.

사마천의 얘기를 하려면 한량이 없다. 이젠 어떻게 해서 이사마가 사마천을 만나게 되었는가, 무슨 까닭으로 본명을 묻어버리기까지 하며 이사마란 이름으로 살게 되었는가의 그 만남의 사연을 얘기해야 할 차례가 되었다.

남린南隣의 화원

1961년 5월 16일은 화요일이다. 그날 나는 대학의 강의가 오후부터 있었으므로 늦잠을 자기로 하고 있었던 것인데, 누운 채 손을 뻗어 스위치를 틀었던 라디오에서 뜻밖인 소리가 튀어나왔다.

"……혁명정권인 군사위원회는 공안과 안녕질서를 유지하기 위해 서기 1961년 5월 16일 9시 현재로 대한민국 전역에 걸쳐 비상계엄을 선포한다……."

이것이 무슨 소린가고 나는 벌떡 일어났다. 북조선에서 흘리는 모략 방송이 아닌가 하고 다이얼을 살폈으나 그렇지도 않았다. 라디오는 계속 똑같은 내용을 되풀이하고 있었다.

나는 K신문사로 전화를 걸어 주필을 불러달라고 했다.

곧 이사마의 음성이 울려왔다.

"지금 라디오를 듣고 있는데 어떻게 된 건가?"

숨 가쁘게 묻는 나의 질문에 그는 천천히 대답했다.

"그렇게 된 모양이야."

"쿠데타가 발생했단 말인가?"

"그렇다니까."

"지금의 상황은 어떤가?"

"아직 몰라."

"장도영이가 한 짓인가?"

"그것도 잘 몰라. 그러나 그 녀석에게 그런 배짱이 있었을까 싶어."

이사마의 음성은 침통했다. 장도영은 일제 때의 학병관계로 나와 이사마와는 잘 알고 있는 처지였다. 더욱이 이사마는 중국 소주에서 장도영과 한동안 같은 병영에서 지낸 적이 있었다. 그래서 장도영의 성격을 비교적 잘 알고 있는 것이다.

이사마는 정세가 판명되는 대로 알려주겠다며 전화를 끊었다.

나는 마루로 나가 등의자에 앉았다. 하늘은 맑고 조용했다. 비좁은 뜰에 몇 그루 나무가 싱그러운 신록으로 치장하고 화단엔 프리지어의 꽃이 향기로웠다. 평화로운 5월의 하늘, 다소곳한 5월의 뜰이었다.

이 시간에 서울에선 처절한 정치의 드라마가 진행 중에 있다고 생각하니 흡사 꿈을 꾸고 있는 느낌이었다.

라디오에선 계속 딱딱하면서도 열띤 음성이 흘러나오고 있었다.

"……친애하는 애국동포 여러분! 군사혁명위원회에서 알려드립니다. 은인자중하던 군부는 드디어 금조 미명을 기해서 일제히 행동을 개시해 국가의 행정·입법·사법의 3권을 장악하고……."

나는 방송에 귀를 기울이고 있는 동안 선뜻 그 언젠가 이사마와 주석에서 주고받던 얘길 상기했다.

"지금 내가 걱정하는 건 군인들이 쿠데타를 일으키지 않을까 하는 문제이네."

하고 그는, 민주주의의 전통이 없는데다가 대중에 깊은 뿌리를 심은 정치세력도 없는 이런 상황이 쿠데타를 유발할 수 있는 절호의 계기라면서

"지금의 상황은 오로지 운을 바랄 뿐이네."

하며 한숨을 쉬었다.

나도 쿠데타를 좋아할 까닭이 없었지만, 차츰 민주당 내의 신구파 대립이 노골화되어가는 무렵이어서,

"이 정권에 희망을 걸어볼 수 있을 것인지 의심스럽다."

고 했더니 그의 말은 단호했다.

"이 정권에 희망을 걸지 못하면 그것이 다음 선거에 반영될 것이 아닌가. 어떻게 하건 쿠데타만은 없어야 해."

나는 쿠데타란 말에 실감을 느끼지 않으면서도,

"쿠데타를 방지하는 것도 이 정권이 맡아서 해야 할 일이 아닌가."

고 했다.

"그런데 이 정권엔 그것을 막아낼 힘이 있을 것 같지 않아. 정권이란 원래 정치를 하는 능력과 정권 자체를 보호 유지하는 능력이 겸비되어 있어야 하는 건데, 우선 당내의 아귀다툼 때문에 정신을 차리지 못하는 형편이거든. 그러니까 오직 바라는 것은 군인들의 지성뿐이야. 양심이라고 바꿔 말해도 좋지."

"군인들의 지성이 쿠데타를 일으킨다면 어떻게 되나."

"지성 있는 군인이면 쿠데타를 할 까닭이 없지. 지금 이 나라에 쿠데타가 났다 하면 그만이야. 삼류국가로서의 낙인이 찍히는 거니까."

"지금은 삼류국가 이상인가?"

"지금은 삼류국가조차도 아닐는지 모르지. 그러나 일류국가가 될 수 있는 소지만은 남겨놓고 있지 않은가. 만일 쿠데타가 났다고 하면 라틴 아메리카 군소국가의 수준을 넘어서지 못하는 거라. 요컨대 창피한 꼴이 되는 거지, 뭐."

"그러나 쿠데타를 기점으로 해서 민족중흥의 역사를 만들어볼 수도 있지 않겠나."

내 말이 이렇게 되자 이사마는 노골적으로 나를 멸시하는 얼굴이 되었다.

"프랑스 구국의 영웅 드골이 왜 쿠데타를 하지 않았는지 그 이유를 알겠나? 힘이 모자라 안 했겠어? 국민 절대다수가 그를 지지하고 있었고, 군대 전부가 그에게 충성을 맹세하고 있었는데. 그러나 그는 자기가 은퇴하는 길을 택했지 쿠데타를 하진 않았어. 그런 나라의 기초를 합헌성에 두었기 때문이야. 자기의 직관과 애국심에 대해 절대적인 자부를 가지고 있었지만, 드골은 내심 국회를 못난 놈들의 집단이라고 경멸하고 있었으면서도 프랑스의 국민들이 선출한 대표자들의 모임이란 사실을 승복하고 떠났다가 합헌적인 절차를 밟고 십수 년 만에 정계에 복귀한 것이 아닌가. 정치에 있어서의 최소한도의 도의는 합헌성을 지니는 데 있어. 그 최소한도의 도의마저 짓밟은 쿠데타의 향방이 어떻게 될까 하는 것은 뻔한 일이 아닌가. 이건 결과를 갖고 따질 성질의 일이 아니라, 그것 없인 나라가 성립할 수 없는 원칙으로써 따질 일이야."

이렇게 흥분하는 그와 맞서 토론할 흥미가 없었다. 쿠데타란 사실에 실감이 없었기 때문도 있었다. 나는 슬쩍 화제를 돌리고 말았다.

그런데 그 비현실적이라고만 생각했던 쿠데타가, 맑은 5월의 하늘 밑에 지금 진행되고 있는 것이다.

나라의 장래를 생각하긴 너무나 벅찬 문제여서 나는 뜨락의 꽃들에 멍청한 시선을 보내고 있었다.

하루 이틀 지내는 동안 쿠데타의 진상이라기보다 그 윤곽이 대강 밝혀졌다. 나는 진전되는 사태에 관해 이사마와 얘기를 나누고 싶은 심정으로 그에게 몇 차례 전화를 했으나 그는 번번이 시간이 없다는 핑계를 댔다.

"아, 이 친구 또 여자관계가 생겼구나."

하고 혀를 끌끌 찼다.

이사마의 최대의 결점은 여자 문제에 있었다. 그러니 그는 자연 가정을 소홀히 했다. 친구 가운데 그의 부인의 얼굴을 아는 사람은 극히 적었다. 그는 부인을 등한히 했다. 무슨 까닭인진 알 수 없었으나 그는 가정에 취미를 붙이지 못하고 이 여자로부터 저 여자로 전전하는 방탕한 생활을 계속하고 있었다. 때문에 나는 그와 몇 번이고 절교할 작정을 하기도 했다. 그러나 나는 교우 30여 년에 이르는 그와 절교할 순 없었다.

이 여자, 저 여자라고 했지만 그가 접촉하는 여자는 화류계 여자라서, 여자 때문에 나와의 동석을 기피할 까닭이 없는 것이다. 5월 20일의 전화는 대뜸 다음과 같이 시작했다.

"그 여자를 끼워도 좋지 않은가. 오늘 밤 같이 술이나 나누며 얘기할까!"

그런데 이사마는,

"오늘 밤은 안 되겠어. 내일 오후쯤이면 어떨까."

하는 대답을 했다.

"도대체 그 여자는 누군가?"

"차차 말하겠네."

"어디에 있는 누군가?"

"아직은 말할 수 없어."

"술집여자 아닌가?"

"아냐."

"그렇다면 이 사람아."

하고 내가 그런 교제의 위험성을 말하려고 하자 그는,

"양해해주게. 이게 내 마지막의 연애가 될 것 같애. 이번만은 진지해. 나도 쿠데타를 할 참야. 나도 가정다운 가정을 꾸며보아야겠어. 그러니까 양해해주게."

하는 것이 아닌가.

나는 일순 섬찟한 전율을 느꼈다. 그는 방탕한 생활을 하고 있었으면서도 가정을 파괴할 의사를 비치진 않았던 것인데, 방금 들은 말은 그런 위험을 시사하고 있었던 것이다.

"그따위 벌천이 같은 소린 작작하고 아무튼 내일 만나자."

며 나는 전화를 끊었다. 그것이 오후 4시쯤의 일이었다.

전화를 끊고 나는 곰곰이 생각했다.

이사마의 그 너절한 여성관계를 청산시킬 수 있는 무슨 방도가 없을까 해서다. 그러나 지난날의 경험에서 비춰볼 때 하나같이 실효 있는 방법이 있을 것 같지 않았다.

그가 대학교수로서 나의 동료로 있을 때 어느 댄서에 빠져 이윽고 그 댄서의 집에서 대학에 출근하게까지 되었다. '한'이란 성을 가진 그 댄서는 이사마가 반할 만한 경력과 미모와 재질을 가진 여자이긴 했다. 여학교를 일본 교토에서 다닌 경력이 있기 때문에 고등학교 시절을 교토에서 보낸 이사마완 많은 공통화제를 가지고 있었다. 게다가 한은 교토에서 살아보지 않았던 사람이면 이해할 수 없는, 그곳 고등학교 학생에게 대한 동경을 소녀 시절 가꾸어온 탓이라서 이사마가 그곳 고등학교를 다녔다는 사실을 알자 바짝 열을 올렸다. 그런데 PX 미군 직원과 한동안 동서생활을 했다는 한은 영어에 능란했으며 불어의 원서까지 읽을 수가 있어서 이사마의 좋은 말동무가 될 수 있었다. 한은 생활 때문에 댄스홀에 나오는 것이 아니었다. 말하자면 향락적인 경향이 농후한 여성이었다. 이런저런 사정으로 결국 동서생활에 들어선 것인데, 나는 서로의 애정관계에까지 간여할 순 없었으나 그런 생활을 용인할 수가 없었다. 그래서 강력한 충고를 했다.

"남이 알게 모르게 지내는 것까진 탓할 수가 없지만 그따위 공공연한 추태는 동료로서 친구로서 참을 수가 없다. 그건 교육계에 있는 우리 전체를 모독하는 결과가 되어 그렇다."

고 강경하게 힐난하고 만일 불응한다면 절교하겠다고까지 극언했다.

"절교? 할 수 없지."

그는 간단하게 이렇게 말하고 충고의 자리에서 일어서고 말았다.

그러나 그 이튿날 먼저 말을 건 것은 나였고 술좌석에 청한 것도 나였다. 그런데 그 술좌석에선 다시 그 말을 끄집어낼 수가 없었다. 헤어질 무렵 그는 종이 냅킨에 볼펜으로 몇 자의 글을 써서 호주머니에 넣어주며 집에 돌아가서 읽으라고 했다.

그 종이 냅킨에 다음과 같은 글자가 있었다.

愛而知其惡 애이지기악
憎而知其善 증이지기선
―『소학』

사랑하면서도 그의 악을 알고, 미워하면서도 그의 착한 것을 안다는 뜻이다.

항간에 두 손 바짝 들었다는 말이 있다. 그 쪽지를 읽었을 때의 내 기분은 정말 그러했다.

선우善友란 말이 있고, 악우惡友란 말이 있다. 모두 가당치도 않은 말이다. 악적惡的인 내용 없는 선우가 있을 까닭이 없고 선적인 내용이 전연 없는 악우 또한 있을 까닭이 없다. 이런 사정을 감안하면서도 이사마는 내게 있어선 때론 거북하기 짝이 없는 친구였다. 굳이 말을 꾸미면 험우險友라고나 할까. 하여간 그는 보통의 척도로썬 잴 수 없는 인간이었다. 경박한 재사라고 비난할 수도 있고 구제할 수 없는 난봉꾼으로 힐난할 수도 있고 악취가 분분한 위선자로서 규탄할 수도 있었다.

자유당 전성시대 그는 당당히 필봉을 휘둘러 민주주의를 강조했다. 그때도 모 여성과의 관계에 휘몰려 있었던 것이어서, 그와 단둘이만 되었던 자리에서,

"자넨 지사적인 양심으로써 글을 쓰고 있는 것인가, 얼만가의 문필의 재간이 있다고 해서 장난삼아 펜을 휘두르고 있는 것인가."
하고 따져 물었다.

"주어진 문제에 대해 성심성의껏 답안을 쓰고 있을 뿐."
이란 그의 대답이라서 나는 분개했다.

"민주주의는 민주적 인격 없인 불가능하다는 말을 누가 한 것인가. 자네의 말이 아닌가. 적어도 그런 말을 쓰려면 이미 민주적 인격은 되어 있지 않더라도 민주적 인격을 갖추려고 애쓰는 노력만은 있어야 할 것 아닌가. 그런데 자네가 하는 짓은 그야말로 목불인견이다."

"용서해주게. 너무나 허전해서 그래."

꾸지람을 들은 소년처럼 풀이 죽어버리는 그를 보고 나는 다시 할 말을 잃었다. 미워하되 그의 착한 구석을 나는 알고 있는 것이다.

'이번의 여자는 누구일까. 쿠데타가 나서 세상이 온통 야단인데, 그는 여자에 빠져 친구와 얘기할 시간도 없다고 하니.'

나는 씁쓸한 기분을 어쩔 수가 없어 저물어가는 거리로 나왔다.

거리로 나와 라디오점 앞을 지나는데, 돌연 웅장한 행진곡이 스피커를 통해 거리에 울려 퍼졌다.

아득히 일제시대의 기억이 되살아났다. 라디오에서 행진곡이 울려 퍼지기만 하면 이른바 「대본영발표」가 거창하게 발표되었던 것이다.

그리고 십수 년, 지금 거리에 울려 퍼지고 있는 행진곡은 군사정부의 혁명공약을 전파하기 위한 전주곡이었다.

거리를 걷고 있으면서도 공약의 전문을 들을 수가 있었다.

1. 반공을 국시의 제1의로 삼고 지금까지 형식적이고 구호에만 그친 반공 태세를 재정비 강화한다.

2. 유엔헌장을 준수하고 국제협약을 충실히 이행할 것이며 미국을 위시한 자유우방과의 유대를 더욱 공고히 한다.

3. 이 나라 사회의 모든 부패와 구악을 일소하고 퇴폐한 국민도의와 민족정기를 다시 바로잡기 위해 청신한 기풍을 진작시킨다.

4. 절망과 기아선상에서 허덕이는 민생고를 시급히 해결하고 국가 자주 경제 재건에 총력을 경주한다.

5. 민족의 숙원인 국토 통일을 위해 공산주의와 대결할 수 있는 실력 배양에 전력을 집중한다.

6. 이와 같은 우리의 과업이 성취되면 참신하고도 양심적인 정치인들에게 언제든지 정권을 이양하고 우리들 본연의 의무에 복귀할 준비를 갖춘다.

몇 번인가 들어 이미 귀에 익은 내용이었지만 나는 결코 그 공약을 흘려들을 얘기가 아니라고 다짐했다. 쿠데타 자체가 설혹 죄악이었다고 하더라도 만일 그들의 공약을 1백 퍼센트는 안 되더라도 7, 80퍼센트만 달성한다고 해도 이 나라는 기사회생할 수 있을 것이라고 짐작할 수 있었다. 그런데다 저처럼 떠들어졎혔으니 그대로 하려고 열심히 애쓸 것이 아닌가 하는 생각도 들었다. 합헌정부를 무너뜨린 행위를 탓할 것이 아니라 그런 비상수단을 감행해서까지 나라를 구하겠다는 의욕이 진지하다면 그 의욕을 가상히 여겨야 할 것이란 생각이 솟기도 했다.

'그런데 이 주필의 생각은 어떨까. 그는 이미 일이 여기까지 이르렀는데도 쿠데타에 부정적일까.'

무엇보다도 이런 문제를 두고 그와 얘기를 나누고 싶었는데, 빌어먹을! 그자는 엉뚱한 여자에 빠져 있는 것이다 싶으니 울화가 치밀어 올랐다.

'아직은 젊으니까 지킬 박사와 하이드 씨가 공존할 수 있을지 모르지만, 지킬과 하이드가 영원히 공존할 순 없는 것이다. 지킬이 죽어야만 하이드가 죽을 것인가, 하이드가 죽을 때 지킬이 죽을 것인가.'

나는 어느덧 이사마를 지킬 박사와 하이드 씨에 비유하고 있었다. 조만간 그에게 무슨 불행이 닥칠 것이란 예감이 들기도 했다. 불행을 예상하면 안타까운 마음이 앞선다. 젊다고 했으나 나나 그는 명년이면 마흔 살이 되는 것이다.

'불행하게 만들어선 안 되지.'

싶지만 생각만 그렇달 뿐이다.

나는 남포동의 산양장의 주렴을 헤치고 들어가 스탠드에 앉았다.

"오늘은 혼자시군요."

마담이 인사 대신 한 말이다. 그 집은 언제나 이사마와 같이 가는 술집이었다. 나는 미소를 띤 마담의 얼굴과 그 풍성한 가슴팍을 보며, 이 여자도 그와 관계가 있었던 여자란 사실을 새삼스럽게 상기했다. 마담은 젊은 시절 중국 상해에 있었다. 그때 이사마와 만나 불장난을 했다. 그것이 불장난이었다는 것은 마담의 남편은 전 프로복서로서 상해의 암흑가에 다소 얼굴이 팔린 사나이였기 때문에 그들의 관계가 탄로나기만 하면 생명 자체가 위태로웠기 때문이다. 그런데도 아랑곳없이 귀국할 때까지 불장난을 계속했다니 이사마도 이사마이려니와 여자도 대담하기 짝이 없었다로 되는 것이다.

마담의 말엔 대꾸도 않고 술을 청하자 글라스 가득히 술을 따라놓고 마담이 물었다.

"요즘 이 주필이 통 보이지 않는데 어떻게 된 일일까요?"

"아다시피 바쁘지 않겠소. 나라에 대란이 생겼으니 말이오."

"참, 어떻게 될까요?"

마담이 미간을 찌푸렸다.

"잘되겠죠, 뭐. 잘되구말구. 군인들은 죄다 양심적이니까요."

하고 내 바로 앞에서 말을 터뜨린 사람이 있었다. 차림새로 봐선 노동자 같았으나 이마에 새겨진 주름과 뱉는 듯한 말의 억양으로 봐서 소싯적엔 한가락쯤 뽑았을 인간으로 보이는 중년의 사나이였다.

"잘돼야겠죠."

마담은 그 사나이의 말을 제압할 양으로 한 말인 모양이었는데, 그 말이 사나이를 더욱 자극시킨 결과가 되었다. 사나이는 대포를 한 잔 들이켜고 빈 잔을 쑥 내밀어놓더니 시작했다.

"군인은 정직하고 양심적입니다. 6·25 때 군인들은 군용트럭을 마구 풀어 후생사업을 시켰는데, 그때 부대장쯤 되는 장교들은 꽤 큰 돈을 만졌죠. 그런데 그 돈을 한 푼도 자기 호주머니에 넣지 않고 병정들의 후생을 위해 쓰더란 말이오. 나는 그때 함흥까지 갔소. 함흥에서 철수할 때 사단장께선 노획품을 20여 트럭에 가득 실었죠. 트럭은 우리 사단 것도 있었지만 대부분은 징발한 것이었구요. 그런데 뒤에 알고 보니 사단장은 썩 훌륭한 짓을 한 거였더면요. 그 물자를 실어 와서 죄다 국고에 바친 모양이거든요. 우린 그 물자의 흔적도 모르게 되었으니까요. 사람이란 건 사내와 여자가 배만 맞으면 얼마든지 만들어젖힐 수 있지만 물자야 어디 그렇게 됩니까. 귀중한 물자를 빨갱이 있는 곳에 그냥 둬두었다간 안 되죠. 그 많은 물자를 싣고 와서 병정들은 한 놈에게 바쳤다니 얼마나 훌륭한 일입니까."

사나이가 입에 거품까지 뿜어대며 말에 열을 올리자 마담은,

"군인들이 훌륭하다는 건 잘 알았으니까, 그만 하세요."

하고 만류했다. 이 만류가 또한 기폭제가 되었다. 사나이는 어느 때 어느 곳에 어떤 일이 있었고, 어느 장군이 무슨 까닭으로 해서 병정들을 즉결처분했다는 등등의 얘기를 늘어놓았다.

주변의 술꾼들은 사나이의 얘기엔 아랑곳 없이 각기의 잡담을 시작했다. 그러자 사나이가 스탠드를 꽝 치는 바람에 내 앞에 있는 글라스가 들먹였다.

"요는 6·25 때의 우리 국군은 그처럼 정직하고 양심적이었다는 말인데, 지금의 군인들은 어떨지 그건 몰라요. 그러나 전통이란 건 있지 않겠소. 잘될 겁니다. 잘돼요."

하고 그는 호주머니에서 수첩을 꺼내더니 혁명공약을 낭독하기 시작

했다.

마담이 또 제동을 걸었다.

"다른 손님들의 방해가 되는데 왜 이러십니까."

그러자 사나이가 발끈했다.

"내가 지금 읽고 있는 게 뭔지 아시기나 합니까? 신성한 혁명공약입니다. 나는 변소에서라도 잊지 않고 읽으려고 이렇게 수첩에 적어놓고 다녀요. 여러분, 이 공약 잊어선 안 됩니다. 절대로 잊어선 안 됩니다. 국민의 표를 몽땅 몰수당하고 겨우 얻어낸 혁명공약인데, 어떻게 이걸 잊을 수가 있어요. 국민은 하루 열두 번씩 백 년 동안은 이 공약을 읽어야 합니다. 관청에 볼일 보러 가서도 이 공약을 낭독하고 술집에서도 거리에서도 변소에서도 이 공약을 낭독하면 수가 트인다, 이겁니다. 마담, 왜 이러시오. 반혁명에 몰리려고 그래요? 자, 여러분, 들으시오. 1. 반공을 국시의 제1의로 삼고 이때까지의 형식적이고 구호에만 그쳤던, 바로 이 점이 중요하오. 형식적이고 구호에만 그친 반공은 안 된단 말이오.

반공이 형식적인 구호에만 그쳐 눈앞에 빨갱이가 있는데도 잡지 않았는데 지금부터는 빨갱이다, 하는 심증만 들면 영장 없이도 마구 잡아들이겠다, 이 말이오. 아닌 게 아니라 당장 실시하고 있소. 사회당인가, 사회대중당인가 하던 놈들 몽땅 잡혀갔고 유족흰지 뭔지 하는 패들도 붙들려 갔소. 참으로 잘 하는 일 아니오?"

거의 미친 것처럼 떠들어대는 사람 옆에 앉아 있기가 거북해서 그 자리를 뜰까 말까 망설이고 있는데, 등 뒤에 후다닥 이상스런 공기가 들이닥친 느낌이라서 고개를 돌렸다. 험악한 얼굴을 한 두세 사람이 홀에 들어와 있었다. 그 가운데 하나가 술 취한 사나이에게,

"너 문창준이지?"

하고 물었다.

이제까지 떠들어대던 사나이의 얼굴에서 일순 핏기가 가시듯하더니 곧 그런 장면을 기다리고 있었다는 듯이 조용한 표정으로 바뀌었다.

"문창준이가 뭣 잘못한 게 있소?"

"일어섯! 잘못한 게 있는가 없는가는 가보면 알 거니까."

"어딜 간단 말요?"

"그것도 가보면 알아."

하고 그중의 하나가 사나이의 멱살을 잡아 일으켜 끌고 나가려고 했다.

"술값이나 주고 가야 할 것 아닌가 배."

사나이는 호주머니를 뒤지며 버티었다.

"술값 안 받아도 좋아요."

마담이 가까스로 한마디 했다.

사나이는 이윽고 끌려 나가고 말았다.

가게 안은 쥐죽은 듯 조용했다.

그러나 가게 안의 침묵은 1분 이상 지속되지 않았다. 새 손님 둘이 나타나 스탠드에 앉자, 저편 구석에 앉은 사람이 마담에게 물었다.

"이제 그 사람, 마담이 아는 사람이우?"

"가끔 오시는 분예요."

마담의 대답엔 힘이 빠져 있었다.

"뭣 하는 사람인가요?"

질문이 계속되었다.

마담은 새로 온 손님을 위해 이것저것 준비하느라고 말이 없다가,

"무엇을 하는 분인진 모르겠는데요. 가끔 같이 오는 사람들과 하는

얘기로는 6·25 때 학살당한 사람들의 유골을 찾자고 하던데……."

하고 말꼬리를 흐렸다.

"음, 유족회 사람이군."

구석진 자리에 앉은 사람이 신음하듯 중얼거렸다.

'검거선풍이 불고 있다더니 유족회에 관계된 사람까지 잡아들이는 구나.'

그러고 보니 아까 그 사나이는 자기의 운명을 미리 알고 반쯤 자포자기가 되어 광태를 부린 것이었다. 측은한 마음이 들었다. 평생에 한 번도 양지 쪽에 있어보지 못했을 것처럼 보인 그 사람, 그러면서도 역사의 고빗길마다에서 제물이 되어야 하는 운명.

나는 다시 한 잔 술을 청해 마시고 '역사의 교통사고'란 말을 만들어보았다.

'교통사고를 당했대서 체념할 수 있을까. 체념이사 하건 말건 교통사고는 있게 마련이다.'

나는 다시 한 번 이사마가 그 자리에 없는 것이 원망스러웠다. 두 사람이 말을 나누고 있으면 사태의 의미, 그 윤곽이 잡힐 것인데 싶었다. 나는 오리무중에 있는 기분으로 답답하기만 했다.

"혼자서 술맛이 나세요?"

하는 마담의 소리에 정신을 차렸다.

돌연 주위가 조용해진 것 같아서 둘러보았더니 어느덧 나 말곤 아무도 없었다.

"통행금지 시간이 된 건가?"

"오늘부터 통행금지 시간은 종전대로 됐어요."

"그런데 왜?"

"계엄령이니까 지레 겁을 먹은 거죠."

"지레 겁을 먹는다?"

"아무튼 이런 일은 없었으면 좋겠어요."

"그건 또 왜요?"

"장사가 안 되니까요."

"장사가 왜 안 될까?"

"시국이 어수선하면 장사가 안 돼요. 계엄령 같은 게 있으면 전멸이에요, 우리 장사꾼은."

"앞으로 잘되기 위한 과도기니까 참으세요."

"안 참으면 또 어떻게 해요."

하고 쓸쓸하게 미소를 지으며 마담이 말했다.

"이 주필은 어딜 갔을까요?"

"글쎄 산 짐승이니 갈 데가 많겠지."

"신문사에 전화해볼까요?"

조간신문을 제작하기 위해 혹시 신문사에 있을지 몰랐다. 더러 그런 경우가 있었으니까.

"아마 없을 거요. 그러나 전화는 한번 걸어보슈."

마담은 카운터 쪽으로 가서 전화를 걸었다. 그리곤 뭐라고 주고받고 있더니 돌아와서 말했다.

"이 주필을 찾으니 왠지 당황하는 것 같았어요. 계신다고도 안 계신다고도 안 하고 그저 모르겠다고만 우기네요. 댁으로 돌아가셨을까요, 했더니 대답이 또 우물쭈물했구요."

나는 빙그레 웃었다. 신문사의 간부는 언제나 행방을 신문사에 알려두어야 한다. 무슨 일이 있을지 모르기 때문이다. 그러나 이 주필의 경우는 그럴 수가 없다. 그래서 신문사의 대답이 요령부득했을 것이다, 싶어서였다.

"댁으로 전화를 한번 해보세요."

마담의 말이었다.

"그처럼 이 주필이 보고 싶어요?"

"아녜요. 다만 궁금해서 그래요."

"궁금하다는 것, 그것이 문제로다."

"문제 될 것 하나도 없어요. 아득한 옛날의 일인걸요."

"그렇게 말쑥이 감정의 정리를 할 수 있는 걸까?"

"할 수 있는 게 아니라 그렇게 되어버린걸요. 상대방은 아직도 청년이고 나는 이미 늙었고……."

마담은 이 주필보다 열 살이나 위였다. 그들의 상해 시절엔 이 주필 25세, 마담이 35세였다는 얘기였으니 마담의 말이 미상불 어긋난 건 아니다.

"이 주필이 밉지 않수?"

"미울 때도 있죠."

"그때가 어떤 땐데?"

"대중을 잡을 수가 없어요. 간혹 미울 때가 있을 뿐."

"미운 감정이 있는 걸 보면 미련이 있다는 얘기가 아닌가."

"미련은 없어요."

"정말?"

"정말 미련은 없어요. 옛날의 추억을 되도록이면 아름답게 간직하고 싶을 뿐예요."

"이 주필이 가끔 아가씨를 데리고 이 집엘 오는데 그때의 느낌은 어때?"

"글쎄요."

"솔직하게 말해봐요."

"솔직하게 말하면……."

하고 마담이 망설였다.

"시원시원 말해봐요. 솔직하게 말하면 어떻다는 거요?"

"데리고 온 아가씨에 따라 달라요. 좋은 아가씨구나 싶을 땐 저절로 웃음이 나오는 기분이구요. 너절한 아가씨를 데리고 왔을 땐, 어쩌면 저렇게 뻔뻔스러울까 싶어 화가 나곤 해요."

나는 마담의 그 기분을 이해할 것도 같았고, 이해하지 못할 것도 같았다. 문득 생각나는 아가씨가 있었다.

"참, 이 주필이 한동안 사귀던 한혜련이란 여자가 있었지. 그 여자와 같이 왔을 땐 기분이 어떠했어."

"한혜련? 전에 미국 사람하고 살았다는 여자 말이죠?"

"그렇소."

"불쌍한 마음이 들데요."

"불쌍하다니 누가 불쌍하다는 거요."

"이 주필이."

"그건 또 왜요?"

"왜요, 하고 물으면 대답할 길이 없어요. 어쩐지 그랬어요."

"어쩐지 그랬다, 이상하군."

"그 여자는 너무 잘나고, 너무 영리하고, 너무 화려했지 않아요? 이 주필로선 감당 못할 여자라고 보았기 때문에 그랬는지 모르죠."

"역시 마담의 눈은 날카롭군. 그 여자와 이 주필의 끝장을 모르죠?"

"내가 어떻게 알겠어요."

"얘기해줄까?"

"들으나마나예요."

얘기해줄까 했지만 사실 나는 그럴 의사는 없었다.

자유당 시절 끗발이 높은 사람들은 못할 것이 없었는데, 한혜련에게 눈독을 들인 어떤 끗발 높은 양반이 부하들을 시켜 거의 납치케 하다시피 해 한혜련을 데리고 가서 해운대 호텔에서 하룻밤을 지냈다. 그 사건으로 해서 이 주필은 모든 경비를 부담해 그녀를 소생시켰으나 그녀를 만나려고 하지 않았다.

"그런데 요즘 또 연애를 시작한 모양이야. 마담 혹시 최근에 이 주필이 데리고 온 아가씨를 보았소?"

"최근엔 그런 일이 없었어요. 그 사람은 여자가 생기기만 하면 무슨 까닭인지 여기로 데려오곤 하는데, 데리고 오지 않은 여자도 더러 있었던 것 같아요. 이 주필이 요즘 사귀는 여자는 어떤 여자예요?"

"나도 몰라."

"교수님한테까지 비밀로 하는 걸 보면 뭐가 있는 모양이죠?"

"글쎄요."

마담은 자기 손으로 잔을 채워 마시곤 슬픈 얼굴이 되며,

"모든 게 다 좋은데, 사람이 왜 그 모양일까요. 내가 걱정할 처지는 못 되지만 이 주필 하는 짓은 참으로 심해요. 이 주필이 교수님을 반쯤이라도 배우셨으면."

하고 한숨을 지었다.

"나를 배우다니, 내가 무슨 꽁생원인 줄 아시오?"

"뭐라고 하셔도 나는 알아요."

"바람이 자면 나무도 조용해질 거요."

"언제 바람이 자겠어요."

"내나 이 주필은 내년에 마흔 살입니다. 공자님 말씀이 40에 불혹이라고 했으니 이 주필도 그때쯤이면 정신을 차리겠지."

"그 양반은 아마 죽을 때까지 그 버릇 못 고칠 거예요. 일본놈 말에 바보는 죽어야 낫는다는 말이 있다면서요. 이 주필의 그 버릇도 죽어야 나을, 그런 병이에요."

"그건 그렇고 도대체 이자는 어디에 처박혀 있는 걸까."

통행금지 시간을 30분쯤 남겨놓고 나는 S장에서 나왔다. 주량이 평소의 배쯤 되었는데, 그다지 취기를 느끼지 못했던 것은 거리가 너무 삼엄했기 때문일 것이었다.

사람들의 통행이 거의 끊어지고 있는 거리엔 계엄령의 삼엄함만 남았다. 가로등이 있는 곳이면 착검한 군인들의 헬멧이 보였다.

택시로 역 앞 광장을 지나면서 보니 육중한 대포가 하늘을 겨누고 있었다. 하늘엔 초승달이 걸려 있었다.

그런데 그 시각 그 초승달을 이사마는 Y경찰서 유치장의 창틈으로 바라보고 있었던 것이다.

이사마가 신문사 편집국에서 연행되어 간 것은 5월 21일 하오 5시였다. 그러니까 나와의 전화통화가 있은 지 한 시간 후에 있었던 일이다.

내가 그 사실을 안 것은 22일 오전 10시경. 왜 그렇게 늦었는가 하면, 이사마가 연행되긴 했으나 신문사에서 곧 풀려나올 것으로 알았는데, 그때쯤 해서야 구금되었다는 사실을 확인한 까닭이었다.

무슨 이유일까?

아무튼 중대한 이유가 있을 것은 틀림없었다. 아무리 쿠데타가 있었기로서니 대신문의 주필 겸 편집국장을 중대한 이유 없이 구금할 순 없는 것이다. 신문사 사장에게 전화를 걸었다.

"어떻게 된 겁니까, 사장님."

"나도 잘 모르겠어요."

"경찰에 가보셨어요?"

"경찰에 갔다 이제 막 돌아왔습니다."

"이유를 밝히지 않습니까?"

"합동수사본부의 명령이라고만 말할 뿐 그 이상의 이유를 밝히지 않습니다."

"사장님, 짐작 가는 건 혹시 없습니까?"

"전연 없어요. 아무리 생각해도 우리 이 주필을 구금해야 할 이유를 내 자신은 찾아낼 수 없습니다."

"혹시 사설이나 기사에 혁명위원회의 비위를 거스른 그런 게 없습니까?"

"없습니다. 신문은 계엄사령부의 검열을 받아야만 나올 수 있는 거니까 그런 게 있을 까닭이 없죠."

"어떻게든 대사에 이르진 않아야 할 테니까 사장님 잘 부탁합니다."

"우리 이 주필 없으면 신문은 그만입니다. 아무리 생각해도 무슨 오해인 것 같습니다."

전화를 통해서도 사장의 낙심을 알 수가 있었다. 사장 K씨는 이사마를 보물처럼 섬기고 있었다. 자기의 월급은 13만 원인데, 이사마에겐 15만 원을 지불했다. 그만이 아니었다. 필요한 대로 가불해 쓰고 연말에 가선 그 가불액을 이런저런 명목으로 말소해버리는 조치를 취했을 뿐 아니라 주필의 사인이 있기만 하면 어느 때이고 즉각 지불하라는 명령까지 내려놓고 있었다.

자유당 전성시대 내무부 고위간부로부터 이 주필을 해직하면 상당한 금액을 주겠으며, 그 대신 해직하지 않을 경우엔 신문을 폐간하겠다고 위협한 일이 있었다. 그때 K사장은,

"이 주필을 없애라는 것은 신문을 하지 말라는 것이니 자금을 지원해줘도 소용이 없습니다. 결론적으로 이 주필 없이 신문을 하는 것보다 폐간하는 것이 나을 듯하니 알아서 하시오."

하고 잘라 말했었다.

이 얘긴 K사장의 입에서 나온 말이 아니고 민주당 정권으로 바뀌었을 때 내무부 근처에서 나온 말이니 사실 여부를 의심할 여지가 없다.

신문계에서 잔뼈가 자랐다고 할 수 있는 K사장은 신문이 무엇인가를 알고 있었다. 이사마란 존재가 신문을 만드는 데 있어서 어떤 의미를 가지고 있는가를 알고 있었다.

K사장은 입버릇처럼,

"이 주필을 만나고 나서야 신문 만드는 재미를 알았다."

고 이 주필을 자랑하기도 했었다.

그런 만큼 이 주필의 구금은 K사장에게 있어선 결정적인 충격이었다.

5월이 가고 6월이 왔다. K사장이 나를 찾아왔다.

초췌한 K사장의 얼굴을 보고 나는 놀랐다.

"이 주필은 당분간 나오지 못할 것 같습니다."

침통한 표정으로 K사장은 이렇게 시작했다.

"도대체 구금된 이유가 뭡니까?"

하고 내가 물었다.

"용공분자로 몰렸어요."

"용공분자? 이군이 용공분자?"

하도 어이가 없어 언성을 높이자 K사장은,

"이 주필이 혁신정당과 관계가 있다는 겁니다. 그리고 교원노조의 고문이라나요."

하고 무겁게 한숨을 쉬었다.

"그건 말도 안 되는 얘깁니다."

내가 흥분하자 K사장은

"그건 누구보다도 내가 잘 알고 있습니다."

하고 다음과 같은 말을 했다.

"이 주필은 작년 선거가 있기 직전 혁신정당이 우후죽순처럼 솟아났을 때 편집국 전원을 모아놓고 이런 훈시를 했습니다.

─각기 정치적 사상을 가지는 것은 좋지만 신문기자는 어떠한 정당에도 가담해선 안 된다. 신문기자로서의 사명을 다하는 것만으로도 우리는 벅차다. 그런데 정당운동까지 한다는 건 말도 안 된다. 민주당 자유당 할 것 없이 어떤 정당에도 가입해선 안 된다. 혁신정당은 더더구나 안 된다. 정당운동을 하고 싶거든 신문사를 그만두고 해라. 이미 정당에 가담한 사람은 오늘 안으로 그만둬라. 오늘 이전의 일은 문책하지 않겠다. 그러나 오늘 이후 정당에 관계하고 있다는 것을 알면 파면한다.

그런 연설이 있고 한 달쯤 후에 이 주필은 K기자와 B기자를 혁신정당에 가담하고 있다는 이유로서 파면했습니다. K기자와 B기자는 전에 우리 신문의 논설위원으로 있던 L씨가 중심이 되어 만든 민민청의 당원이었습니다. 이 주필과 L씨의 사이는 대단히 친밀한 사이이고, K, B

양 기자는 L씨의 제자일 뿐 아니라 이 주필의 제자 격이라고 할 수 있는 사람들이라서 사장인 내가 구명운동을 했습니다. 지금이라도 정당을 그만두겠다는 다짐을 받고 용서해주는 것이 어떠냐고. 그러나 이 주필은 듣지 않았어요. 주필이자 편집국장이 용납할 수 없다는 걸 내가 어떻게 합니까. 게다가 이 주필은 신문사에 온 이래 단 한 사람도 기자를 파면한 적이 없습니다. 그런 사람이 그처럼 강경했다, 이겁니다. 혁신계에 가담했다고 해서 기자를 파면까지 시킨 사람이 어떻게 혁신정당과 관계를 가졌겠습니까."

"그 얘길 경찰에 했습니까?"

"했지요. 했으나 듣지 않아요."

"뿐만 아니라 이 주필은 혁신계를 비판하는 글을 많이 쓰지 않았습니까. 내가 읽은 것 가운데도 격렬한 것이 있던데요. 지금 혁신정당이 노리고 있는 것은 망상이라구요."

"그런데 그것이 경찰의 입장에서 보면 혁신계를 육성하기 위한 방편으로써 한 비평이란 겁니다."

그렇게 보면 그럴 수도 있을는지 모른다는 생각이 얼핏 들었다. 나는 그가 쓴 다음과 같은 구절을 상기했기 때문이다.

지금 혁신정당의 상황은 동체는 하나인데, 대가리는 여러 가지 붙어 있는 히드라와 같은 괴물 현상이다. 동체가 하나이면 머리도 하나라야만 한다. 그렇게 되지 않는 한 괴물로서 구경거리만 될 뿐 정치력으로써 하등의 보람을 발휘할 수 없다.

그러나 이러한 글을 썼다고 해서 혁신정당을 도운 것으로 될까. 혁신

정당을 도왔다고 해서 용공분자로 되는 것일까. 나는 또한 4·19 직후 그가 쓴 「이제야 우리는 참으로 반공할 수 있다」는 제하의 글을 상기하기로 했다.

그 요점은 반공의 명분은 민주주의 이외엔 찾을 수 없는데 자유당 시절엔 공산주의의 악을 지적하고 반공할 수 있었을 뿐 우리는 이렇게 산다는 내용을 제시할 순 없었다. 그런데 지금 우리는 우리의 의사로써 독재자를 물리쳤다. 너희들은 이렇게 할 수 있느냐. 우리는 우리의 힘을 모아 민주주의의 터전을 닦고 있다. 너희들은 이렇게 할 수 있느냐고 따져가며 반공할 수가 있다. 너희들에게 이런 자유가 있느냐, 하고 크게 외칠 수도 있다…….

그 글은 힘차 있었다. 나는 아직껏 그러한 반공 논설을 읽은 적이 없었다.

"대한민국에서 이론을 갖춘 반공자를 찾는다면 으뜸에 갈 인물을 용공분자로 몰다니 될 말이기나 합니까?"

나는 책상이라도 치고 싶은 격분을 가까스로 참았다.

"그러게 말입니다. 그런 자유주의자가 어디에 있겠습니까. 이 주필의 결점은 그 자유주의가 너무나 지나쳤다는 점에 있는 건데."

하고 K사장이 물었다.

"그런데 이 주필이 교원노조의 고문이었다고 해요. 혹시 그런 사실을 아십니까?"

"그건 모르겠는데요."

할밖에 없었다.

언젠가 그로부터,

—교원들이 비굴하지 않기 위해서라도 교원노조는 있어야 하겠다.

는 말을 들은 적이 있기 때문이다.

그러나 그는 다음과 같이 덧붙였던 것이다.

─교원노조는 교원의 권익을 위한 단체이기에 앞서 교원들이 스스로의 자질을 향상시키기 위한 수양 단체로서 내실을 충실히 해야 한다. 그렇게 해야만 널리 학부모들의 지지를 받을 수가 있다. 학부모들의 지지를 받지 못할 때 교원노조는 유명무실한 것으로 되거나 깡패의 집단과 다를 바 없는 것으로 된다.

나는 그의 그런 의견에 일일이 수긍했던 것인데, 그게 어째서 나쁘냐는 생각으로 되었다.

"이군이 교원노조의 고문이면 안 되는 겁니까."

"그게 문제입니다. 교원노조를 용공단체로 치고 있는 모양이거든요. 용공단체의 고문이면 용공분자로 되는 것 아닙니까. 만일 그렇다면 헤어 나올 길이 없는 겁니다. 그가 교원노조의 고문이 아니란 확증만 얻을 수 있다면 무슨 수라도 써보고 싶습니다. 그래서 이 교수를 찾아온 것인데, 짚이는 데가 없습니까."

"이군이 교원노조를 지지하고 있는 것 같기는 했습니다만 고문직을 맡진 않았을 겁니다. 그럴 사람이 아니니까요."

"사람이 워낙 좋아서 마지못해 승락하는 수도……."

"그러나 그 사람이……."

이렇게도 저렇게도 말이 나왔지만 추측 이상으로 넘어설 수 없었다.

"면회라도 할 수 있으면……."

K사장의 표정은 자꾸만 어두워졌다.

"면회가 안 됩니까?"

"어림도 없어요."

"이번 체포된 사람이 전국적으로 수천 명 되는가 보죠?"

"그런가 봅니다."

"무혈혁명을 했으면 그만이지, 그런 희생자를 낼 필요가 있었을까요."

"글쎄 말입니다."

하고 K사장은 일어서려다 말고,

"듣건대 P대학의 M교수와 D대학의 J교수가 이 주필이 쓴 논설을 검토하고 있답니다. 용공색채를 가려내겠다, 이거죠. 가능하거든 그분들을 만나 무난하게 해달라고 간곡한 부탁을 해주십시오."

하는 말을 보탰다.

M교수와 J교수의 이름을 듣자 내 가슴이 뜨끔했다. 평소 그들의 이 주필에게 대한 감정이 좋지 않다는 것을 알고 있기 때문이다.

그러나 그런 말을 해서 K사장의 마음을 더욱 무겁게 할 필요는 없었다. 힘써보겠노라고 답했다.

6월의 햇빛이 깔린 거리로 K사장이 탄 검은 지프가 멀어져 시야에서 사라질 때까지 문밖에 서 있다가 돌아와선 서재로 들어갔다.

소파에 맥이 빠진 몸을 던지고 담배에 불을 붙였다. 한숨과 더불어 연기를 뿜어내고 있는데, 벽 한구석에 걸려 있는 족자로 시선이 갔다.

幕怪頻過有酒家 막괴빈과유주가

多情長是惜年華 다정장시석년화

春風堪賞又堪恨 춘풍감상우감한

纔見開華又落華 재견개화우락화

작자는 옹도雍陶. 시제는 「남린南隣의 화원花園을 지나며」.

이사마는 이「남린의 화원」을 좋아했다. 자기가 좋아하는 것을 내게 준다며 선대부터 내려온 족자를 손수 들고 와서 내 서재의 한구석에 걸어놓은 것이다.

—이상할 것 없지 않느냐. 빈번하게 술집을 지나간다고 해서. 다정하면 그 해의 꽃을 안타깝게 여기는 것이니라. 춘풍이 이를 즐길 수도 있고 원망할 수도 있는 것은 겨우 핀 꽃을 보았다 싶으면 이내 지는 꽃을 보아야 히니 말이다.

나는 향락에서 고절孤絶된 이사마의 마음을 그 시 가운데 읽으며 어느덧 눈물이 글썽하게 되었다. 글썽한 눈물 저편에,

—남린의 화원, 얼마나 좋노.

하고 무릎을 치는 이사마의 얼굴이 떠올랐다.

봄은 가고

맑은 날씨가 연일 계속되었다.

군사혁명도 신나게 진행되고 있었다.

라디오는 행진곡을 국가재건최고회의의 명령을 다음다음으로 발표했고, 신문은 이를 활자로써 정착시키는데 그 활자의 배열 속에서도 행진곡은 울려 퍼지고 있었다.

군사정권은 대외관계에 있어서도 순탄한 기틀을 잡은 것 같았다. 그 가장 큰 원인은 윤보선 대통령이 유임하기로 한 데 있었다. 대통령이 그냥 남아 있는 것으로써 외국 정부의 재승인을 필요로 하지 않게 된 것이다. 그렇게 해서 윤보선 씨는 군사정권의 1등 공신으로서 이 나라 역사에 기록될 자격을 얻은 셈이다.

어리둥절했던 대중들은 솔깃한 마음으로 되어갔다. 우선 구악을 일소하겠다는 군사정권의 외침이 마음에 들었기 때문이다.

구악을 일소하겠다는 말은 바로 권력에 편승해서 치부한 놈들을 없애겠다는 뜻이니, 그것이 통쾌하지 않을 까닭이 없다. 권력만 잡으면 부패하는 현상을 보아온 국민들은 그런 폐단을 뿌리째 뽑겠다고 나선 사람들에게 갈채를 보내고 싶은 심정으로 될 법도 했다.

좀처럼 정치가의 말을 액면 그대로 믿으려 들지 않았던 국민들이었지만,

— 저렇게 나팔 불고 북을 치며 떠들어대는 걸 보면 단단한 각오가 있는 게 분명하다. 하물며 젊은 군인들이 아닌가.

하는 생각을 가져볼 만도 했던 것이다.

나 자신의 생각이 그러했다. 내건 간판이 '국가재건최고회의'가 아닌가. 최고회의의 최고위원을 자처하고 국가를 재건하겠다고 나선 사람들이 부패하고 타락된 나라를 만들려고 하지야 않겠지.

그렇게만 된다면야 이 주필을 비롯한 얼만가의 사람들이 희생된다고 해도 별로 탓할 것이 아니다…….

혁명의 진도에 맞추어 유치장이 만원을 이루었다고 한다. 형무소도 넘칠 지경이라고 했다. 이윽고 체포된 자들을 감당할 도리가 없어 병사 兵舍의 일부를 이용하게 되었다는 말도 들려왔다.

그것도 그럴 것이었다. 혁신당·사회대중당·통일사회당·민주자주통일연맹 등의 당원들을 모조리 체포하고, 민통학련·유족회, 불미스럽다고 지목된 언론관계의 인사들까지 붙들려 갔으니 기정사실만으론 도무지 감당할 수가 없는 것이다.

그러니 도대체 어느 정도의 숫자가 체포되었는지 알 길이 없었다. 그러고도 5월에 불어제친 검거의 바람은 6월에 들어서도 그 세위를 멈추질 않았다.

영장 없이, 무슨 객관적인 근거도 없이, 관헌의 주관적 심증만으로 잡아들일 수가 있었으니 경찰관을 비롯한 수사기관의 처지에서 보면 대풍어의 계절을 맞은 꼴이다. 그래도 거리엔 붐빌 정도로 사람이 넘쳐

있었으니 대해에 배가 지나간 흔적도 보이지 않는 것이다.

그러나 흔적이 쉽게 보이지 않는다고 해서 상처가 없는 것은 아니다. 만일 만 명이 체포되었으면 그 한 사람당 가족을 다섯으로 치더라도 5만 명의 눈물이 흐르고 있는 것이고, 5만 명의 한숨이 공기 속에 서려 있는 것이다. 하기야 구악을 일소하기 위해선 인권 따위야 문제도 안 될 것이었다. 어떤 시대이고 나폴레옹은 가능하다. 라스콜리니코프의 탄식이 내 마음에 메아리를 남겼다.

—그자는 투론을 포격해서 폐허로 만들어버렸다. 파리에선 대학살을 감행했다. 이집트에선 대군을 방치하고 혼자 도망쳤다. 모스크바에선 50만의 군대를 소비했다. 그러고도 빌리노에선 재담으로 사람들을 웃겼다. 죽은 뒤엔 모두들 그를 영웅으로 받들고 있지 않은가. 아마, 그는 육신의 인간이 아니고 청동으로 되어 있는 인간일지 모른다…….

샐비어의 꽃이 시들어가고 있는 옆에서 칸나가 키대로 자란 줄기 끝에 꽃봉오리를 맺었다.

마루에 앉아 그것을 바라보며 나는 학교에서 M교수와 주고받았던 얘기를 상기했다. M교수가 이 주필이 쓴 논설을 감정하고 있다고 듣고, 내키진 않았으나 도움을 청할까 하고 찾았던 것인데, 그는 나를 보자 대뜸,

"이 교수의 붕우가 야부지게 걸려든 모양인데 걱정이 되시겠죠?"

하고 싱글벙글했다.

단번에 불쾌했지만 그런 내색은 하지 않고 조용히 말했다.

"어떻게 풀려나오도록 할 수가 없을까요?"

"그 사람 풀려나긴 힘들 거요. 지금 혁명정부에선 특별법을 준비 중

이라고 합니다."

"특별법을요?"

"현행법으로썬 다스릴 수 없으니까 특별법이라도 만들어야죠."

"현행법으로썬 다스릴 수 없는 거라면 석방할 수도 있을 것 아닐까요?"

"이 교수는 시국을 전연 인식하지 못하고 있구먼. 석방할 사람을 뭣 때문에 구금했겠소."

"M교수는 군부와 수사기관의 신임을 얻고 있지 않소? 그러니까 M 교수가 거들면 혹시……."

그러자 M교수의 얼굴이 돌연 엄숙하게 되었다.

"군부가 혁명을 일으킨 목적이 어디에 있는지 아시기나 하우? 그런 정실을 없애고 공명정대한 정치를 하려고 나선 겁니다. 이런 판국인데, 어떻게 사사로운 사정을 말할 수 있겠소."

하는 수 없이 나도 한마디 했다.

"이 주필 같은 사람을 풀어주는 게 공명정대한 처사가 되리라고 나는 믿는데요."

"그것은 이 교수의 주관이겠죠. 당국에선 그 사람이 이 사회에 뿌린 독소가 한량없다고 보고 있는 모양입니다."

"그래 M교수는 당국의 의견에 찬동하고 있소?"

"내가 찬동하건 안 하건 당국은 그렇게 보고 있다는 얘깁니다."

"자유당을 공격한 것이 사회에 독소를 뿌린 겁니까?"

"글쎄요."

"시시비비를 가려 민주당을 비판한 것이 독소가 되는 건가요? 혁명 정부도 자유당과 민주당을 철저하게 규탄하고 있지 않습니까."

"같은 비판이라도 사상의 발원지가 다를 수 있지 않겠소?"

"그 사람 사상의 발원지는 민주주의요. 그밖에 달리 발원지가 있을 수 없습니다."

"그럴까요?"

M교수는 애매한 웃음을 웃으며 다음과 같이 덧붙였다.

"이러나저러나 우리가 용훼할 문제는 아닙니다. 혁명정부가 알아서 하겠죠. 나는 혁명정부를 믿습니다."

이에 나는 아무런 응수도 하질 않았다. 더 이상 말해보았자 소용이 없다고 판단했다. 다만 나는 이 주필의 글을 감정한 M교수의 결론을 짐작했을 뿐이다. 당국의 이름을 빌려 그가 한 말, 즉 이 주필이 사회에 뿌린 독소는 한량없다는 결론.

M교수와 이 주필의 불화는 이 주필이 대학에 있을 무렵 비롯되었다. 원래 성격이 맞지 않았던 터였는데, 어느 술자리에서의 사단이 그들의 불화를 결정적인 것으로 만들어버렸다.

어떤 화제의 끝에서 M교수가,

—사회는 법치사회를 제1의로 한다. 그런데 법률 가운데서도 헌법이 으뜸이다. 그러니 법률하고도 헌법을 전공하는 사람이 제일이다. 그러니까 헌법을 전공하고 있는 내가 제일이다.

하는 식의 말을 꺼내놓았다.

처음엔 그것을 농담의 일종으로 듣고 있었는데, 후속된 말로써 M교수가 농담을 하고 있는 것이 아니란 걸 알았다.

"M교수의 말대로라면 원자학이나 세균학을 연구하는 놈들은 시러베자식들이군."

하고 이 주필이 자리를 박차고 나가버렸다. 그러자 법과교수들만 남고 모두들 퇴장해버렸다. 나도 퇴장한 사람들 가운데의 하나다.

돌이켜보면 실로 하잘것없는 일이 확집確執의 씨앗이 된 것이었다.

그런 일만 없었더라면 M교수가 이 주필을 사회에 한량없는 독소를 뿌린 사람이라고 감정서에 쓰지도 않았을 것이고, 그랬더라면 혹시 이 주필이 풀려나올 수도 있었을 것이 아닌가.

이에 생각이 미치자 나는 인생 어느 곳에 복병이 있을지 모른다는 것과 무엇이 화근이 될지 모른다는 느낌을 되씹게 되었다.

— 친구 백 명은 모자란다. 원수 하나는 겁난다.

실로 기막힌 격언이다.

이 격언을 되뇌며 앉아 있는데, 이웃에 사는 젊은 국민학교 교사 부인이 어린애를 둥쳐 업고 나를 찾아왔다. 그녀는 어린애를 업은 채 마루 끝에 걸터앉아,

"선생님, 어떻게 될까요?"

하고 울먹였다. 뺨 위론 눈물이 흐르고 있었다. 잔뜩 겁을 먹은 표정으로 다시 한 번 되풀이했다.

"선생님, 어떻게 될까요?"

그녀의 남편은 교원노조에 가담한 죄로 구금되어 있었다.

난들 알 까닭이 없다. 나는 그녀의 처량한 얼굴로부터 시선을 업혀 있는 어린애에게로 돌렸다. 석 달 지나면 돌을 맞이한다는 어린애는 어머니의 슬픔엔 아랑곳없이 잠들어 있었다.

나는 구금되어 있는 젊은 교사가 가장 보고 싶어할 것이 이 아이일 것이라고 짐작하자 목이 메이는 기분으로 되었다.

잠자코만 있을 수 없었다.

"아직도 경찰서에 있는 거지요?"

"아녜요. 병사兵舍로 옮겼어요."

겁에 질린 소리였다.

"병사로?"

"예, 그게 이상하지 않아요?"

"수가 많으니까 그렇게 한 거겠죠."

"수가 많다고 병사로 옮길까요."

"그곳엔 몇 사람이나 수용되어 있는가요."

"확실히 알 수 없지만 아마 수백 명은 되는가 봐요."

"교원노조만 수백 명?"

"그런가 봐요."

"아이들 수업이 안 되겠구나."

"그래서 오전수업만 하나 봐요."

"그것도 문젠데……."

"그런데 선생님, 병사로 옮긴 까닭이 뭘까요. 혹시 총살이라도 하려고 그런 게 아닐까요."

어처구니가 없어 나는 웃었다.

"그럴 작정이라도 없으면 뭣 때문에 병사로 옮겼겠어요."

"그런 걱정은 마십시오. 어린애들의 장난도 아니고, 총살이란 게 함부로 있을 수 있는 일입니까?"

"그런데 선생님, 그런 소문이 돌고 있어요."

"누가 그따위 소릴 해요. 그런 걸 유언비어라고 하는 겁니다."

"교원노조를 아주 악질로 보고 있다는 얘기였어요. 단식투쟁을 하고 궐기대회를 하고 했대서 말입니다."

혁명정부가 교원노조를 악질로 보고 있다는 것은 사실일 것이었다. 그렇지 않고서야 교원노조에 가담했다는 사실만으로 닥치는 대로 체포하겠는가 말이다.

교원노조가 거창한 세력으로 자라고 있는 것은 사실이고, 그 때문에 민주당 정부의 난문제로 되어 있었던 것도 사실이지만 그 때문에 악질시한다는 것은 지나친 일이 아닐까 싶었다.

원래 나는 교원노조에 대해선 비판적이었다. 교육자가 노동자로서의 자각을 가지는 것이 과연 타당한 일일까 하는 회의가 있었기 때문이었는데, 이런 뜻의 말을 하지 이 주필은 현재의 사정이 아닌 바엔 일단 노동자로서의 자각으로써 단결할 필요가 있고, 또 교사들이 비굴하지 않기 위해서라도 그런 조직은 있음 직하다며 교원노조를 지지한다고 했었다. 그러나 이 주필은 하나의 전제 조건을 내세웠다. 권익 옹호의 뜻에 앞서 교사들의 질적 향상을 위한 자기훈련적 단체로서의 의미에 중점을 두어야 한다는 것이다.

그렇대서 이 주필의 의견에 동조하진 않았지만 교원노조에 가입했다는 이유로 교사들이 박해를 당해야 한다는 덴 나 자신 석연할 수가 없었다.

그러니까 다음과 같은 말은 그 교사 부인에게 한 것이라기보다 나 자신을 납득시키기 위한 말이었다고 할밖에 없다.

"군인들의 사고방식엔 노동조합이라고만 하면 좌익이란 고정관념 같은 것이 있는 겁니다. 조사를 해보면 그것이 오해였다는 사실을 곧 알게 되지 않을까 합니다. 그러니 그다지 걱정할 필요가 없을 겁니다."

"그래도 선생님."

하고 젊은 부인은 누군가로부터 들었다며 다음과 같은 얘기를 했다.

교원노조에 가입했다고 해서 붙들어 가는 것은 법률에 없는 일이다. 법률에도 없는데 잡아가는 것을 보면 법률적으로 처리할 작정이 아닌 것은 분명하다. 그렇다면 그 의도가 뭔가. 총살할 작정이 아닌가. 교원들이 조직되면 막강한 힘이 생긴다. 학생들, 학부형이 그 둘레에 모이면 군대조직이 아무리 강하다고 해도 당해낼 수가 없다. 그런 까닭에 앞으로 군사정권의 반대세력이 될지 모르는 교원노조를 뿌리째 뽑을 작정인 것이다. 체포된 교사들을 병사로 끌고 간 사실부터가 의심스럽지 않은가.

나도 모르게 울분이 솟았다.

"꽤나 똑똑한 사람이 지어낸 말인가 본데, 절대로 그런 일은 없을 겁니다."

하고 성난 말투로 말했다.

그러나 젊은 부인은 여전히 겁에 질린 표정을 풀지 않았다.

때가 때인 만큼 갖가지 유언비어가 돌고 있을 것이란 짐작은 했지만 그런 지독한 얘기가 유포되어 있다는 것은 참으로 어처구니없는 일이었다.

나는 조용히 그 부인을 타일렀다.

"군사정부의 군인들도 사람입니다. 어떻게 그런 무자비한 짓을 하겠습니까. 절대로 그런 일은 없을 테니 그 일을 갖고는 걱정하지 마십시오. 그리고 아까와 같은 그런 말은 절대로 입 밖에 내지 마십시오. 유언비어를 유포하는 사람으로서, 그야말로 엄벌을 받게 될 겁니다. 혹시 그런 말이 구금되어 있는 사람들의 귀에 들어가보시오. 일종의 패닉 사태가 발생할지 모릅니다. 집단 탈출의 소동이 날지도 모르죠. 그런 사태가 난다면 그때야말로 위험합니다. 절대로 그런 말을 입 밖에 내지 마시오. 아셨죠?"

6월 15일, 배달되어 온 K신문을 보고 깜짝 놀랐다. 신문의 제호 밑에 '주필 겸 편집국장 이 모'라고 붙어 있던 이 주필의 이름이 다른 사람의 이름으로 바뀌어 있었기 때문이다.

K신문의 사장에게 전화를 걸었다. 사장은 부재중이어서 전무를 바꿔 달라고 했다. 전무의 대답은 침통했다. 당국으로부터 이 주필의 이름을 삭제하라는 지시가 왔다는 얘기였다.

"풀려나긴 어려울 것 같지요?"

하는 내 질문에 대해 전무는,

"풀어줄 사람을 이름까지 삭제하라고 하겠습니까?"

하는 풀죽은 대답을 했다.

전화를 끊고 멍청해 있는데 전화벨이 울렸다. 성유정 씨의 전화였다. 성유정 씨는 나와 이 주필의 선배이다. 우리는 그의 각별한 총애를 받고 있었다.

성유정 씨도 신문에서 이 주필의 이름이 사라진 것을 보고 나에게 전화를 걸어온 것이다. 저녁에 만나 술이나 같이 하자는 약속을 나누고 전화를 끊었다.

또 전화벨이 울렸다.

수화기의 저편에 여성의 음성이 있었다.

"이 교수님이세요?"

"그렇습니다만……."

"절 모르시겠어요?"

귀에 익은 듯했으나 갑자기 생각나지 않아 우물우물하고 있는데,

"저 한혜련이에요."

하고 화려한 웃음소리를 냈다.

“그렇습니까. 몰라봐서 죄송합니다.”

“헌데 이 주필 잘 계시나요?”

나는 그 물음을 구금 중에도 몸 성히 있느냐는 것으로 알고,

“아직 건강엔 지장이 없는 것 같습니다만…….”

하고 말꼬리를 흐렸다.

“그렇다면 건강 말고 무슨 지장이 있다는 말인가요?”

나는 무어라고 할 수 없었다.

이어 한혜련의 말이 있었다.

“K신문에서 이 주필의 이름이 없어졌더군요. 그래 궁금해서 묻는 거예요.”

“그럼 이 주필의 신변에 일어난 일을 모르시는구먼요.”

“제가 어떻게 알겠어요. 외국에서 돌아온 지가 일주일밖에 안 되는걸요.”

“외국이라니 어느 외국입니까?”

“독일이에요. 그런데 이보다 이 주필에게 무슨 일이 있었나요?”

“전화로썬 말하기가 힘듭니다. 부자유한 처지에 있다고만 알아두시지요.”

“부자유한 처지? 그럼 구속되었다는 말인가요?”

“…….”

“무슨 일로요?”

“글쎄 전화로썬…….”

“만나뵐 수 없을까요?”

“그래도 좋습니다.”

“그럼 당장에라도.”

한혜련이 숨 가쁘게 말했다.

나는 잠깐 생각했다. 한혜련과 성유정이 모르는 사이가 아니니 같이 합석해도 되겠다는 짐작이 솟았다.

"오늘 밤 성유정 선배와 같이 술을 마시기로 했는데, 그 자리로 오실 수 있겠습니까?"

"좋습니다."

하는 대답이 돌아왔다.

나는 우리가 만날 시간과 장소를 알려주었다.

2년 전 이 주필과 헤어지면서 자살소동까지 빚은 한혜련이 독일엘 다녀왔다니 뜻밖이었다.

'한데 한혜련이 이 주필에게 대해 어떤 감정을 가지고 있는 것일까.'

오늘 밤의 만남이 기대되지 않은 바 아니어서 나는 목욕이나 할까 하고 일어섰다.

그때 누군가가 찾아왔다는 가정부의 전갈이 있었다.

"누구라고 하더냐?"

고 물었다.

"젊은 아가씨예요."

가정부의 대답이었다.

"젊은 아가씨가 나를?"

하고 목욕탕으로 가려던 발을 현관으로 돌렸다.

현관엘 나간 나는 눈이 번쩍 뜨이는 느낌이었다. 청초하기가 이를 데 없는 아가씨가 거기에 서 있는 것이 아닌가.

나는 직감적으로 요즘 이 주필이 사귀고 있는 여자가 바로 이 아가씨로구나 하는 짐작을 했다.

응접실로 안내했다.

하얀 블라우스에 베이지색 스커트를 입고 무릎을 단정하게 모으고 의자에 앉은 아가씨는 고개를 떨군 채 한참동안 말이 없었다. 무릎 위에 연한 갈색인 조그마한 핸드백이 놓여 있었다. 그 백을 쥔 손 모양으로 나의 시선이 갔다. 한마디로 섬세하고 아름다운 손이었다.

"무슨 일로 오셨습니까."

내가 먼저 입을 열었다.

순간 아가씨가 얼굴을 들었다. 크진 않았으나 꼬리가 긴 눈엔 눈물이 함뿍 담겨져 있었다.

"이 주필님이 어떻게 되셨는가 해서……."

들릴락 말락 한 기어들어가는 소리였다.

"이 주필이 경찰에 구속된 건 아시죠?"

아가씨는 보일락 말락 고개를 끄덕였다.

"그러나 별로 걱정하실 건 없을 겁니다. 나쁜 짓을 한 건 아니니까요."

"언제쯤 나오시게 될까요?"

"글쎄요. 사실은 나도 그게 궁금합니다."

침묵이 흘렀다.

어디서인지 파리가 한 마리 휭 날아들더니 아가씨의 어깨에 앉았다. 그 어깨 바로 위엔 청결한 목이 이어져 있는 것이다. 나는 큰 실수라도 한 것처럼 잠시 안절부절못할 정도였다.

'하필이면 파리가 저기에 앉을 것이 뭐람.'

하고 있는데, 파리는 한 숨 더 떠 아가씨의 그 섬세한 손 위에 앉았다 아가씨가 섬찟 몸짓을 했다. 파리는 다시 날아 응접탁자 모서리에 앉았다.

"대강이라도 짐작할 수 없겠어요?"

아가씨는 고개를 떨구며 속삭이듯 했다.

"짐작할 수가 없군요."

"무슨 일인지, 그거나 알았으면……."

"이 주필이 쓴 논설이 아마 당국의 비위를 거스른 것 같습니다."

다시 침묵이 시작되었다.

가정부가 사이다를 날라왔다.

나는 가정부에게 파리채를 갖다두라고 이르고 나서 사이다를 권하곤 물었다.

"댁은 누구시죠?"

"한명숙이라고 해요."

한명숙이라고 듣고 나는 속으로 웃었다.

"혹시 한혜련이란 분 아시나요?"

"모르는데요."

이 주필의 먼저 애인은 한혜련, 현재의 애인은 한명숙, 한 씨 성은 그다지 흔하지도 않을 텐데 용케 한 씨녀만을 고르는구나 싶으니 웃을 지경이었다.

그 웃음을 억누르고 물었다.

"학생이세요?"

"아닙니다. 학교는 작년에 졸업했어요."

"직장에 다니시나요?"

"예."

"직장이 어딥니까?"

"여중 교사예요."

어느 여중이냐고 묻고 싶었지만,

"무슨 학과를 가르칩니까?"

하고 물었다.

"음악이에요."

"음악이면 기악을 전공하셨나요?"

"예."

나는 성악이 아니라서 다행이라고 얼핏 생각했다. 청초하기만 한 육체에서 기막힌 음량과 음색이 나올 까닭이 없다고 여긴 때문이다.

"그래 이 주필을 어떻게 알게 되었습니까?"

실례인 줄은 알았지만 호기심의 발동이 강했다.

"음악회에서 선배님의 소개로 우연히 알게 되었습니다."

"이 주필을 가장 최근에 만난 게 언제입니까?"

"5월 18일? 아니 20일? 21일 8시에 P다방에서 만나게 되어 있었어요. 그런데 10시가 지나도록 나오시질 않기에 그냥 집으로 돌아갔어요. 그래 그 이튿날 전화를 했는데, 통하지도 않고……, 사흘째에야 알았어요. 그래도 참고 견디었는데, 오늘 신문을 보니……."

한명숙은 손수건으로 눈을 가렸다.

신문의 제호 밑에 가장 작은 호수의 활자로 찍힌, 여느 때 같으면 보지도 않고 지나쳐버릴 그 이름이 없어졌다는 것을 어쩌면 모두들 눈여겨볼 수 있었을까 싶으니 다시 가슴이 무거워졌다.

"대단히 당돌한 질문입니다만 이 주필과의 사이가 어떻게 되시는지."

나는 그들의 사귐이 어떤 정도일까 싶어 이렇게 물었다.

"전 이 주필을 사모하고 있어요."

하고 기어드는 목소리로 덧붙였다.

"그것뿐이에요."

침묵이 시작되고 상대방이 또다시 고개를 떨구는 기회에 편승해서 나도 차근차근 한명숙을 관찰하기 시작했다.

자란 대로 버려둔 듯한 짙은 눈썹은 건강한 소년의 청량함이 있었다. 비량은 가냘팠으나 그것이 오이씨 같은 윤곽의 인상을 더욱 선명하게 했다. 약간 짧은 듯한 인중에 이어진 입술은 불후불박不厚不薄으로 귀품이 있었다.

나는 보면 볼수록 이 주필이 이 여자에게서 마지막 사랑의 찬스를 느꼈다는 기분을 이해할 수 있을 것 같았다. 그 얼굴엔 모차르트의 어떤 소곡에 흐르고 있는 것 같은 고귀한 정서가 서려 있는 것이다.

나는 이 주필의 결정적 비극을 한명숙에게서 보았다. 딴으로 결정적인 행복의 계기를 그는 영영 단념해야 할지 모른다는 예감을 가졌다.

"가보겠습니다."

하는 한명숙의 말에 꿈에서 깨어난 듯 조금만 더 있다가 가라고 했다.

한명숙은 일순 촉촉이 젖은 눈으로 나를 바라보는 듯하더니 고개를 떨구었다. 내가 말했다.

"어쩌면 이 주필은 반년, 아니 1년쯤 세상에 나올 수 없을지 모르겠습니다."

특별법을 만들고 있다는 M교수의 말로 미루어 만일 그 법률을 근거로 재판이라도 시작되면 무죄석방된다고 해도 그만한 재판 기일이 걸릴 것으로 보고 한 소리였다.

한명숙은 겁에 질린 듯한 표정이 되었으나 말은 침착했다.

"반년, 아니 1년이라도 무사히 나오실 수만 있다면야 얼마나 좋겠어요."

"무사히 나오겠죠. 이 주필은 그래 봬도 깡단이 있는 사람입니다. 보통 사람이 아니니까요."

솔직한 얘기로, 나는 이 주필의 여자관계에 대해선 훼방을 놓고 싶은 충동을 언제나 느껴왔던 터이지만, 지금 눈앞에 앉아 있는 한명숙과의 사랑만은 성취시켜주고 싶은 정감을 느꼈다. 한명숙 같으면 이 주필의 그 불결한 여성편력에 종지부를 찍는 역할을 할 수 있으리란 믿음 같은 것을 갖게 된 것이다.

"바쁘신 일이 있는 것은 아니겠죠?"

하고 물어본 것은 조금이라도 한명숙과 얘기를 나누고 싶어서였다. 한명숙에 관한 더 많은 것을 알고 싶어서였다고나 할까.

"별로 바쁜 일은 없어요."

그 대답을 듣고 나는 대담하게 말해보았다.

"우리는 서로를 잘 알아야 할 것 같습니다. 한명숙 씨가 이 주필에게 있어선 가장 중요한 사람 같으니까요. 이 주필을 돕기 위해서도 우린 서로 격의가 없어야지요."

한명숙은 내 말을 긍정하는 듯 표정을 지었다.

"아버지께선 무엇을 하십니까?"

"아버진 계시지 않아요."

"돌아가셨나요?"

"네."

"오래되셨나요? 돌아가신 지가."

"제가 세 살 때 돌아가셨어요."

나는 속으로 계산했다. 한명숙의 지금의 나이를 23세쯤으로 잡으면 20 전에 그의 부친은 죽었다고 볼 수 있다. 지금이 1961년이니까 20년쯤이면 1941년, 즉 일제 때의 일이다.

"형제분은 계십니까?"

"제 위로 언니가 하나 있고, 남동생이 하나 있습니다."

"언니는 결혼하셨나요?"

"아직."

"동생은 학교에 다니겠군요."

"대학의 졸업반에 있어요."

"어머닌 건재하시구?"

"예."

그런 가족 구성이라면 생활이 무척 곤란하겠다는 짐작이 들었지만 그것을 물을 수는 없었는데, 한명숙이 이런 말을 했다.

"제 할아버지를 혹시 알고 계실지 모르겠습니다."

"누구신데요."

"한기덕 씨라구……."

"한기덕 병원의 원장?"

"예, 그렇습니다."

한기덕 병원이면 개인 경영의 종합병원으로선 널리 알려져 있는 꽤 큰 병원이다.

"아아, 한기덕 씨의 손녀이시군."

하고 나는 놀라면서도 한편 불안했다. 한기덕 씨가 자기의 손녀와 이 주필의 결합을 용서하지 않을 것 같아서였다.

"그러니까 할아버지께서 생활을 돕고 계시는 거로군."

"그렇다기보다 어머니도 의사예요. 할아버지 병원에서 일하고 계시죠."

"그럼 아버지도 의사였소?"

"예, 언니도 의사예요."

"동생도 의과대학에 다니고 있겠군요."

"할아버지의 병원을 이어받기 위해 의과대학에 다니고 있습니다."

"가족 전부가 의사인데, 명숙 씨 하나만 예외시군요."

"어머니의 희망은 저도 의사로 만들고 싶었던 모양인데 제가 음악을 택했어요. 할아버지가 제 편이 되어주셨죠. 딸아이 하나쯤은 다른 공부를 시켜도 무방하다구요."

"이해심이 많은 할아버지시군."

"게다가 할아버지는 너무너무 음악을 좋아하셔요."

이로써 나는 한명숙의 환경을 대강 알 수 있었다. 그리고 조금 더 대담해질 필요가 있다고 느꼈다.

"한명숙 씨가 이 주필을 좋아하는 정도를 알고 싶군요."

"……."

"나이의 차가 15, 6세 내지 20년이란, 그런 사실을 제쳐놓더라도 이 주필에겐 가정이 있거든요."

"……."

"그런 문제를 생각해보셨나요?"

한명숙은 고개를 끄덕였다.

"그 문제에 관한 한명숙 씨의 생각을 알았으면 하는데요."

"그 문제를 두고 여러 가지로 생각하고 있던 차에 사건이……."

하고 한명숙은 다시 손수건으로 자기의 눈을 눌렀다. 이 주필과의 관계에 대한 결론을 얻기 전에 이 주필이 구금되어버렸다는 의미일 것이라고 나는 알았다.

"사건이야 어쨌건 그 문제에 관한 결론은 낼 수가 있지 않겠습니까?"

"그러나 당분간은 생각하지 않기로 했어요. 이 주필님이 무사히 나오시는 날을 기다리고만 있겠어요. 무사히 나오시고 나면 그땐 그분이 하라는 대로 할 작정이에요. 시키는 대로 할 작정이에요."

"할아버지나 어머니가 용서하시겠수?"

"경우에 따라선 용서하시지 않겠지요. 그러나 전 각오가 섰어요. 이 주필님이 나오시기만 하면 모든 망설임을 걷어치우고 그분이 원하는 대로 하겠다구요."

낮고 가냘픈 음성이었지만 그 말투엔 만만찮은 결심이 나타나 있었다.

"그 말씀을 들으니 속이 후련합니다. 나와 같은 처지에 있는 사람이면 응당 말려야 할 일이지만 사랑의 진실이란 것도 소중한 것이니까요. 게다가 지금 이 주필은 대단한 용기를 필요로 하는 시련을 겪고 있습니다. 그럴 때 한명숙 씨의 성의는 대단히 소중한 것으로 압니다. 나도 힘이 있는 대로 돕겠습니다."

"고맙습니다, 선생님."

한명숙은 이윽고 눈물을 터뜨리고 말았다. 소리 없이 뺨 위로 흐르고 있는 눈물을 감당할 수 없을 만큼 그녀의 손수건이 젖었다.

나는 그 광경을 외면하고 창밖을 보았다. 하얀 구름이 푸른 하늘에 흐르고 있었다. 계절은 바야흐로 여름의 고개를 기어오르고 있었다.

그날 밤.

나는 또 이 주필을 위해 눈물을 흘리는 여인을 만났다.

한혜련이 성유정 씨와 내가 있는 자리에 나타났을 땐 그녀의 눈 언저리는 벌써 퉁퉁 부어올라 있었다. 원래 격정적인 그녀는 이 주필이 구금되었다는 소식을 들은 그 순간부터 울기 시작한 모양인 것 같았다.

"이런 꼴을 하곤 나올 수가 없었지만……"

하도 궁금해서 나왔다는 한혜련의 말이 있자 성유정 씨가 물었다.

"그렇게 매정스럽게 군 옛날의 애인을 위해 흘릴 눈물이 있었소?"

"잘못은 제게 있었던 거예요. 제가 남자라도 그렇게 했을 거예요. 그러니 그분을 원망하는 마음은 추호도 없어요. 전 미련이 있어서 우는 건 아녜요. 그분이 불쌍해서 우는 거예요."

하면서 한혜련은 울먹거렸다.

"불쌍하다니, 이 주필이 불쌍하단 말인가요?"

성유정이 물었다.

"불쌍하지 않구요."

"이 주필은 절대로 불쌍하지 않소. 신문사에 앉아 마음에도 없는 글을 쓰느니보다는 거기에 그렇게 있는 것이 훨씬 나은 거요."

서슴없이 이렇게 말해버리는 성유정 씨에게 나는 강한 비난의 눈초리를 보였다. 만사에 신중한 어른인데, 어떤 땐 터무니없는 언동을 하는 것이 또한 성유정 씨였다.

성유정 씨의 말을 막기 위해서도 내가 입을 열어야만 했다.

"지금 어떤 오해로 구금되어 있긴 하지만 그 오해가 풀리면 곧 나오게 될 테니 과히 걱정하지 마십시오. 그보다도 내가 궁금한 게 있습니다. 독일엔 언제 가셨죠?"

"작년에 갔어요."

"수단도 좋으셔. 어떻게 독일까지 갈 수 있었죠?"

"사실은 저 결혼했어요."

"결혼하셨다구요?"

"예."

"외교관허구?"

"예."

여자란 편리하기도 한 거로구나 싶었지만 그런 말을 할 수는 없어,

"번갯불에 콩 볶아 먹는단 말이 있더니 한혜련 씨야말로 그렇군."

하고 약간 빈정대는 투로 말했다.

"그 일이 있고 석 달 동안 집안에 처박혀 있었어요. 그러다가 다시 장소를 바꾸어 직장으로 나갔지요. 거기에서 현재의 남편을 만난 겁니다. 독일계 미국인예요. 사절단의 일원으로 한국에 와 있었던 거죠. 서너 달 교제한 끝에 상대방이 하도 원하기도 해서 결혼한 겁니다. 그래 그 사람의 임지가 독일로 바뀌는 바람에 그곳으로 갔죠. 한데 이번엔 아프리카의 탄자니아로 가게 됐어요. 탄자니아로 가기에 앞서 일단 한국에 돌아와본 건데⋯⋯."

"이 주필이 그렇게 되었더라 이 말이군요."

"예, 그래요."

"여자는 다른 남자에게 시집을 가고도 옛 애인을 위해 울 수가 있나요?"

"헤어졌다고 해서 정이 말쑥하게 없어지는 건 아니지 않아요?"

"이 주필에게 아직도 미련이 있다는 얘긴가요?"

"천만예요. 신문의 제호 밑에 그분의 이름이 그냥 있었더라면 안부조차도 묻지 않았을 거예요. 그런데 그 이름이 없어진 걸 보니 가슴이 쿵하고 내려앉는 기분이었어요. 예감이란 이상하죠?"

납득이 갈 만한 심정이었다. 그러나 나는,

"한데 군사혁명이 났을 때 독일의 반향은 어떻습니까?"

하고 화제를 바꾸었다.

"독일의 신문에도 대대적으로 보도되었어요. 거의가 사실보도뿐이

었어요. 그런데 어느 신문엔가, 쾰른의 신문이든가, 프랑크푸르트의 신문이든가, 이로써 극동에 있어서의 미국의 쇼윈도가 박살이 났다고 씌어 있더군요.”

“대중들의 반향은?”

“대중이야 코리아를 아나요? 코리아에서 일어난 일은 아프리카의 미개국에서 발생한 사건쯤으로밖엔 생각하지 않아요. 인텔리들의 의견은 대개 비판적이구요.”

얘기를 하고 있는 동안에 한혜련은 언제 울었던가 하는 표정으로 생기를 되찾았다.

“궁금한 게 있소.”

하고 성유정이 말을 끼었다.

한혜련이 성유정의 말을 기다렸다.

“한 여사의 남편은 한국의 사태에 관해 뭐라고 합니까?”

한혜련은 순간 긴장하는 빛으로 되더니 이런 말을 했다.

“제 남편은 상무관계에만 관심이 있는 사람예요. 말하자면 무역이죠. 그런 사람은 정치 문제에 관해 발언을 해선 안 된다는 거예요. 정치적 의견을 휘둘렀다간 상무에 지장이 있다나요? 그런 때문에 좋건 나쁘건 의견을 말하지 않아요. 정치 문제에 대해서는요.”

“그러나 한국 여성을 아내로 맞이한 이상 한국에 관한 관심은 있을 것 아니겠소.”

“관심은 있겠죠. 그러나 의견을 말하려고는 않아요.”

“꽤나 신중한 사람이군.”

하고 내가 말했더니 성유정이 고쳐 말했다.

“그건 신중이 아니고 오만이야.”

"성 선생님의 말씀이 옳은 것 같아요. 한국 사태에 관해 입을 봉해버리는 것은 신중해서가 아니라 오만한 탓이라고 저도 느꼈어요."

"언제 외국으로 나갑니까?"

하고 내가 물었다.

"남편의 연락이 있으면 곧 떠나야죠."

"아프리카 구경을 하시겠군."

"두렵기도 하지만 그만큼 익사이팅하기도 해요."

"천하의 1등 국민 미국인의 아내로서 가는 건데 두려울 게 뭐 있겠소."

성유정이 빈정댔다.

"그런데 제가 이 주필을 위해 도울 수 있는 일이 없을까요?"

한혜련은 다시 화제를 이 주필에게로 돌렸다.

"만일 한혜련 씨의 남편이 막강한 영향력을 가지고 있는 사람이라면 군사정권에 한 마디쯤만 해도 이 주필은 수월하게 풀려나올 건데."

성유정의 말이었다.

"그 사람이 한국에 없는걸요."

"남편 말곤 아는 미국 사람 없습니까?"

내가 물었다.

"찾아보면 있을지 모르지만……."

"그럼 한번 찾아보슈. 이 주필을 구해내는 건 미국인이 들면 간단한 문제일 테니까요."

"집어치워."

성유정이 성난 투로 말했다.

"왜 그러십니까?"

"생각하니 서글퍼. 한국 사람끼리의 일을 미국인에게 부탁한다는 게 말요. 어떤 때는 일본인에게 부탁해서 해결하려고 하고, 어떤 때는 청국인에게 부탁해서 해결하려고 하고, 또 어떤 때는 러시아인에게 부탁해서 해결하려고 하는, 그런 꼬락서니가 서글프지 않은가."

성유정의 말이 너무나 침울했기 때문에 자리의 분위기도 침울하게 물들었다.

한동안 말없이 술잔이 오갔다.

침묵을 깬 것은 한혜련이었다.

"오래 끌면 이 주필 가정의 생활이 곤란하게 되겠죠?"

"그야 물론이죠."

내가 한 말을 받아 성유정이 말했다.

"곤란해지면 한 여사가 도우시려우?"

"힘 있는 데까지 도와드려야 하지 않겠어요?"

"고마우신 말씀이군. 그러나 한 여사가 거기까지 걱정할 필요는 없을 겁니다. 내가 있고 이 교수가 있으니까요. 신문사도 가만있지 않을 테구요."

"그렇더라도 구금생활이 오래 끌어선 좋지 않을 것 아닐까요?"

"오래 끈다고 해도 무한정은 아닐 테니 걱정하지 마시오."

나는 성유정과 한혜련의 응수를 들으며 엉뚱한 생각을 했다. 어떻게 든 한혜련을 잡고 늘어져 한혜련의 남편을 한국에 오도록 해서 이 주필의 구명운동을 시키는 게 어떨까 하고. M교수의 말에 의하면 특별법을 만들고 있다고 하니, 사건이 예측 못할 방향으로 전개될지도 모른다는 공포가 선뜻 가슴을 스치기도 했기 때문이다.

한혜련과 성유정은 다음과 같은 말을 주고받고 있었다.

"군사정권이 잘 해나갈까요?"

"잘 하겠죠."

"만일 잘 안 되면?"

"한 여사는 그런 걱정일랑 말고 아프리카에 가서 사자 겨냥할 걱정이나 하십시오."

나는 한혜련에게 그 남편을 통해 이 주필의 구명운동을 해보자는 제안을 해보려고 기회를 찾았으나 성유정 씨의 이끼의 말이 마음에 걸리기도 해서 그만두기로 했다.

한혜련과는 다음 기회에 또 만나기로 기약하고 성유정 씨와 나는 장소를 바꾸어 다시 술을 마셨다.

호젓한 뒷골목의 술집 안방이었다. 성유정 씨와 내가 단골로 다니는 집이다.

이제 새삼스럽게 할 말이 있겠는가. 그저 묵묵히 술을 들이켜고 있다가 성유정 씨가 뚜벅 입을 열었다.

"술을 못 마시게 된 것만은 다행일지 모르지."

"이 주필이 그런 소릴 들으면 남의 속도 모르고 괜한 소리 한다고 투덜댈 거요."

"투덜대보라지. 앉은뱅이 용쓴다고, 제 놈이 아무리 투덜대봤자가 아냐?"

"기쁨은 나눌 수가 있어도 고통을 나눌 수 없다는 말이 실감이 나는데요."

"사람이란 별수 없는 거지."

"그건 그렇고 아까 성 선배께서 하신 그 말씀이 뭡니까."

"내가 뭐라고 했길래."

"이 주필은 거게 있는 게 낫다고 한 그말 말입니다."

"그건 막상 익살이 아니오. 농담도 아니구. 사실 그렇잖소? 이 주필이 신문사에 그냥 있어보우. 자유당 때나 민주당 때 하던 버릇대로 시시비비를 가려 글을 쓸 수 있겠수? 그런 뜻에서 나는 하늘이 이 주필을 도운 거라고 생각하오. 무문곡필할 위험을 철저하게 막아준 거니까."

"난 신문사에 있더라도 그 친구가 무문곡필하리라곤 생각하지 않는데요."

"자기가 안 해도 배하에 있는 논설위원이나 기자들의 무문곡필을 묵인해야 할 경우가 있을 것 아뇨. 그렇다면 주필이자 편집국장이 무문곡필한 거나 다를 것이 없잖소."

"듣고 보니 성 선배는 군사정권에 대해 아주 부정적이네요."

"그렇게 보여요?"

"그렇지 않습니까. 이 주필이 신문사에 있었으면 무문곡필할밖에 없다는 투가 그런 것 아닙니까?"

"그건 지나친 말야. 군사정권이 하는 일 가운데도 비판적으로 보아야 할 게 있을 텐데 그러지 못할 것이다, 이 정도의 말일 뿐이오."

"성 선배님, 솔직하지 않으십니다."

"꼭 흑백논리로써 재단해야만 솔직하다고 보는 건가?"

"그렇진 않지만……."

"그렇지 않은데 왜 그런 소릴 하는 거요?"

"그럼 묻겠습니다."

"뭘 묻겠다는 거요, 새삼스럽게."

"성 선배님은 군사정부에 대해 부정적입니까, 긍정적입니까?"

"부정적이면 어떻게 하겠소. 이미 되어버린 사태에서 말요. 긍정적이면 또 어떻게 하겠소. 플래카드 들고 나가 만세를 외칠 순 없잖소."

"나는 대의명분적으로 묻고 있는 겁니다."

"대의명분이고 뭐고 나는 부정도 긍정도 않는다니까."

"그런 게 어딨어요."

"일제 때부터 익혀온 습성인 걸 어떻게 하나."

"지금과 일제 때를 혼동하십니까?"

"그렇진 않아. 그런데 이 교수는 어떻소. 군사정부를 전면적으로 긍정하는가?"

"나는 긍정하려고 하고 있습니다. 이 주필을 비롯한 몇몇 사람들을 구속한 처사 말고는 긍정할 작정입니다."

성유정은 애매한 웃음을 웃으며 나를 한참 바라보고 있더니 다음과 같이 얘기했다.

"이미 되어버린 일을 왈가왈부할 필요가 없다고 싶어 이 교수에게도 말하지 않았지만, 내 감상을 솔직히 털어놓으면 이렇소. 이 쿠데타는 1년이 늦었고 4년이 빨랐소. 꼭 쿠데타가 있어야 한다면, 아니 쿠데타에 뚜렷한 명분이 있으려면 과도정부 때 해버려야 하는 거요. 과도정부의 역할을 우리가 맡겠다고 나서는 거요. 이승만이 임명한 과도정부 믿을 수 없다, 부정선거로써 과반수의 국회의원이 채워져 있는 국회 믿을 수 없다, 이미 발언권을 잃은 자유당 의원을 협박 또는 회유해서 자기네들에게 유리한 헌법을 만들려는 민주당의 획책을 용서할 수 없다, 국민의 총의를 새로 미루어 국회를 구성하고 정부를 조직해야 하는데, 그 과도적 임무를 정치에 오염되지 않은 우리 군인이 맡겠다고 나서면 그대로 그 명분이 통할 수 있었지. 그런데 새 국회의원이 선출되어 불과 1년도

채 못 되는 시기에 있어서의 쿠데타는 아무리 그럴듯한 명분을 내세운다고 해도 무리가 있게 마련이오. 몇몇 지방에 난동이 있고 전국적으로 음성적인 부정선거의 수작이 있었다고 해도 지난 해의 선거는 거의 공명선거에 가까왔던 것이오. 국민으로선 마음먹고 뽑은 거라. 그 마음먹고 뽑은 국회를 부정해버렸다는 사실을 국민이 마음속으로부터 납득하겠소? 말하지 않는다고 해서 불만이 사라진 것은 아니오. 4년이 빨랐다는 건 민주당 정권이 부패를 거듭했을 때의 얘기요. 1년도 채 되지 못한 정권이 우왕좌왕할 것은 당연한 사실이 아니오? 자유당 이래의 시행착오가 그냥 남아 있고 말요. 4년 동안 맡겨두어 보았다가 싹이 노랗다는 판단이 섰을 때, 국회의원의 임기가 얼마 남지 않았을 때, 그때 해치우면 명분이 그런대로 통할 거다 하는 게 나의 의견이오."

성유정 씨의 말에 수긍이 되지 않은 바 아니지만 나는,

"1년 전이고 4년 후이고 간에 쿠데타의 필연성이 있었다고 하면 시기가 문제될 것은 아니지 않습니까. 어떻게 하건 나라를 정상적인 궤도에 올려 세워놓기 위해서라도 군사정권을 긍정적인 방향에서 지원해야 할 줄 아는데요."

하고 맞섰다. 그리고,

"차제에 지식인들은 그 우물쭈물하는 타성을 청산할 줄도 알아야 할 겁니다."

하는 말을 덧붙였다.

"되게 세게 나오는군."

쓸쓸하게 웃곤 성유정이 중얼거렸다.

"공자의 말에 이런 게 있어. 유용무의자위란有勇無義者爲亂이라구. 용기만 있고 의리를 분별하지 못하는 자가 난을 일으킨다는 거요."

성유정의 저의를 알아차린 나는,

"나는 쿠데타를 일으킨 사람들이 유용무의자들이라곤 생각하지 않는데요."

하고 말했다.

"그럴까? 아무튼 10년쯤 시간의 스팬을 두고 봐야지. 10년쯤 지나고 나서 검산해보면 유용무의인지, 용의겸전勇義兼全인질 알 수 있겠지."

하고 성유정이 술잔을 내밀고 덧붙였다.

"이 주필이 옆에 없고 보니 왠지 이가 빠진 것 같아. 트리오에 '트'가 빠졌으니 '리오'가 될밖에."

"아니죠, 성 선배님. 트리오에 '트'는 선배님이고 이 주필은 '리'가 될 테니까 이 자리는 '트오'지요."

"리오나 트오나 트리오가 아닌 건 마찬가지가 아닌가."

이때 바깥에서 소리가 있었다.

"손님들, 통행금지 시간이 다 돼갑니다."

꽃밭에 나무를 심지 말라

이 주필이 구속된 지도 한 달이 넘어 지났다. 그가 감방에 있는 것을 예사로운 일로 치고 나의 일상은 흘러가야만 했다. 아무리 친한 사이기로서니 남의 고통을 나의 고통으로 하고 지낼 수는 없는 것이다.

그 무렵 프레더릭 조스가 나타났다.

대문을 두드리는 소리가 요란해서 잠을 깨어 나가보았더니 이제 막 동이 튼 새벽, 젖빛깔의 노을이 흐르고 있는 속에 넝마주이를 방불케 하는 모습으로 서 있는 사나이가 있었다.

조스였다. 한때 『타임』지의 기자였다가 지금은 프리랜서로서 세계를 주름잡고 다니는 초로의 사나이.

"이거 어떻게 된 건가?"

하고 나는 그의 손을 잡았다.

"하카타에서 배를 타고 어젯밤 도착했지."

그리곤 통행금지의 해제를 기다려 곧바로 나를 찾아왔노라고 했다.

나는 그를 응접실로 맞아들였다.

조스는 걸머지고 있던 포대를 마룻바닥에 팽개치듯하고 소파에 앉아 우선 한숨부터 쉬고 물었다.

"이 주필이 구속되었다며?"

"그렇게 됐어. 헌데 그 소식을 어디서 들었나?"

"요하네스버그에서 들었지."

"요하네스버그?"

"남아연방의."

"인종차별 정책으로 유명한 나라? 거기에 무슨 사건이 있었나?"

"남아연방에 사건이 없는 날이 있겠는가. 두 달 전에 3백 명이 죽었네."

"물론 흑인이겠지?"

"흑인 말고 누가 죽겠나. 그러나 이번엔 백인도 세 명 죽었어."

"곤란한 나라군."

"곤란한 나라가 어디 남아연방뿐인가. 남의 나라 걱정 말구 당신 나라 걱정이나 해요."

"우리가 걱정할 필요 있나. 군인들이 대신 걱정해주는데."

"이 주필의 건강은 어때?"

"건강엔 별로 지장이 없는 모양이야."

"면회는 되나?"

"안 돼."

"설마 고문을 당하거나 하는 일은 없겠지?"

"구속되었다는 게 고문을 당하는 거나 마찬가지 아닌가."

"구속과 고문은 또 달라."

"지은 죄가 없는데 그런 꼴을 당하겠나."

"죄가 없으니까 고문을 하는 거야."

"아무튼 고문당했다는 소식은 듣지 못했어."

"불행 중 다행이군. 헌데 도대체 무슨 죄목으로 붙들렸나?"

"그걸 모르니까 우리도 답답해. 대강의 짐작으론 그가 쓴 논설이 군 사정부의 비위를 거스른 게 아닌가 해."

"있을 수 있는 일이지."

"그건 그렇고, 요하네스버그에까지 이 주필이 구속되었다는 소식이 전해졌던가?"

"쿠데타가 있었다는 소식을 듣고, 그곳 영국 대사관에 부탁을 했지. 어떤 사람이 구속되었나 하고, 특히 이 주필의 신상을 알아달라고도 했 지. 겨우 일주일 전에야 확인을 했어. 그래 부랴부랴 달려온 건데."

"미스터 조스가 쓸 수단이 있을 것 같애?"

"글쎄."

하고 담배를 입에 물더니 불을 붙이려다가 말고,

"먼저 샤워를 해야겠네."

하며 마룻바닥에 팽개쳐 둔 포대를 끌렀다.

조스는 트렁크나 류색 따위를 사용하지 않는다. 용량으로 쳐서 쌀 서 너 말은 실히 들어갈 수 있는 포대 속에 옷·책·세면도구·타이프라이터 등을 아무렇게나 쑤셔 넣고 그걸 걸머지고 세계 어느 곳이건 마음 내키 는 대로 돌아다닌다. 두 종류의 여권을 갖고. 하나는 자유진영을 돌아 다니는 여권, 하나는 공산진영을 돌아다니는 여권.

언제나 하는 버릇으로 조스는 포대의 내용물을 죄다 쏟아놓고 뭔가 를 찾기 시작했다.

나는 눈에 띄는 대로 그의 신사복과 와이셔츠, 넥타이를 가려내어 따 로 놓았다. 조스는 격식을 필요로 하는 경우를 위해 한 벌의 신사복을 준비하고 다닌다. 내가 그걸 따로 챙겨놓은 것은 다려줄 참이었던 것이다.

내 마음을 알아차렸던지 조스는,

"부산에서 넥타이 매고 만날 사람은 없을 것 같아."

하며 신사복을 도로 포대 속에 쑤셔 넣어버리고 내의와 세면도구만을 들고 목욕탕으로 갔다.

집사람에게 아침식사 준비를 이르고 성유정 씨에게 전화를 걸었다. 그도 또한 조스와 친숙한 사이였다.

"한국에 대사건이 생긴 지 한 달이 넘었는데, 왜 이제 나타났는질 물어보지 그래."

하는 성유정 씨의 말이 있었다.

"남아연방에도 큰 사건이 있었나 봅니다."

"그럼 그 사람 남아연방에서 오는 길인가?"

"그렇답니다."

"조스를 바꿔줘."

"지금 샤워하고 있습니다. 아침식사를 같이 합시다. 오실 수 있겠죠?"

"붕우자원방래인데 가야지."

"기다리겠습니다."

하고 수화기를 놓았다.

목욕탕에서 조스의 콧노래 소리가 들려왔다. 조스로부터 들은 얘기가 생각났다. 샤워장에서나 노래 부르지 않으면 평생 노래 부를 기회나 장소가 없다고 했던 것이다.

뜰에 햇빛이 비치기 시작했다.

여름의 하루 가운데 가장 찬란하고 향그러운 시간이다. 나는 뜰에 서려 있는 아침의 풍경을 보고 조스의 콧노래 소리를 들으며 프레더릭 조스라고 하는 인생을 나름대로 감상해 보는 기분으로 되었다.

조스가 처음으로 한국에 온 것은 4·19 직후 그러니까 1960년 5월이다. 그때도 그는 일본 하카타에서 배를 타고 부산 부두에 도착했다. 배의 이름은 이리호라고 들었다. 1천 톤 남짓한 화물선이었다고 한다.

그는 부산항에 도착하자마자 신문사를 찾았다. 그때 조스는 거지꼴을 하고 있었다는데, 오늘 아침의 조스도 거지꼴이다.

바랠 대로 바래고, 구겨질 대로 구겨진 누르스름한 작업복에 볼품없는 등산모를 쓴, 동양인의 표준으로도 땅딸보라고 할밖에 없는 작은 키, 가슴팍에 다갈색의 털을 기르고, 갈색 눈이 쉴 새 없이 움직이며 코가 이상하리만큼 크고, 불그스름한 얼굴빛을 한 사나이가 큼직한 포대를 걸머진 꼴은 영락없이 넝마주이의 몰골인 것이다.

그는 이 주필을 만나자마자 친근감을 느꼈다면서 당시를 다음과 같이 술회하기도 했다.

"부산에 와서 세 번 놀랐네. 밤에 입항했는데 그 야경의 웅장함에 우선 놀랐지. 리우데자네이루를 방불케 하는 야경이었어. 아침에 일어나서 또 한 번 놀랐지. 초라한 색채, 초라한 집들. 산마루에까지 차곡차곡 기어오른 판잣집은 충격에 가까운 놀람이었네. 세 번째 놀란 것은 이 주필을 만났기 때문이야. 이런 나라에 이런 인물이 있을 수가 있을까 싶을 정도의 놀람이었지. 이 주필은 내가 건네준 명함을 한참동안 들여다보고 있더니, 당신이 정말 『타임』지의 기자인가고 묻더군. 그렇다고 하고 신분증까지 꺼내려고 하자 그럴 필요까진 없다며 내게 자리를 권하고는 당신은 대단한 자신가自信家인 모양이라고 했어. 어째서 그렇게 생각하느냐고 반문했지. 그랬더니 이 주필 하는 말이, 자기에게 절대적인 자신을 가진 사람이 아니고선 거지꼴을 하고 남의 신문사, 그것도 외국의 신문사에 나타나지 못할 것이 아니냐고 하더군. 그 말이 내 마음에 썩 들었어. 나는 이런 꼴을 하고 아무데나 드나들지. 한국에 오기 전 일본의 신문사에도 이런 꼴로 출입했는데, 어느 한 사람 이 주필같이 말하진 않았어. 그래 나를 알아주니 대단히 반갑다고 했더니, 이 주필의 다음 말이 비수와 같더군. 당신은 예사로 코크니(런던사투리)를 쓰는데, 그따위 말버릇 갖곤 한국에서의 취재는 어려울 테니 점잖은 말투로 고치라고 하더군. 내가 동양에 와서 최상의 충고를 받은 셈이지. 내게 당당하게 충고할 사람을 한국에서 만나다니 이게 놀람이 아니고 뭣이겠소."

요컨대 조스는 초대면에서부터 이 주필에게 백년지기를 발견한 느낌이었다는 것인데, 나나 성유정 씨가 조스를 알게 된 것도 물론 이 주필을 통해서이다.

그가 두 번째로 한국에 온 것은 1960년이 저물어 갈 무렵인데, 그때 우리 집을 두어 차례 방문했었다. 나는 흔히 외국인 특히 백인에게서 느끼는 위화감 같은 것을 그로부턴 전연 느낄 수가 없었다. 조스는 마음이 통하는 사람에겐 마음을 줄 줄 아는 사람이었다.

조스는 그의 단편적인 말만으로서도 능히 소설적인 인물이다. 파란만장한 인생이라고 해도 과언이 아니다.

소년 시절을 빈에서 보냈다고 했다. 슈테판 츠바이크의 집 가까이에서 살았다는 인연으로, 슈테판 츠바이크가 브라질에서 자살했다고 듣자 그곳까지 취재하러 갔었다고 했다.

"츠바이크는 너무 성급하게 자살했어. 1년만 참았더라면 그가 그처럼 미워하던 히틀러의 파멸을 볼 수 있었을 것이고, 그랬더라면 역사에 대한 신뢰감을 회복해, 죽지 않고 그의 문학을 웅장하게 가꿀 수도 있었을 것인데.”

하고 츠바이크를 회상하며 눈물을 글썽했다.

청년 시절은 프랑스에서 보냈다고 했다.

“헨리 밀러의 『북회귀선』이 씌어지고 있었을 무렵의 파리였지. 프랑스의 돈 가치가 하락하고 달러의 가치가 상대적으로 상승한 무렵의 파리엔 화가·작가·딜레탕트 관광객·향락주의자·플레이보이·게으름뱅이 들이 몰려들었지. 20년대의 후반 파리엔 3만이 넘는 화가가 살고 있었는데, 그 대부분은 가짜였어. 누구나 내 천재가 꽃피기만 하면, 하고 큰소리를 쳤지. 결국 어느 한 놈 천재를 꽃피운 놈이 나타나지 않고 말았어. 그 대신 불황이 밀어닥쳤지. 자칭 예술가들은 굶어죽거나 다른 지방으로 도망치거나 해버리고, 10년 전만 해도 밤새워 흥청대던 몽파르나스의 카페는 무덤처럼 되어버렸어. 헨리 밀러가 그리고 있는 세계는 바로 이때의 파리야. 밀러의 소설에 등장하는 사람들은 거리의 인간들이고. 일하고 돈을 벌어 가정생활을 건전하게 꾸려나가는 그런 사람들이 아니고 절망한 망명자·주정뱅이·꿈이나 꾸고 지껄이고 기회만 있으면 창부와 잠자리나 하는 그런 족속들이야. 나도 그 회색의 군중 속의 한 사람이었네.『북회귀선』,『어두운 봄』을 쓰지 못했을 뿐이지 나도 헨리 밀러이네.”

이처럼 조스의 말을 듣고 있으면 하나의 문학사를 읽는 감흥마저 이는 것이다.

한때 리우데자네이루 신문사에서 삽화가로서 일한 적이 있고, 스페인 내란 땐 조지 오웰과 같이 국제사단에 참가한 경력의 소유자이기도 했다. 그런 까닭에 우리는 스페인 내란에 관한 얘기를 그로부터 들을 수가 있었고 조지 오웰에 관한 흥미 있는 얘기도 들을 수가 있었다.

그는 석 장의 사진을 소중하게 간직하고 있었다. 하나는 그의 딸 에미의 사진이었다. 런던 로열발레단의 발레리나였다는 그의 딸은 오케스트라의 소녀로서 이름을 날린 다이애나 다빈을 닮아 있어, 아무리 보아도 추남이라고 할밖에 없는 그의 딸이라곤 믿어지지 않았다.

"아무래도 당신 딸 같진 않아."

하고 이 주필이 말했을 때 그는,

"그 애는 저희 엄마를 닮았어."

하고 쓸쓸한 표정을 지었다.

또 하나의 사진은 조지 오웰과 같이 찍은 사진이었다. 석벽을 등지고 찍은 사진이었는데, 원경의 하늘이 황량한 느낌이었다. 조지 오웰은 풀밭에 앉아 있었고 조스는 서 있었다.

"오웰의 키가 너무 커서 그를 앉도록 내가 명령했지."

조스의 짤막한 설명이 있었다.

나머지 한 장은 잉그리드 버그만과 같이 찍은 사진이었다. 그는 그 사진을 꺼내 보이면서,

"내가 『타임』지의 학예부 기자를 하고 있었을 때의 사진이야. 내 키가 그녀의 턱에까지만 닿았더라도 나와 그녀 사이엔 러브 어페어情事가 있었을 건데."

하고 아쉽다는 표정으로 웃었다.

조스의 머리가 버그만의 젖가슴 근처에 가 있었다.

그때 이 주필이 빈정댔다.

"섹스하고 키하고 무슨 상관인가."

"미학적으로 곤란하지 않은가. 미학적으로 곤란하면 정서가 없어져.

정서 없는 메이크 러브는 매춘부로써 충분해."

하고 조스는,

"그러나 내 키는 적당한 키야."

하며 뽐내는 제스처를 곁들여 에이브러햄 링컨의 말을 인용했다.

"사람의 키는 발끝에서 머리끝까지 있으면 적당하다."

하지만 키에 대한 콤플렉스는 심각했던 모양으로 이런 얘기도 했다.

"드골을 처음으로 만났을 때 내가 말했지. '장군은 장군의 키가 너무 나 크다고 생각하지 않소?' 하고. 그랬더니 드골은 자기도 가끔 그런 생 각을 한다면서 넘어난 부분을 당신에게 보내줄 수 없는 것이 유감이라 면서 껄껄 웃더군."

드골에 관한 얘기에 이어 조스는 그가 만난 각국의 정치가들을 이 사 람 저 사람 들먹이며 유머러스한 평을 했다.

케네디는 대통령이기보다 보이스카우트 단장이 어울린다. 존슨은 양심이란 눈곱만큼도 없고 야심만 갖고 뭉쳐진 사나이다. 아데나워는 매력 없는 매력으로 한몫 본 사나이다 등등.

아무튼 조스와 같이 있으면 시야가 세계의 규모로 확대되고 화제는 허무적인 빛깔을 띠게 되는 것이다.

성유정 씨가 달려왔다.

얼마 되지 않아 조스가 샤워실에서 나왔다.

"미스터 조스."

"미스터 성."

하고 만남의 인사가 끝나자 성유정이 조스를 향해 말했다.

"그렇게 보니 사자를 닮았군."

헝클어진 회백색의 머리칼, 초점이 없는 것 같으면서도 괴상하게 빛나는 갈색의 눈, 높고 뭉텅한 코, 심술궂게 다물어진 입 언저리, 영락없는 사자의 얼굴이 조스에게 있었다.

"사자?"

하고 웃음을 머금듯하더니 조스는,

"사자가 아니고 하이에나겠지. 시체를 찾아 돌아다니는 하이에나."

라고 했다.

"하이에나는 본 적이 없으니까."

성유정이 말하자,

"하기야 하이에나나 사자나 희극적인 동물인 건 마찬가지니까."

하고 조스가 자리에 앉았다.

"그럼 당신은 당신을 희극적인 동물이라고 생각하나?"

고 내가 물었다.

"희극적 동물이지. 원래 나는 희극적 동물인데, 신문기자란 게 희극적인 동물이야. 지내놓고 보면 물거품처럼 되어버린 사건을 쫓아 동분서주하니 말이야. 하기야 사람치고 희극적이지 않은 동물이 별로 있지도 않을 거야."

하고 조스는 성유정에게 말했다.

"도저히 희극적일 수 없는 사람이 곧 당신이야."

"그럼 난 비극적이란 말인가?"

성유정이 물었다.

"천만에. 당신에겐 비극도 희극도 없어. 철저한 방관자에게 무슨 드라마가 있겠는가. 옳게 일이 되려면 당신 같은 사람을 붙들어 가두어야 하는 건데, 군사정부가 너무 관대한 것 같군."

"구경꾼이 없으면 쇼가 될 수 있나. 쇼가 되려면 나 같은 자가 있어야 하는 거야."

이윽고 성유정과 조스 사이에 선문답 같은 대화가 오갔다. 아침식사가 시작되었을 때 성유정이 물었다.

"유럽에선 한국의 이번 사태를 어떻게 보고 있는가?"

"철저한 방관자, 철저한 허무주의자가 그런 데 관심을 가지나?"

"방관자로서의 호기심은 있지 않겠나."

"그럼 어떤 신문에도 발표되지 않은 유럽인의 기분을 말해주지. 한국에 쿠데타가 발생했다고 들었을 때 유럽인들의 가슴에 고인 생각은 야만국에 또 야만스런 사건이 생겼군, 하는 정도였을 거야."

"당신도 그렇게 생각하나?"

"난 그렇게 생각하진 않아. 나는 한국을 야만국이라고 치고 있지 않으니까."

"그럼 어떻게 생각하나?"

"있을 수 있는 일이라고 생각했을 뿐야."

"그건 긍정한다는 뜻이지?"

"긍정관 또 달라."

"한국에 쿠데타가 있을 것이란 예상은 했나?"
하고 내가 물었다.

"그런 예상은 하지 않았어. 먼젓번 왔을 때 이 주필이 내게 말하더군. 아무래도 군인들이 쿠데타를 할 것 같다고. 그러나 나는 그때 그럴 리가 없을 것이라고 단언했지."

"어떻게 생각하고 그런 단언을 했지?"

"나는 한국 군인의 애국심을 믿었거든."

"미스터 조스, 무슨 말을 그렇게 하는가. 쿠데타는 군인들의 애국심이 일으킨 것이라네."

성유정이 말을 끼었다.

"그렇다면 애국심에 관한 해석이 다른 거겠지. 나는 혼돈에서 발버둥치고 있는 어린 공화국을 소중하게 지켜보며 외세가 침범하지 못하도록 최선의 노력을 해야겠다는 것이 군인들의 애국심이라고 이해하고 있었거든. 나는 그런 점에서 정권의 약점을 노려 권력을 찬탈하는 라틴아메리카 군인들관 한국 군인을 다르게 보고 있었던 것인데, 나보다 이 주필의 예견이 옳았지."

이어 조스는 무수한 예를 보아왔지만 애국심과 양심에 의해 일으킨 쿠데타는 거의 없었다는 것을 실례를 통해 설명했다. 애국심이니 정의니 하는 본래 아름다웠던 말들이 형편없이 오염되게 된 것은 쿠데타를 일으킨 군인들이 마구 그런 말을 써먹었기 때문이라고도 했다.

나는 조스의 이런 의견이 지나치게 독단적이라고 생각하고, 이집트의 나기브와 나세르의 예를 들었다.

"나기브와 나세르의 경우는 쿠데타가 아니고 혁명이야. 혁명에 의하지 않고는 부패한 파르크 왕제를 전복시킬 수가 없었어. 파르크 왕제를 전복시키지 않고는 이집트의 살 길이 없었어. 나세르가 노린 것은 권력이 아니고 이집트의 생명 회복이야. 나세르의 혁명과 쿠데타를 혼동해선 안 되네."

하고 조스는 열을 올렸다.

"우리 군인들도 5·16을 쿠데타라고 하지 않고 혁명이라고 하고 있어."

하고 내가 조스의 말에 제동을 걸었다.

조스는 발끈했다.

"혁명이란 제도의 변혁이야. 왕제를 공화제로 한다든가, 자본제를 공산제로 한다든가. 다시 말하면 현재의 법률을 그냥 승인하다간 아무것도 안 되겠다고 판단하고 자각했을 때, 비합법적인 수단을 쓰는 것이 혁명이야. 그런데 쿠데타는 체제는 그대로 두고 권력만 빼앗겠다는 수작이야. 가령 민주당 정권이란 것은 절대적인 벽이 아니고 4년 후엔 바뀔 수 있는 정권이지. 헌법에 의해 평화적 정권 교체의 길이 트여 있는 정권이야. 그러한 정권을 임기 전에 빼앗는 게 곧 쿠데타야. 말하자면 헌법의 유린이지. 애국이라는 것은 구체적으로 말하면 헌법을 지키는 행위 이외일 순 없어, 헌법을 국가의 대본이라고 할 때 국민의 첫째 의무는 헌법의 수호가 아니겠는가. 헌법을 수호하기는커녕 헌법을 짓밟은 행위를 애국이라고 한다면 이건 말도 안 되는 노릇이야. 막강한 무력을 가지고 있는 군대가 정부 하는 일에 불만이 있다고 해서 헌법 유린을 예사로 할 수 있게 된다면 어떻게 되겠는가 말이야. 이것이 비극이 아니고 뭔가. 있을 수 있는 일이라곤 하지만 내가 이번의 쿠데타를 긍정하지 못하는 이유는 여기에 있네. 나는 어쩌다 한국에 애착을 갖게 되었는데, 그런 만큼 이 나라에만은 그런 일이 없어주었으면 싶었어. 이 주필이 쿠데타의 위험을 말했을 때, 내가 일언지하에 부인한 것은 이런 간절한 마음이 있었기 때문이야."

"그렇다고 해서 어떻게 하겠는가."

성유정이 한숨을 쉬었다.

"그건 그렇고 이 주필이란 인간, 데먹지 않았어."

하고 조스가 뱉듯이 말했다.

나는 아연해서 그의 표정을 보았다.

"쿠데타의 발생을 예견하기조차 한 안력을 가진 사람이, 쿠데타가 나고도 며칠이 지났는데도 쿠데타의 성격을 파악하지 못하고 자기 집 무실에서 체포되었다니 될 말이기나 한가."

하고 조스는 흥분했다.

"체포될 이유가 전연 없다고 생각하면 피할 필요도 없잖아."

성유정이 쓸쓸하게 말을 보탰다.

"그게 돼먹지 않았단 말이오. 검거선풍은 5월 18일부터 시작했다고 들었소. 그 내용을 신문사 주필이 몰랐을 까닭은 없지 않았겠나. 그렇다면 일단 몸을 피해놓고 봐야 할 게 아닌가. 아무튼 체포된다는 건 좋은 일이 아냐. 자중자애라는 말은 당신들이 즐겨 쓰는 문자가 아닌가. 나는 구속되었다는 그 사실만으로도 이 주필을 용서할 수가 없어."

"이미 그렇게 되어버린 걸 흥분하면 뭣 하나."

내가 이렇게 말하자 조스는,

"흥분한 건 아냐. 억울해서 그래. 모처럼 멋진 드라마가 진행 중인데, 이 주필이 그 꼴로 되어 있으니 마음 편안하게 구경할 수가 없잖나. 그가 그렇게 되지만 않았더라도 특등좌석에 앉아 태평하게 구경을 즐길 수 있었을 텐데."

하고 아쉬운 표정을 했다.

식사가 끝나자 조스는 5·16사건을 한국의 신문들이 어떻게 논평하고 있는가를 알고 싶다고 해서 신문철을 꺼냈다. 그 가운데 A신문 5월 19일자 사설을 읽어주었다. 다음은 그 사설의 내용이다.

혁명 완수를 위해 총진군하자.

군사혁명위원회 의장 장도영 중장은 18일 상오 기자회견 석상에서 이번 혁명을 가리켜 '민주적인 절차를 밟은 것은 아니었지만 가능한 유일의 길'이었다고, 그 만부득이한 조치였음을 해명하고 혁명의 목적을 규정해 반공태세를 강화하고 진정한 민주사회를 건설하는 데 있다고 말했다. 우리는 장 의장의 견해에 전폭적인 동의를 보내면서 다음 몇 가지 사항에 유의하고자 한다.

첫째는 기성 정치인들의 부패·무능·비능률·무궤도한 정권욕과 조선조의 사색당파를 능가하는 사투私鬪로 말미암아 이번의 군사혁명을 불가피하게 만들어놓았다는 사실을 심히 유감으로 생각한다 하는 것이다. 이것은 민주주의를 근본이념으로 하는 사회에서 민주주의를 옳게 실천하지 못했고, 반공을 국시로 하는 나라에서 반공을 실천하지 못했다는 불명예를 면할 길이 없기 때문이다.

원래 진정한 민주사회를 건설하려는 우리 민족의 열망은 독재를 타도하던 작년 4월에 집중적으로 폭발했다. 그러나 기성 정객들은 정권을 지중한 책임 아닌 일종의 이권으로 착각하고 독재자의 유산을 쟁탈·분배·착복하는 데 혈안이 되었다. 그들의 안중엔 국가도 민족도 없었다. 장황한 수식사를 입버릇처럼 뇌까리는 배후에서는 추잡한 거래가 흥청거렸다. 생산기관은 차례로 쓰러지고, 민생은 도탄에 빠지는데 김일성의 주구들과 그 동맹군은 때를 만난 듯이 사회를 교란하는 데 발광했다.

이리하여 조국은 누란의 위기를 향해 한 걸음 한 걸음 접근해 갔건만 이들 썩은 분자들은 여전히 부패와 입씨름으로 세월을 허송했고, 일부 기회주의 분자들은 진보적이니 참신이니 혁신적이니 하는 그럴듯한 형용사를 구사해 민중을 기만하고 적과의 악수를 절류함으로써 종당에는 이 나라를 소련의 괴뢰들에게 팔아넘길 음모를 공공연히 자행했다.

　실로 군사혁명은 구국을 위해서 '가능한 유일한 길'이었던 것이다. 우리는 우리 세대에 이와 같은 사태가 야기된 데 대해서 후세의 역사를 위해 이 사실을 여기 분명히 기록해두고자 한다.

　다음은 이 엄숙한 시기에 우리가 해야 할 일은 군·관·민을 막론하고 온 민족이 혁명과업의 완수를 위해 총진군해야 한다 함이다. 그것만이 진정한 민주체제를 부활시키는 첩경이기 때문이다. 혁명과업이란 장 의장도 천명한 바와 같이 반공과 민주건설이다. 김일성의 주구들과 그 동맹자들을 우리 사회에서 철저히 뿌리째 뽑아 우선 사회를 정화해야 하겠다.

　천하의 붓과 입들이 제멋대로 떠들어서 소위 통일 방안을 운위할 계제도 이미 지났다. 김일성 도당이 항복하면 평화통일이 되는 것이요, 그렇지 않으면 실력으로 소탕하고 통일하는 길밖에 없다.

　사리도 이와 같이 간단하고 명료하다. 또 조급히 서둘 것도 없다. 서독은 유유히 실력을 배양하면서 통일을 50년 후로 본다고 한다. 문제는 방안에 있는 것이 아니라 실력에 있는 것이다.

　또한 우리는 실로 위대한 건설에 일치단결해 총진군해야 하겠다. 입과 종이 사이로 왕래하는 이른바 계획이라는 것은 휴지통에 쓸어 넣자. 그리고 당장 괭이를 들고 일어서서 건설을 실천하자. 이 건설은 조국을 번영으로 이끄는 번영, 위대한 조국을 구현하는 건설이어야 한다. 지저분하고 너저분한 것들을 건설이라고 부르던 과거의 악몽을 깨끗이 털어버리자. 그리하여 온 민족의 희망과 정열을 총집결하는 엄청나고도 위대한 건설 사업을 시작해야 하겠다.

　처칠은 승리를 위해서는 악마와도 동맹하겠다고 했다. 우리는 건설을 위해서 성분을 따지고, 파벌을 따지고, 턱없이 민족감정을 운위하는 따위의 봉건적인 고리타분한 폐풍을 일소하고 가능한 모든 수단을 총동원해 즉각 건설에 착수할 시기가 왔다고 확신한다.

이것만이 빈곤을 이 땅에서 영원히 몰아내고 복된 민주주의를 이룩하는 길이요, 북한을 강점한 김일성 역도들을 타도하고 공산 노예 노동에 신음하는 동포들을 구출하는 길이요, 우리 세대가 자손들에게 남겨줄 유일한 역사적 유산이다.

조스는 메모라도 할 작정으로 들었던 볼펜을 놓고 담배를 피워 물고 내 번역을 끝까지 듣고 있더니 마지막에 가서 물었다.

"미스터 리, 당신의 번역에 틀림이 없나?"

하고 물었다.

"이 주필도 무언가 쓰긴 한 모양인데 검열을 통과하지 못했다더군."

하고 내가 말했다.

"그 사설은 군대 아니 계엄사령부의 검열이 있었다는 사실을 감안하고 이해해야 할 거야."

성유정이 보탠 말이다.

"하기야 신문이란 코르시카의 맹호라고 쓴 그 펜으로 프랑스의 위대한 황제폐하라고 쓰기도 하는 것이니까."

하고 조스는 복잡한 표정을 지었다.

사실을 말하면 나도 처음으로 읽어본 사설이었다. 5·16 이후 신문의 사설을 읽지 않게 된 것이다.

조스는 좀더 추궁하고 싶은 대목이 있는 것 같았으나 그 사설에 관해선 다시 언급하지 않았다. 긁어 부스럼을 만들 필요가 없다는 짐작으로 나도 그 사실을 화제에서 밀어내버렸다.

성유정이 조스에게 남아연방의 사정을 물었다.

"남아연방은 백인들의 욕심이 최악의 형태로 경화되어 있는 가장 치사스런 현장이야."

라고 전제하고 이른바 인종차별의 양상을 차근차근 설명했다.

그러고는 다음과 같은 결론을 말했다.

"남아연방에서의 가장 큰 문제는 흑인을 차별하고 학대하는 것이 나쁘다는 것을 위정자가 알고 있으면서도 고치지 못하는 바로 그 사정에 있어. 악을 선으로 알고 덤비는 것도 두렵지만, 악을 악으로 알고 덤비는 건 더 두려워. 자포자기한 꼴이 되기 때문이지. 나는 남아연방의 사태를 '인간에 의한 짐승의 사고思考'가 날뛰고 있는 상황이라고 결론하네."

"인간에 의한 짐승의 사고, 그 참 멋진 표현인데."

하고 성유정이 고개를 끄덕였다.

"그 제목으로 어떤 정치정세에 관한 논문을 쓸 수도 있겠구나."

내가 해본 소리다. 그러자 조스는 싱긋 웃으며,

"그건 이 주필이 풀려나온 후에 그에게 쓰게 하면 좋은 읽을거리가 되겠군."

하고 말했다.

'특수범죄 처벌에 관한 특별법'이 최고회의에 의해 가결되고 발표된 것은 조스가 부산에 머물고 있는 동안이었다.

이 법률은 언젠가 M교수가 말한 이른바 특별법이었다. 우리는 이 법률이 이 주필에게 유관한 것이라고 보고 그 법률의 조목조목을 검토하기 시작했다.

제1조는 이른바 구악을 일소하기 위해 이 법률을 만들었다는 입법 목적을 밝힌 것이고,

제2조는 각종 선거사범을 처벌한다는 것이고,

제3조는 밀수 행위자를 벌한다는 것이고,

저4조는 국사國事 또는 군사軍事에 있어서의 독직자들을 처벌한다는 것이고,

제5조는 반혁명 행위자에 관한 것이고,

제6조는 특수 반국가 행위에 관한 것으로써 정당·사회단체의 간부로서 반국가 행위를 한 자를 벌한다는 내용이었다.

총체적으로 그 형량은 10년 이상, 무기형, 또는 사형으로 되어 있고, 부칙에 10년을 소급 시행한다고 밝히고 있었다.

서너 번을 읽어보고 조목조목을 영어로 번역해 들려주자 조스가 물었다.

"이 법률이 이 주필과 무슨 관련이 있단 말인가."

이 질문은 나와 성유정의 질문이기도 했다. 어느 조목이건 이 주필에 겐 해당되진 않았던 것이다

"그러나 모르지. 이 법률 속에 무슨 함정이 있을지도."

한 것은 성유정이었다.

"내가 보기론 그런 함정이 있을 것 같지도 않은데."

조스는 내가 불러준 대로 타이프한 지면을 다시 읽어보고는,

"이 주필이 정당이나 사회단체에 가담한 일은 없을 테고."

하고, 지난번 조스가 왔을 때 이 주필이 어떤 정당에 가담하고 있다는 이유로 신문기자 두 명을 파면시킨 사건을 상기시켰다.

"뿐만 아니라 이 주필은 신문을 만드는 일만으로도 사람 하나의 역량을 넘어 있는 일이라며, 정당이나 사회단체에 가담하는 일을 자기 자신에게나 부하 기자에게 엄금하고 있다고 말한 그런 사람이 어떻게 정당·사회단체의 간부가 될 수 있었겠는가."

"그 점은 확실해."

하고 나도 동조했다.

조스는 다시 따졌다.

"반국가 행위를 한 적도 없을 것 아닌가."

"이 주필이 쓴 논설을 감정하고 있는 모양인데, 혹시 그 논설에서 무언가를 찾아낼지 모르지."

이건 성유정의 말이었는데 조스의 눈이 번쩍했다.

"그럼 이 주필의 논설에 반국가적 내용의 것이 있단 말인가?"

"그렇게 견강부회할 건덕지를 그들이 만들어낼지 모른다는 얘기일 뿐이야."

하고 성유정이 말을 고쳤다.

"아무리 따져보아도 이 주필과 이 법률 사이에 무슨 관련이 있을 것 같진 않아."

하면서 조스는 다시 타이프한 지면을 들고 중얼거렸다.

"그러나저러나 이 따위 법률을 만드는 신경은 어떻게 되어먹은 걸까."

나와 성유정은 잠자코 있을 수밖에 없었다.

"군인들은 그렇다고 치고, 이런 법률을 만드는 덴 법률 전문가들이 참여하고 있을 것 아닌가. 명색이 법률을 배웠다는 사람들이 이런 법률안을 만들었다는 자체가 법률을 모독하는 짓이야. 첫째, 소급법을 만들었다는 것 자체가 되어먹지 않았어. 구악 아니라 구악보다 더한 것도 현행법으로서 청소할 수 있을 것 아닌가. 부정선거를 벌하는 현행법이 있을 것 아닌가. 밀수를 다스릴 법률이 없었던가? 독직을 벌하는 법률이 없었던가? 더욱이 반국가 행위에 대한 법률은 어느 나라보다도 한국이 완벽하게 갖추고 있다고 들었는데……, 그게 모자라 소급법을 만들어? 법불소급法不遡及의 원칙은 법률사 5천 년의 투쟁 끝에 쟁취한 인류의 승리가 아닌가. 법률에 대한 일편의 양심, 일편의 존엄성이라도 지니고 있는 사람이면 도저히 용납하지 못할 짓이야. 이건 바로 폭력이지. 법률이란 이름을 붙일 건덕지가 전연 없어. 이제 법률적 지성의 타락을 본 셈이군. 이래 가지고선 안 돼. 안 되지, 안 돼."

"그러니까 쿠데타가 아닌가. 헌법을 짓밟아버린 사람들이 무슨 짓을 못하겠는가. 그러나 영국인인 당신이 남의 나라의 일을 갖고 그처럼 흥분할 건 없지 않은가."

성유정의 말이 다소 야유하는 투로 되었다. 조스가 싱긋 웃었다.

그러고는 이렇게 받았다.

"나는 지금 영국인으로서 말하고 있는 건 아냐. 지성인으로서 흥분하고 있는 거야. 세계 어디에서건 슬픈 일이 있으면 나는 그걸 외국에 있는 일이라고 치고 대범할 수가 없어. 그런데다 이 일은 이 주필과 관계되는 일이 아닌가. 날 좀 흥분하게 내버려 둬."

성유정이 '헛허' 하고 웃었다.

조스는 다시 정색으로 돌아가 말을 이었다.

"내 본심으로 말하면 이왕 쿠데타를 했을 바에야 이번의 쿠데타가 한국을 위해 좋은 방향으로 이끌어주었으면 해. 공명정대하게 세계 어느 나라 사람도 납득할 수 있고 갈채할 수 있도록 일을 처리하는 거야. 그러자면 소급법 같은 건 만들지 않아야지. 소급법을 만들지 않아도 얼마든지 같은 효과를 거둘 수 있는 방법이 있을 텐데, 왜 그런 걸 만들어 갖고 지성의 소재를 의심받는 짓을 하느냐, 이 말이야. 쿠데타는 했을망정 그들에게도 지성이 있어. 포부가 있다는 평을 받을 수 있게 행동할 수도 있을 텐데 말이야."

조스의 말은 때론 격렬하고 때론 센티멘털하기도 했지만 나와 성유정은 한국에 대한 그 나름대로의 애정 때문일 것이라고 짐작하고 깊이 천착할 생각은 없었다.

교원노조에 가담했대서 붙들려 간 교원들이 대부분 석방되었다는 소식이 있었다. 이웃집 국민학교 교사도 풀려나와 나를 찾아왔다.

"고생이 많았겠소."

한 내 말에 양楊이란 성을 가진 교사는,

"우리들은 풀려나왔지만 아직도 남아 있는 동료들 일이 걱정입니다."

하고 울먹거렸다.

"얼마나 남아 있습니까?"

"경남도위원장을 비롯해 각급 위원장, 부위원장 합해 22명이 남아 있습니다."

"그들은 어떻게 된다고 합디까?"

"서울에 있는 혁명검찰부로 가서 혁명재판을 받아야 한다는 겁니다."

"흠."

하고 나는 '특수범죄 처벌에 관한 특별법'을 상기했다. 정당·사회단체의 간부들을 벌하게 되어 있는 그 법률의 시행을 위해 혁명검찰부와 혁명재판소가 설치된 것이다.

"경남도 위원장은 누굽니까?"

"이종석 선생입니다."

"이종석 선생이면 남성에 있는?"

"예, 바로 그분입니다."

나는 그를 잘 안다. 총명하고 결단력 있는 보기 드문 청년이라고 보아왔던 사람이다. 언제나 단정한 몸차림과 부드러운 매너를 잃지 않는 사람이기도 했다.

"그분이 위원장이었구나."

감회를 섞어 이렇게 말하자 양 교사는,

"이종석 선생은 참으로 훌륭한 분입니다. 죄가 있다면 자기에게 있고, 잘못이 있다면 자기에게 있다면서 교사들을 즉시 석방하라고 당당하게 주장하셨을 뿐만 아니라 우리들을 위로하는 데도 성의를 다한 분이십니다."

"그럴 분이라고 나도 생각합니다."

"그런 훌륭한 분을 희생시켜야 되겠습니까."

하고 다시 양 교사는 울먹이며,

"서울로 가면 최저 10년간은 징역을 살아야 한다고 하던데요."

하면서 말을 채 끝맺지 못했다.

"정세가 풀리면 그런 가혹한 처사는 없어질 겁니다. 과히 걱정하지 마십시오."

하고 나는 그를 돌려보냈다.

그를 돌려보내고 나서 생각했다. 교원노조의 일반회원을 석방한 것은 특별법의 대상에서 제외한 때문이다. 그렇다면 이 주필도 곧 석방될 것이 아닌가.

신문사에 전화를 걸었다. 사장은 서울에 갔다고 해 천 전무가 전화에

나왔다. 천 전무는 그렇지 않아도 전화를 하려던 참이라면서,

"이 주필과 면회가 될 것 같으니 오후 3시쯤에 신문사로 나오실 수 없겠나."

라고 했다.

면회할 수 있게 된 것은 반가운 일이었으나, 석방을 기대했던 만큼 가슴이 철렁했다.

3시 반.

나와 천 전무는 경남경찰국 사찰분실로 갔다. 이 주필이 나오길 기다리는 사이 천 전무가 분실장에게 물었다.

"이 주필의 석방은 불가능한 겁니까?"

"우리가 뭘 알 수 있습니까. 상부의 지시대로 할 뿐입니다."

싸늘한 분실장의 대답이었다.

"상부의 지시도 현지 실무자들의 의견에 의해 결정되는 것 아닙니까."

천 전무는 다시 이렇게도 말해보았는데, 분실장의 대답은,

"상부의 지시를 어찌 우리가 좌지우지할 수 있겠습니까."

하고 여전히 싸늘한 것이었다.

천 전무의 얘기가 있었다.

"4·19 직후 이 주필은 반민주 행위자 조사위원회의 일원으로 일하지 않았습니까. 자유당의 부정선거에 사찰형사들이 가담했다고 해서 대량의 경찰관들이 조사대상에 올랐던 거죠. 그때 이 주필은 상부의 지시에 따라 움직인 말단경찰관들에게 물을 책임이 아니라면서 모두를 조사대상에서 제외하는 데 굉장한 노력을 했다고 들었습니다. 그런 점 이 주필은 사찰형사들에겐 은인이라고 할 수 있지 않겠습니까. 그런 일을 감안하더라도 경찰은 이 주필을 관대하게 처리해야 한다고 생각하는

데요."

이 말에 대해 분실장은 묵묵부답이었다.

"상부의 지시에 따를 뿐입니다."

하는 말만을 되풀이했다.

이윽고 이 주필이 나타났다. 하얀 모시의 고의적삼을 깔끔하게 입고 해맑은 얼굴이었다. 혈색도 좋았다.

"오래간만이오."

하고 천 전무와 악수를 하고,

"성유정 씨 잘 계시나?"

하고 내 손을 잡았다.

얼굴엔 미소마저 있었다.

"고생이 많지?"

한 내 물음에 대해서 이 주필은,

"팔자치곤 상팔자야. 먹고 자고, 자고 먹고 하고 있으면 시간이 흐르게 마련이니까."

하고 웃었다.

"조스가 왔어."

"조스가?"

"요하네스버그에서 소식을 들었대."

"지금 부산에 있나?"

"서울로 갔어."

"그 친구 엉뚱한 소리를 해서 문제나 일으키지 않을까 겁나는군."

"그 점은 성유정 씨가 알아듣게 못질을 해놨어."

"이 주필, 제게 부탁할 일이 없습니까?"

하고 천 전무가 물었다.

"별로 없고. 그런데 내가 풀려나긴 어려울 것 같은데, 마음에 걸리는 건 술집의 외상값이오. 천 전무가 그걸 좀 갚아주었으면 하오. 가불이 하두 많으니까 퇴직금 갖곤 어림이 없을 거요. 천 전무의 신세를 져야만 하겠소."

"그것 별로 어려운 일이 아닙니다. 외상 있는 술집을 알려주시오."

천 전무가 수첩과 펜을 꺼내들었다.

이 주필이 차근차근 술집 이름을 들먹였다. 7, 8군데나 되었을까, 천 전무는 낱낱이 그 주소와 이름을 기입해 넣고,

"여기서 나가는 즉시 외상값을 확인해 갖고 내일 안으로 다 갚아드 릴 테니 걱정 마시오."

라고 했다.

"그 일만 처리되면 마음에 걸릴 건 없어."

하고 이 주필은 활달할 얼굴로 되었다.

"한혜련 씨가 찾아왔던데."

내가 말을 끼었다.

"한혜련? 지금 뭣을 한대?"

"미국인과 결혼해서 베를린에 살다가 얼마 전 돌아왔대."

"그래?"

하고 이 주필은 눈을 아래로 깔았다.

분실장이 우리의 대화를 듣지 않는 것처럼 꾸미고 있으면서도 듣고 있다는 사실을 모를 까닭이 없었지만 나는 물어보지 않을 수가 없었다.

"도대체 자네를 붙들어두는 이유가 뭔가?"

이 주필은 힐끔 분실장 쪽으로 시선을 돌렸다가 말했다.

"아마 날 용공분자로 몰 작정인가 봐."

"용공분자? 자넬 용공분자라구?"

나는 필요 이상으로 음성을 높였다.

그래도 분실장은 들은 척 만 척하는 태도를 취했다.

그때 이 주필이 분실장에게 물었다.

"언제쯤 서울로 가게 됩니까?"

"상부의 지시가 있는 대로 가게 될 겁니다."

"꼭 서울로 가야 하나요?"

천 전무가 물었다.

"아마 그렇게 될 겁니다."

분실장이 잘라 말했다.

"서울로 간다면 혁명검찰부로 가겠지요?"

내가 물었다.

"그렇겠죠."

하는 분실장의 대답이어서,

"특별법의 규정엔 사회단체의 간부인 자로서, 하는 명문明文이 있던
데, 신문사의 간부를 정당·사회단체의 간부와 동일시하는 겁니까?"
하고 따졌다.

"글쎄요."

분실장은 애매하게 웃었다.

"교원노조의 고문이었다고 우기고 있는 황黃이라나 뭐라나, 얼마 전
까지 부산시 교원노조의 위원장을 하던 친구가 나로부터 고문 취임의
승락을 받았다고 한 모양이야. 나는 그런 적이 없다고 했는데도 그자의
증언을 그대로 믿고 나를 기어이 그 특별법에 걸 모양이야."

이 주필의 말은 담담했다.

"서울로 가기 전에 또 한 번쯤 기회를 드릴 테니 오늘은 이만하면 안 되겠습니까?"

하고 분실장이 자리에서 일어섰다.

좀더 시간을 달라고 할 구실이 없었다.

나도 따라 일어서며 얼른 한마디 했다.

"한명숙이란 숙녀가 찾아왔었어."

순간 이 주필의 얼굴이 핼쑥해졌다.

"언제까지라도 기다리겠다고 하더군."

나직하게 내가 말을 보탰다.

"잊어달라고 해. 10년이 지나면 내 나이가 50이야. 단연코 잊어버리라고 해."

이 주필의 얼굴에 격정이 스쳐가는 흔적이 보였다.

내 가슴도 뭉클했다.

도어를 열고 나가려다가 문득 멈춰 서서 이 주필이 우리를 돌아보고 한 말은

"내 걱정은 말고 당신들 걱정이나 하게. 여기 있으면 자동차에 치여 죽을 걱정도 없고, 물에 빠져 죽을 걱정도, 불에 타죽을 걱정도 없네. 자유라고 하는 것은 사고의 원인을 무수히 가졌다는 뜻으로도 되네."

이 주필이 나가고 난 후 천 전무가 분실장에게 간원하는 투로 말했다.

"실장님, 이 주필은 뭐니뭐니 해도 이 나라의 인물입니다. 사소한 오해로 인물 하나를 잃는 그런 손해를 보지 않았으면 합니다. 실장님의 힘으로 될 수 있는 데까지 이 주필을 구하도록 노력해주셨으면 고맙겠습니다."

분실장은 애매하게 웃고만 있었다.

천 전무의 그 말에 또 무슨 말을 보탤 수 있겠는가 말이다.

"잘 부탁합니다."

하는 말만 남겨놓고 그곳에서 나왔다.

경찰국 건물과 도청 청사를 돌아 행길에 나올 때까지 두 사람 사이에는 말이 없었다.

전찻길까지 나와 천 전무가,

"이 주필의 외상값을 확인할 겸 술이라도 한잔합시다."

하며 이 주필이 불러준 술집 이름이 쓰인 수첩을 꺼냈다.

그곳에서 가장 가까운 술집이 '수정'이었다. 수정에 가서 마담을 불렀다. 수정의 마담은 한때 진주기생으로서 이름을 날렸던 중년 여성이다. 이 주필과는 각별한 인연이 있어서 나도 그녀를 잘 알고 있었다. 마담은 나와 천 전무의 얼굴을 보자 반기며 대뜸 묻는 말이 이 주필의 안부였다.

"그러지 않아도 오늘은 이 주필 때문에 왔지."

하며 지금 이 주필을 만나고 오는 길이라고 했다.

"몸은 성히 계시던가요?"

"바깥에 있을 때보다 건강은 더 좋아진 것 같더군."

하고 내가 말하자

"그럼 다행한 일이군요."

하고 마담은 고개를 숙였다.

천 전무가 외상값 얘기를 꺼내자 마담은 펄쩍 뛰었다.

"외상값이 다 뭐예요. 건강하게 계신다는 소식만 들어도 만족해요."

"그러나 이 주필은 외상이 마음에 걸리는 모양이다. 그걸 청산했다고 보고해야만 안심을 시킬 것 같아요."

"외상 없어요, 한푼도. 설령 있다고 해도 그 돈을 받겠어요? 이런 사정에서 말예요."

하고 마담은 다시 그런 말 하지 말라고 못을 박았다.

수정에선 맥주 한 잔씩만을 마시고 다음 술집으로 갔다.

'빅카스'란 이름의 살롱의 마담도 수정 마담과 꼭 같은 소릴 했다. 그러나 그 집에서만은 천 전무가 굽히질 않았다.

"이 주필이 스태프를 데리고 빈번히 이 집에 드나든 줄을 아는데, 외상값이 한푼도 없다고 해서야 말이 되는가. 친구끼리 약속을 했는데, 꼭 외상을 내가 갚아야 하겠네."

그러자 빅카스의 마담은 장부까지 들고 와서 이 주필 외상값을 지워버린 부분을 가리켰다. 5월 11일 갚은 것으로 되어 있었다.

천 전무가 고개를 갸웃하자 빅카스의 마담은 그때서야 생각이 났다는 듯 덧붙였다.

"사장님이 오셔서 갚은 거예요. 이 주필에겐 비밀로 하라면서요."

그제서야 납득을 한 천 전무와 나는 양주 한 잔씩을 청해 마시고 다음 장소로 옮겼다. '태백'이란 이름의 살롱이었는데, 태백의 마담은,

"이 주필의 외상값은 존재하지 않기로 되어 있어요."

하며 그 설명을 다음과 같이 했다.

"이 주필 덕택으로 장사를 한다고 해도 과언이 아녜요. 그런 때문에 이 주필이 현금을 내고 술을 자실 땐 어쩔 수가 없지만 외상이 될 땐 아예 기장을 하지 않아요."

"받을 의사는 없더라도 기록은 해둬야 될 게 아닌가요."

라는 천 전무의 질문에 태백 마담은,

"기록을 해둬서 그게 상당한 액수로 쌓이면 은근히 욕심이 나는 거예요. 이 돈을 받았으면 하구요. 그러면 마음에도 없는 짓을 하게 되는 거예요. 그런 위험을 피하기 위해 이 주필에 관해선 기장을 안 한 겁니다."

하고 이 주필의 앞날을 걱정하는 침통한 표정으로 바꿨다.

다음 몇 집을 찾았으나 대동소이한 태도가 있었을 뿐이다. 결론적으로 이 주필의 외상은 전연 없는 것으로 되었다.

나와 천 전무는 얼큰하게 취했다.

"이 주필은 경찰 인심은 야무지게 잃었는데, 술집 인심만은 두둑하게 얻은 셈이군."

천 전무가 중얼거린 소리였다.

"신문사의 공기는 어때요?"

하고 내가 물었다.

"공기고 뭐고 할 것 있습니까, 신문을 만들 의욕이 전연 없는 것 같습니다. 우선 주필이자 편집국장이 그 모양으로 되어 있으니 신이 나겠습니까. 이 주필은 보통의 편집국장, 주필이 아니었으니까요. 적어도 우리 신문사에선 상징적인 인물이었습니다. 김 사장도 완전히 의욕을 상실해버린 것 같아요. 이 주필 없이 신문 만들 생각이 없다는 게 자유당 시절부터의 김 사장 마음이었으니까요."

천 전무는 이렇게 말하고 헤어질 무렵 내 손을 꼭 잡았다. 그리고 덧붙였다.

"설마 솟아날 구멍이 없겠습니까. 이 주필의 행운을 빕시다."

뜰에 심은 수심

최고회의 의장·내각수반 장도영의 사표를 수리하고 부의장이었던 박정희 소장이 최고회의의 의장으로 선임되었다는 발표가 있은 것은 7월 3일.

장도영을 중심으로 44명의 고급장교들이 반혁명의 음모를 꾸몄기 때문에 구속되어 문초당하고 있다는 발표가 있은 것은 7월 9일.

이미 예상되어 있었던 일이긴 하지만 그런 예상이 너무나 빈틈없이 적중되었다는 사실은 또 다른 의미에서 공포 분위기를 조성한다. 이를테면 나기브와 나세르의 한국판이라고 할 수 있겠지만, 바로 어제까지 그 이름으로 추상秋霜과 비수를 합친 것 같은 명령과 포고를 발표하고 있던 사람이 오늘 초라한 죄인의 몰골로서 신문지상에 나타났다는 것은 그야말로 사람의 팔자를 들먹이게 한다.

성유정 씨는 '점입가경'이란 문자를 써놓고 우울한 표정을 하고 있더니 애매하게 웃었다. 그 웃음이 마음에 걸려 까닭을 물었다.

성유정 씨는 박남근이란 이름을 들먹이더니 다음과 같은 얘기를 했다.

박남근은 일제 학병으로 갔을 때 장도영과 같은 부대에 있었을 뿐만 아니라, 남경에 있는 예비사관학교에도 같이 갔다. 그런 인연으로 대단히 친한 사이였다. 군사 쿠데타가 있고 장도영이 최고회의 의장으로서 위세를 떨치자 박남근은 자기 세상을 만난 듯 기뻐했다. 정세가 안정되길 기다려 서울에 가서 한자리 차지하겠다고 벼르고 있었다.

"그런데 장도영이 그 꼴이 되었으니 딱하지 않은가."

나도 박남근을 알고 있었기 때문에,

"설마, 장난이나 농담이겠지. 그 사람이 그처럼 단순하진 않을 거요."

했더니 성유정은,

"아냐, 그 사람에게 자금을 대준 사람이 나를 찾아와서 어떻게 하면 좋을까 하고 물어 왔어."

라고 했다.

"자금은?"

"박남근이 출세하면 득인지 덕인지를 보겠다고 미리 와이로를 쓴 거지."

"일본말로 사키모노가이先物買를 한 거로군요."

"그렇지, 사키모노가이지."

"그래 뭐라고 했습니까?"

"노름판에 가서 돈 잃은 요량하고 단념하라고 했지."

"허기야 단념하지 않고 어떻게 하겠소."

"그런데 그자, 단념할 의사는 전연 없을 것 같던데."

"단념 안 하면 어떻게 할 텐데요?"

"돈을 도로 내놓지 않으면 고발이라도 할 작정인가 봐."

"치사한 놈이군."

"치사한 놈 아니구선 장도영과 친구란다고 와이로를 쓰겠나."

"그리고 보니 이번 쿠데타로 해서 별의별 일이 있었구먼."

"불문가지 아닌가."

어떤 부류는 붙들려 생사의 기로에 헤매고, 어떤 사람은 엽관운동으로 동분서주하고, 어떤 사람은 벼락부자가 되어보겠다고 덤비고…….

내가,

"우울한 얘기군요."

라고 하자 성유정은,

"우울할 게 뭐 있나, 재미있는 세상이지."

라고 웃었다.

아닌 게 아니라 그날 그날이 지겨웠던 방관자들에겐 신나는 구경거리가 생긴 셈이다. 1961년의 7월도 기상학적으론 꽤나 무더운 여름이었지만 신나는 드라마처럼 세상을 보고 있는 사람들은 그 더위를 잊을 만했다.

그러는 동안에도 해괴한 일들은 연속되었다. 최고회의가, 전 국무총리 장면과 일곱 명의 각료가 용공분자로서의 혐의가 있다고 발표했다.

이것이야말로 경천동지할 만한 일이었다.

"뭐라구? 장면이가 용공분자라구?"

"그렇다면 우린 빨갱이의 지배를 받고 있었다는 얘긴가?"

"이승만을 쫓아낸 것이 기껏 빨갱이에게 정권을 안겨주기 위한 노릇이었단 말인가?"

아무튼 7월 4일에 있었던 최고회의의 발표는 국민들의 마음에 심각한 충격을 주었다.

민족과 국가를 위해 궐기한 군인들, 그 가운데서도 고급장성으로써 구성된 최고회의가 거짓말을 할 까닭이 없지 않겠는가, 결정적인 증거가 없고서야 어떻게 장면과 그 각료들을 빨갱이로 몰 수 있겠는가. 그렇다면 쿠데타는 만번 잘한 일이다. 빨갱이를 끌어내 광화문 네거리에서 능지처참을 해라! 한강 백사장에 1백만 시민을 모아놓고 시민들이 지켜보는 가운데 포살을 해라!

이러한 격분이 6·25의 기억이 생생한 국민들의 가슴속에 솟구칠 만도 했다.

나는 되도록이면 냉정한 마음을 가지려고 애썼다. 과연 장면이 용공분자일 수 있을까. 일곱 명의 각료가 용공분자라고 했는데 누구누구를 말하는 것일까. 그들이 공산당의 지하조직과 손을 잡고 있었다는 말일까…….

내 마음속에 하나의 결론이 이루어져 갔다. 장면과 그 각료들을 용공분자로 지목할 수 있는 정세 속에선 이 주필이 빠져나갈 수 없다는. 나는 이 주필을 어떤 의미로도 용공분자라고 할 순 없었다. 도리어 진실된 의미에서의 반공주의자라고 할 수 있었다. 그러나 장면을 용공분자라고 하는 판국에선 어쩔 도리가 없는 것이다. 동시에 세론의 추이를 살펴본 결과 일단 용공분자로 낙인이 찍히기만 하면 일반의 동정을 얻기란 무망하다는 것도 알았다.

그날로부터 이 주필은 나의 눈에 속죄양으로밖엔 비치지 않았다.

역사 이래 얼마나 많은 무고한 인명이 억울한 처우를 당했을까. 꼭 죽어야만 할 사람만 죽는 조리條理로썬 역사가 성립되지도, 가능하지도 않는 것이다. 전쟁의 승패를 결정하는 것은 유탄流彈이란 말이 있다. 물의 세위勢威는 탁류로써 표현된다. 조리를 타고 항의하기엔 역사의 격랑은 너무나 부조리하다.

이 주필도 어느 정도 체념하고 있는 것처럼 보였다.

두 번째 그를 면회한 것은 장도영의 실각이 결정적으로 된 이틀날의 오후였다.

옆에 형사 하나가 지켜보고 있었지만 우리들은 비교적 자유롭게 얘기를 나눌 수 있었다. 취조가 일단락되었기 때문에 경찰도 느긋한 태도를 취할 수 있었던 모양이다.

"장도영이 체포되었다는 소식 들었나?"

"들었어. 치사한 놈이야."

"치사하다니?"

"붙들렸다는 게 치사하지 않은가. 우선 나부터 말이야."

박남근의 얘기를 했다. 장도영과 이 주필, 박남근이 같은 부대에 있었다는 사실을 상기했기 때문이다.

"박남근은 그런 사람이야."

이 주필의 반응은 담담했다.

"장도영의 위치를 대강은 알았을 텐데 어떻게 그런 짓을……."

"사람이란 원래 자기에게 유리하게만 정세를 판단하려는 경향이 있는 것이 아닌가. 박남근도 설마 장도영이 그렇게 빨리 실각할 줄이야 알았겠나."

"헌데 자넨 이 사건을 어떻게 생각하나."

"나는 장도영을 로베스피에르로 만들 줄 알았지."

"로베스피에르?"

"장애물을 제거하는 작업은 그에게 맡길 참이 아닌가 했다는 얘기야."

이 주필의 말뜻을 알 것 같았다. 그래서 말했다.

"그처럼 각본이 정밀할 수야 있겠나."

"각본이 정밀하지 못하면 실패하지."

"그건 그렇고 박 소장과 자넨 잘 아는 사이 아닌가."

"위수사령관과 신문사 주필로서 안다뿐이지 그 이상의 교제는 없었어."

"그분이 최고회의의 의장이 되었다니까 진정서라도 내보면 어때?"

"그만두게."

"왜?"

"그 사람은 강직하기로 소문이 나 있는 사람이야. 정실로써 움직일 사람이 아냐. P신문의 H주필관 대구사범의 동기동창이고 아주 친한 사이이기도 해. 그래도 구속을 풀어주지 않고 있잖아."

"H주필은 곧 석방될 것이라고 하던데."

"H주필은 당연히 석방이 돼야지."

"H주필과 자네와 사정이 다를 게 뭐 있는가."

"다르지. 정치범은 일색일 수 없는 거니까."

"초록은 동색이지 별게 있겠나."

"아냐, 나와 H주필은 달라. H주필이 나간다고 해도 그건 정실 때문에 나가는 게 아닐 거야. 박 소장은 그런 사람이야."

"그렇더라도 오해를 풀 노력은 해야 하지 않겠나."

"그야말로 국사가 바쁠 텐데 어떤 개인의 오해를 풀기 위해 소비할 시간이 있겠는가."

"밑져야 본전이 아니겠나. 진정서를 내보도록 하세."

"나는 그런 것 절대로 내지 않겠어. 나를 어떻게 하는지 두고 볼 참이야. 내가 한 짓은 죄다 활자화된 글뿐이니까, 새삼스럽게 진정서를 낼 필요가 있겠는가. 나는 내가 쓴 글을 후회하지도 않겠거니와 수정할 의사도 없어. 그런데 무슨 진정서를 쓰란 말인가?"

"그래도 자기를 지키기 위해서는 최선의 방도를 다할 필요가 있지 않을까? 나는 그것이 자기 자신을 위한 의무라고 생각하는데."

"그래, 나는 나 자신을 지키기 위해 최선의 방법을 택할 참이야. 그것이 곧 진정서를 쓰지 않겠다는 태도이기도 하지. 내가 교원노조의 고문이 되길 승낙한 적이 없다고 하는데도, 누군가가 그런 말을 했다는 증언만으로 뒤집어씌우려고 하는 판에 무슨 말이 통하겠는가. 아까 자넨 오해를 풀도록 하라고 했지만 오해할 건덕지도 없는 일을 갖고서 억지로 오해를 조작하려고 드는 자들을 상대로 뭘 어떻게 하란 말인가. 지금부터 내가 할 일은 절대로 비굴하진 말아야 하겠다는 것뿐이야."

"사실을 그대로 밝히는 진정서를 쓴다는 게 비굴한 일일까?"

"미묘한 문제가 있어."

하고 이 주필은 이런 얘길 했다.

이 주필이 편집국장으로 있을 동안의 신문을 죄다 압수해놓고 경찰은 그 가운데 실린 논설의 필자를 대라고 했다. 그는 누가 썼건 책임은 나에게 있다며 필자를 대지 않으려고 했다. 그랬더니 경찰은 당신이 말하지 않으면 당신의 부하들을 끌고 와서 족쳐대면 그만일 것을 왜 그러느냐고 했다. 생각해보니 그만한 일로 논설위원들을 경찰에까지 끌고오게 하는 건 어리석었다. 그래 이건 누구의 것, 저건 누구의 것이라고 들먹여주었더니 경찰은 이 주필의 그 말을 근거로 논설위원 셋을 몽땅 구속해버렸다.

"세상에 이런 창피한 꼴이 어디에 있겠는가 말이다. 게다가 교원노조 고문직을 승낙했느냐 안 했느냐 하고 옥신각신하는 꼴이 비굴하기 짝이 없더군. 마음대로 하라고 했지. 진실을 말해도 비굴하게 되고 진실을 말하지 않아도 비굴하게 되고, 비굴하지 않으려면 잠자코 있을 수밖에 없어. 그런데 하마터면 엄청난 꼴을 당할 뻔도 했어."

"그쯤 해두시죠."

입회하고 있던 형사가 날카롭게 말했다. 나는 그 엄청난 꼴이 뭔가를 알고 싶었지만 이 주필은 입을 다물어버렸다. 이 주필이 말하려던 그 엄청난 꼴을 당할 뻔했다는 얘기의 내용을 내가 알게 된 것은 훨씬 훗날의 얘기다.

그것은 다음과 같은 사건이다.

안 모가 7년의 징역살이를 하고 부산형무소를 나온 것은 1959년. 안 모는 그보다 한발 앞서 출소한 염 모에게 장차 남로당을 재건할 준비를 하라면서 몇 개의 과업을 주었다. 염 모는 출옥하자마자 그 사연을 당국에 알렸다. 당국은 염 모를 포섭해 안 모가 시키는 대로 하도록 협조했다. 염 모의 과업은 기왕 빨치산을 하던 사람들의 거처를 찾아 연락하는 것과 특정인으로부터 자금을 염출하는 일이었다.

염 모에 이어 출옥한 이 모는 6·25 때 인민군을 따라 월남한 정치공작원이었다. 이 모는 염 모로부터 자금을 얻어 부산 고관 근처에 구멍가게를 차렸다. 안 모가 나올 때를 위해 대비해놓은 것이다.

안 모가 나오자 당 재건운동은 착착 진행되었다. 각지에 세포가 결성되고 자금도 꽤 모였다. 그 무렵 김 모란 청년이 그 조직에 가담했다. 그런데 김 모와 이 주필은 같은 고향이어서 서로 친교가 있었다. 물론 이 주필은 김 모가 어느 개인회사의 회사원이란 사실만을 알았을 뿐 김이 그런 짓을 하는 건 전연 몰랐다. 온순하고 독실한 청년이라고만 생각하고 있었다.

그들의 활동은 염 모를 통해 일보 형식으로 당국에 보고되어 있었다.

당국으로선 그들의 조직이 확보되길 기다려 일망타진할 계획이었던 것이다.

그런 사정인데 김이 K신문 이 주필과 친교가 있다는 사실을 안 안 모는 조직의 외곽에 이 주필을 끌어넣을 계획을 세웠다.

남로당 재건이니 하는 건 감쪽같이 숨겨놓고 안 모가 개인적으로 친교를 맺음으로써 이 주필을 이용하려는 의도였다.

그 무렵 김 모의 혼담이 있었다. 김의 결혼은 재혼이어서 예식장 같은 데서 호화롭게 할 처지는 못 되었다. 동래 어느 암자에서 하기로 했다. 날짜는 5월 22일로 잡고 주례를 이 주필에게 부탁하기로 했다. 안 모는 그 결혼식 피로연 2차회를 온천장 어느 집에서 하기로 하고 그 자리에서 자연스럽게 이 주필을 만날 작정이었다.

이 주필은 이러한 사정을 알 까닭도 없이 김의 결혼식을 주례할 것을 승낙했다. 당국은 이런 사정을 죄다 파악하고 김의 결혼식이 있을 날을 기다렸다. 그날 이 주필이 안 모의 2차회에서 합석하게 될 것이니, 그 사실을 근거로 이 주필을 남로당 재건파로서 체포할 작정이었던 것이다.

남로당 재건파로서 체포된다는 것은 간첩으로서 체포된다는 뜻이며, 언론계의 중진이 간첩단에 가담되었다고 하면 사형에 해당되는 중죄인으로 된다.

5·16 쿠데타가 있자 가장 신나게 개가를 올린 것은 경찰이다. 민주당 정권하에 거의 질식상태에 있었기 때문이다. 그렇다고 해서 공산당이나 간첩의 색출을 게을리한 것은 아니지만 체포와 구금엔 신중을 기해야만 했다. 그래서 5월 22일을 넘긴 5월 23일에 이 주필을 검거할 작정을 세우고 있었다.

공작반에서 이런 계획을 세우고 있는 줄도 모르고, 다른 반에서 5·16

검거선풍을 타고 이 주필을 5월 21일에 체포해버렸다. 공작반에선 그런 줄도 모르고 이른바 남로당 재건파의 검거를 예정대로 5월 23일에까지 미루었다. 염 모의 첩보에 의해 5월 22일 김의 결혼식이 있었다는 사실을 안 당국은 당연히 이 주필과 안 모가 동래 온천장의 어느 집에서 만났을 것이라고 추측했다.

월여月余에 걸쳐 이 주필의 논설에 관한 조사가 끝났다. 방대한 부피의 문서에 서명하고 지장을 찍은 이 주필이 이제 헌시름 놓았다는 표정으로 한숨을 쉬자 형사는 입 언저리에 냉소를 띠고 한마디 했다.

"여보시오. 여태껏 한 것은 약과에 불과하오."

말뜻을 알아차리지 못하고 이 주필은 형사의 다음 말을 기다렸다.

"어차피 당신은 각오해야 할 거요."

하고 형사가 물었다.

"당신 김상봉이란 사람 알죠?"

"김상봉?"

이 주필은 고개를 갸웃했다. 결혼 주례를 부탁한 청년의 이름 같기도 했지만 '안다'고 단언할 정도는 아니었던 것이다.

형사가 한 장의 사진을 꺼냈다. 이 주필에게 결혼 주례를 부탁한 청년의 사진이었다.

"이 사람이면 알지."

그러자 형사는 서류철을 펴놓으며,

"남로당 재건을 서둘게 된 동기와 경위를 당신 입으로 소상하게 설명해보시오."

라고 했다.

이 주필은 어이가 없어 피식 웃었다.

형사는 다시 냉소를 띠고,

"죄다 알고 있는 일이오. 당신들의 일당은 모조리 체포되어 있소. 엉뚱한 소리를 해도 통하지는 않을 테니 순순히 자백하시오."

하고는 정색을 했다.

이 주필은 이때 비로소 공포를 느꼈다. 어떤 수단을 써서라도 자기를 죽이기 위해 일을 꾸미는 것이라고 짐작한 것이다. 그러니까 자연 말이 거칠게 나오지 않을 수 없었다.

"죄다 알고 있으면 알고 있는 대로 하시오. 내겐 자백할 아무것도 없소."

"배짱을 부릴 요량인 것 같지만 우릴 만만히 보질 말아요. 사실을 말하면 이 사건은 다른 반에서 탐지한 거라서 내가 말할 것이 아니지만 이왕 내친 걸음에 내가 맡게 되었소. 나는 일을 맡았다고 하면 철저하게 하는 놈이오. 공산당을 말살하는 것은 나의 의무일 뿐 아니라 나의 애국적 신념이오. 나는 공산당을 때려잡기 위해선 어떤 압력에도 굴하지 않을 것이고, 내가 쓰는 수단에 누구의 간섭도 받지 않을 것이오. 그러니까 미리 말해두거니와 순순히 항복을 하든지 야무지게 맛을 보든지 그건 알아서 하시오."

조가란 성을 가진 형사는 도살자를 방불케 하는 눈을 부릅떴다.

이 주필은 아랫입술을 깨물며 앉아 있었다. 무슨 고문이 닥쳐도 감당할 마음의 준비를 해야만 했다. 그러나 아득한 심정이었다.

"순순히 자백하지 못하겠소?"

책상을 탕 치며 조 형사는 소릴 질렀다.

이 주필은 조 형사의 눈을 똑바로 보곤 시선을 창밖으로 돌렸다. 여름 하늘에 뭉게구름이 있었다. 혹시 저 구름이 내가 마지막 보는 구름이 아닐까 하는 상념이 일었다.

"순순히 자백할 수 없다면,"

하고 조 형사는 일어섰다.

"자, 일어서시오."

형사는 이 주필의 팔에 수갑을 채웠다. 그리고 지하실로 끌고 내려갔다. 내려가며 누군가를 불렀다. 보조 역할을 할 사람을 청하는 눈치였다.

여름인데도 지하실은 썰렁했다. 백 촉짜리 전구가 달려 있는 방 중앙에 찌그러진 탁자 하나가 놓였고 그 사방으로 둥근 의자가 있었다. 벽에 기대놓은 몽둥이, 쇳덩이 등이 음산한 빛깔이었다.

"거기 앉으시오."

형사가 이 주필에게 둥근 의자 하나를 가리켰다.

그때였다. 누군가가 지하실 문을 열더니 조 형사를 불렀다. 조 형사는 이 주필의 양팔을 수갑으로 탁자다리에 묶어놓고 지하실에서 나갔다. 조 형사가 나가자 지키고 서 있던 다른 형사가 다가와서,

"담배 피우시겠소?"

라고 부드럽게 말을 걸었다.

"이런 꼴을 하고 무슨 담배를 피우겠소."

이 주필은 묶여 있는 양팔에 시선을 떨구었다. 형사는 포켓에서 열쇠를 꺼내더니 한쪽 수갑을 풀고 얼른 불붙인 담배를 건네주었다.

한 모금의 담배가 이 주필의 마음을 진정시켰다. 담배 한 개비의 공덕이 이처럼 영특하다는 느낌은 감동적이었다. 다소 느긋한 마음이 들자,

"남로당 재건이니 뭐니, 도대체 어떻게 된 거요?"

라고 물었다.

"잘은 모르지만 이 주필은 안덕상일 만났죠?"

그 형사의 말이었다.

"안덕상? 난 그런 사람 만난 일이 없는데. 그런 이름 들은 적도 없고."

"괜히 부인해봐야 소용없을 거요. 순순히 말씀하시고 병신이나 안 되도록 하시오."

"참말로 나는 안덕상이란 사람 모르오."

"김상봉의 결혼식에서 만나지 않았소?"

"김상봉의 결혼식? 그 결혼식은 내가 주례를 하기로 돼 있었는데 붙들리는 바람에 참석하지도 못했소."

"뭐라구요? 뭐라고 했소."

형사는 기겁을 하듯 소릴 높였다.

"경찰에 붙들려 오는 바람에 김상봉의 결혼식 주례를 하지 못했단 말이오."

"그럴 리가."

하다가 형사가 또 물었다.

"언제 붙들려 왔소?"

"21일. 김상봉의 결혼식은 22일로 알고 있었는데."

"그것 참말이죠?"

"당신들이 날 붙들어 온 날을 모르겠소? 챙겨보면 알 일이 아니오?"

형사는 잠깐 생각하는 듯하더니 이 주필의 팔에 다시 수갑을 채우곤 담배를 받아 바닥에 던지고 발로 비벼 껐다. 그리고 말했다.

"됐어요. 그렇다면 됐어요."

"뭣이 됐단 말이오?"

"곧 알게 될 겁니다."

그러고도 2, 3분이 지나서야 조 형사가 들어와 맞은편 의자에 앉더니,

"우리 슬슬 시작해볼까요."

하고 서류를 폈다.

그때 옆에 서 있던 형사가,

"조 형사님."

하고 불러세워 구석 쪽으로 가더니 조 형사에게 무언가 귀엣말을 했다.

"그럴 턱이 있나?"

조 형사의 신경질적인 반응이었다.

"저 사람의 취조는 처음부터 조 형사가 맡지 않았습니까?"

"그렇지."

"연행해 온 형사에게 물어보면 알 일 아닙니까?"

"연행해 온 것도 난데."

"그럼 챙겨보십시오."

이런 말들이 오간 뒤 조 형사는 다시 지하실에서 나갔다. 조 형사가 나간 후 형사는 말이 없었다. 침묵의 지하실에서 15분쯤이나 지났을까, 조 형사가 들어오더니 탁자에 묶여 있는 이 주필의 팔을 풀었다. 그리고 한 한마디.

"당신 참 운이 좋았소."

이 주필은 그 길로 유치장으로 돌아왔다. 경찰서에서의 일은 그로써 종결이 된 셈이었다.

그러나 아찔한 일이었다. 그들 사이에 서로 연락이 잘 취해져 있었더라면 이 주필의 체포는 23일에 있었을 것이었다. 당연히 이 주필은 남로당 재건파의 두목 안덕상과 한자리에서 술을 마셨을 것이고, 그 사실하나로써 엄청난 결론을 만들 수가 있었을 것이며, 이래저래 상황을 구

성해 이 주필을 사형장으로 보낼 수도 있었을 것이니 말이다.

자기는 알지도 못하는 어느 곳에서 자기를 파멸시키고자 어떤 계략이 진행되고 있다는 사실! 실로 두려운 일이다. '메테를링크'도 그러한 체험이 있었을까. 그는 이런 말을 남기고 있다.

"타인의 불행을 만들어내기 위해 자기의 최량의 부분을 동원하고 시간을 소비하는 자들에게 저주 있거라!"

그 두 번째의 면회가 끝날 무렵 이 주필은 다음과 같은 말을 덧붙였다.

"나는 앞으로 어떻게 될지 모르니 세월이 흘러가는 내용을 소상하게 적어두게. 먼 훗날에라도 이 시간의 의미를 알아야 할 것이 아닌가. 언젠간 자네가 역사의 증인이 되어주어야 할지 모르네. 아니 그렇게 자처해야 하네. 억울하게 죽은 사람들은 그러한 증인의 기억, 또는 기록을 통해서만이 살 수밖에 없어."

그런데 그땐 그가 말하는 심각한 뜻을 몰랐다. 남로당 재건파 사건을 알지 못했기 때문이다.

조스가 부산으로 돌아온 것은 내가 이 주필을 두 번째 면회한 이튿날인가 그 다음 날이다.

조스는 놀랄 정도로 쿠데타의 전모를 파악하고 있었다. 주동이 된 인물들의 경력을 비롯해 모의 과정과 결행의 경위를 소상하게 조사하고 있었다. 미국 CIA로부터 정보를 입수한 것이 아닐까도 싶었다.

특히 주동인물 박 장군에 관해선 능히 한 권의 팸플릿을 쓸 수 있을만큼 자료를 모았다고 했는데 그것에 관한 이야기가 있은 후 조스는,

"한국 군대 가운데서 쿠데타를 일으킬 수 있는 유일한 장군이 박 장군이란 것을 알았네."

라며 그의 과단성과 청렴한 성품을 들었다. 요컨대 자기가 청렴하고 강직하기 때문에 박 장군은 군대의 일부를 장악할 수 있었으며, 나아가 군 전체를 지배할 수 있었다는 얘기였다.

"결과로부터 역산한 얘기가 아닌가."

하고 성유정이 웃었다.

"물론 역산적인 얘기지만 박 장군을 제외하고는 한국 군대 내엔 그만한 거사를 할 사람이 전연 없다는 사실은 부인할 수 없네."

라며 조스는 현역 예비역을 통해 장군들의 이름을 열거했다.

"그러니까 박 장군의 거사가 타당성을 가졌단 말인가?"

성유정이 반문했다.

"나는 타당성을 말하고 있는 것이 아니라 박 장군의 인물적 의미를 말하고 있을 뿐이야."

하고 조스는,

"내게 흥미가 있는 것은 어떻게 해서 1961년 5월 16일에 쿠데타가 있었느냐 하는 문제이네. 1961년 5월 1일도 아니고, 5월 17일도 아닌 바로 5월 16일에 쿠데타가 발생했다는 사실이 중요하네."

라는 알쏭달쏭한 말을 꺼내놓았다.

"그건 우연 아니겠는가. 우연으로 돌릴 수밖에 없는 그 날짜를 따져보았자 무의미한 노릇이 되고 말 거야."

라고 성유정이 말했다.

"아니야."

조스는 단호하게 말했다.

"아나톨 프랑스의 말에 있지 않나. 어떤 사건엔 반드시 항상인恒常因과 동기인動機因이 있지. 말하자면 어느 지역에서 지진이 발생했다고 하세. 항상인이 계속 작용하고 있는데 기상 조건과 지열의 관계가 동기인이 되지. 그러니까 지진이 발생한 날짜는 지극히 중요한 문제로 되네. 앞으로의 지진에 대한 예방을 위해서도, 또는 그 지진의 의미를 알기 위해서도, 그와 마찬가지로 프랑스의 군중이 왜 1789년 7월 14일 바스티유를 점령했는가가 중요한 문제이네. 왜 하필이면 그해, 그달, 그날에 사건이 발생했는가를 따져 들어갈 때 비로소 그 사건의 역사적 의미를 알게 된다, 이 말이야. 어떻게 해서 한국이 1945년 8월 15일에 해방되었는가. 누적된 역사적 사건이 8월 15일을 향해 집중되었는가 그날 파산이 되었다고 하면 8월 15일이란 날짜가 엄청난 의미를 가지고 있는 것이 아닌가. 그러나 그 의미를 알 수 없으니 답답할 뿐이네. 5·16이 바로 그렇지. 왜 5·16인가. 어째서 5·16인가. 어떻게 해서 하필이면 이날 쿠데타가 발생해 그것이 성공했는가. 내가 듣기론 거사일을 달리 잡았다가 앞당겼다고 하던데, 그 이유가 또 어디에 있었는가 말이야.”

조스는 이어 갖가지 예를 들어 5·16이란 날짜의 중요성을 설명하려고 애썼으나, 나나 성유정 씨는 그 진의를 납득할 수가 없었다.

그러자 조스의 말이 다시 계속되었다.

“역사가들은 날짜의 중요성을 등한히 함으로써 과오를 범하고 있는 것 같애. 왜 그 날짜에 그런 사건이 발생했는가를 철저히 살펴보면 뜻밖에 사건의 의미를 보다 정확하게 파악할 수 있을 텐데 말이야. 그런 뜻에서 인간의 생년월일은 보통 생각하기보다는 훨씬 중요한 문제를 내포하고 있어. 동양에서나 서양에서 운명 판단의 기초를 생년월일에 둔다는 건 이유 없는 일이 아니야. 미스터 리나, 미스터 성이 5·16의 의미를 알고 싶거든 왜 그날에 거사가 있었는가를 철저하게 조사해볼 필요가 있어."

"그런 것 흥미 없는 일이네."

뚜벅 성유정이 이렇게 말하자 조스는,

"당신은 구제할 수 없는 허무주의자야."

라고 익살을 부렸다.

그러곤,

"날짜의 중요성에 관한 것인데 이런 얘기가 있네."

라며 조스는 다음과 같은 얘기를 했다.

라틴아메리카의 P국에서 있었던 일이다. 조스가 리우데자네이루의 신문사에 근무하고 있었을 때인데, P국서 쿠데타가 발생했다는 소식을 듣고 취재차 그곳으로 갔다.

2년 전에 쿠데타가 나서 군사정권이 수립되어 있었는데다가 재쿠데타가 난 것인데, 아무리 따져보아도 그 쿠데타엔 필연성이라고나 할까, 불가피성 같은 것을 찾아낼 수가 없었다. 쿠데타를 하기 위한 쿠데타라고 할밖에 없는, 이를테면 라틴아메리카식의 쿠데타였다.

주동인물은 보르게스라고 하는 육군 대령이었다. 플레이보이로서 돈을 잘 쓴다는 소문 이외에 이렇다 할 특징도 없는 사나이다. 그런 까닭에 쿠데타를 할 수 있을 만큼 세력을 규합할 수 있었다는 것은 돈으로 인한 매수를 통해서였다.

조스는 9월 13일에 거사가 있었다는 사실에 착목하며 그 날짜의 의미를 살펴보기로 했다. 그러는 동안 조스는 쿠데타 발생 시 죽은 아홉 명 중에 아르헨티나의 신문기자 두 명이 유탄을 맞고 죽었다는 사실을 발견했다.

아르헨티나의 신문기자가 이곳에 무슨 용무로 와 있었을까 하는 데

의혹을 가졌다. 조스는 그 기자들이 소속되어 있는 신문사의 P국 지사가 있는가 하고 찾았으나 그런 것은 없었다. 그들은 코르도바에 있는 조그마한 지방 신문의 기자였던 것이다.

다음에 그들이 투숙하고 있던 호텔로 찾아갔다. '미뇽'이란 이름의 조그마한 호텔이었는데, 그들이 그곳에 온 것은 9월 7일로 되어 있었다.

"이곳에 투숙하고 있던 아르헨티나의 신문기자가 유탄에 맞아 죽었다고 하는데, 그 상황을 아는 데까지 설명해주시오."
라고 조스는 프런트에 있는 종업원에게 부탁했다.

"그들은 9월 7일에 도착해 9월 8일에 호텔을 나간 채 돌아오지 않았는데, 어떻게 죽었는지 모르겠습니다."
라는 대답이었다.

"그들이 호텔을 나갈 때 혹시 어느 곳으로 가겠다는 말은 없었소?"
라고 조스가 묻자,

"그런 말은 없었고, 3연대 본부가 어디에 있느냐고만 묻던데요."
라고만 대답했다.

3연대이면 쿠데타의 주동자인 보르게스가 연대장으로 있었던 연대이다.

"그 길로 돌아오지 않았나요?"

"그렇습니다."

"호텔비는 치렀소?"

"치르지 않았습니다."

"그럼 짐은 두고 갔겠요?"

"그렇습니다."

"그들의 짐은 어디에 있소?"

"짐이라야 보스턴백 2개인데, 지하실 창고에 넣어두었습니다. 그리고 호텔의 카드에 적힌 주소로 편지를 냈는데도 아직 아무런 소식이 없습니다."

"그들의 시체는 어떻게 되었나요?"

"그걸 알 까닭이 있겠습니까. 아마 군대가 적당히 처리했겠지요."

"그 사람들의 짐을 볼 수가 없을까요?"

"짐은 왜 보려는 깁니까?"

"그들의 죽음에 의심이 가기 때문이오. 쿠테타 때 죽은 사람이 아홉 명인데, 그 가운데 그 두 사람이 끼어 있다는 걸 그저 우연으로 쳐버릴 순 없지 않소."

"유탄에 눈이 있나요. 운수 사납게 맞으면 죽는 거지요."

"시가전 같은 것이 있었으면 유탄에 맞아 죽은 사람이 있겠지만 시가전은 없었다고 들었습니다. 총격전은 대통령 관저에서만 있었다고 되어 있던데, 어떻게 하필이면 그 기자들이 유탄에 맞았을까요. 당연히 의심해볼 만하지 않겠소."

"그렇다고 치더라도 죽은 사람의 짐을 챙겨 뭣 할 거요. 유족도 아닌 사람이."

"유족은 아니라도 나는 신문기자요. 신문기자로서의 호기심으로 그들의 짐을 보고 싶다는 거요. 그것도 나 혼자서가 아니고 당신 입회하에서요."

라고 말하고 조스는 10달러짜리 지폐 한 장을 종업원이 보는 앞에서 카드 밑에 넣었다. 종업원에게 그 돈을 가지라는 시늉이었다.

라틴아메리카에서처럼 돈이 속효를 내는 곳은 없다. 종업원은 2층의 방 열쇠를 조스에게 건네주며 방에 가서 기다리라고 했다.

보스턴백은 자물쇠로 잠겨져 있었다. 도리 없이 나이프로 자물쇠가 달린 부분을 도려낼 수밖에 없었다. 보스턴백엔 몇 벌의 옷과 내의밖에 없었는데, 안쪽으로 달린 포켓에서 프린트된 서류철이 몇 부 나왔다.

그 서류철의 표지에 찍힌 글자가 선뜻 눈에 띄었다.

"알폰소 보르게스 대령의 행적"

이라고 되어 있었다.

그 내용은 코르도바에 살고 있는 에밀리야란 여성의 진술로부터 시작되어 있었다.

에밀리야는 보르게스가 첫 번째 결혼한 여자였다. 강간하다시피 해서 에밀리야의 정조를 유린하고 결혼해 에밀리야의 유산을 가로챘다. 그러고는 에밀리야를 내쫓았다. 항의를 하자 심한 구타를 가하고 정신병원에 처넣었다. 꼬박 5년 동안 정신병원에 감금되어 있다가 구사일생으로 탈출해 현재 코르도바에 살고 있다는 것이다.

이것이 제1장으로 되어 있고 제2장엔 보르게스가 대대장으로 바스리지구에 있을 때 그곳 부호의 딸을 유혹해 재혼해서 그 유산을 탈취하고 이혼한 사실이 적혀 있었다.

제3장은 여학교의 교사를 하고 있는 여자를 능욕하고 아이까지 배게 한 뒤 낙태를 강요해 드디어 죽음으로 몰아넣었다는 사실의 기록이었다.

그밖에도 보르게스의 비행이 10여 개 항으로 적혀 있었다. 그 모두가 여자를 상대로 한 파렴치한 행동이었으며 재산을 약탈한 비열한 행동이었다.

그 프린트를 읽고 조스는, 그들 두 기자가 보르게스를 협박하기 위해 P국으로 들어온 것이라고 짐작할 수 있었다. 아마 얼마간의 돈을 요구하고, 그 요구를 거절당하면 P국의 신문에 폭로할 작정이었던가 보았다.

아닌 게 아니라 그 기사가 발표되기만 하면 보르게스의 실각은 명약관화한 일이다. 보르게스로선 절체절명의 궁지에 몰렸을 것이 뻔하다. 그가 취할 수 있는 수단은 두 기자의 요구대로 돈을 주든지, 아니면 그들을 죽이든지 할밖에 없었다. 돈을 줄 수 없다고 하면 남은 수단은 하나. 보르게스는 그들을 죽이기로 결심했다. 그러나 그들을 죽이는 수단이 쉬울 까닭이 없다.

요컨대 그러한 사고의 연장선상에서 쿠데타를 해야 하겠다는 결심이 굳어진 것이고, 그 쿠데타가 또한 소 뒷걸음 치다가 쥐 잡는 격으로 성공한 것이다.

"9월 14일 거사의 의미가 바로 그 두 기자의 협박에 있었네. 이만하면 날짜가 가진 의미를 알겠지?"
라고 조스는 웃었다.

"그래 그 보르게스 정권은 얼마 동안 계속되었나?"

"2년쯤 계속되었지, 아마."

"그것도 쿠데타 때문인가?"

"일종의 쿠데타였지. 암살당하는 바람에 끝장이 난 거니까."

"그런 예 한둘을 가지고 날짜의 의미를 찾는 건 아무래도 무리한 논법 같은데."
라고 성유정이 반론을 제기했으나 조스는 끝까지 굽히지 않고 날짜의 중요성을 고집했다.

혁명재판소장에 최영규 육군 준장, 혁명검찰부장에 박창암 육군 대령이 임명되고, 이어 혁명재판소의 심판관과 혁명검찰부의 검찰관의 임명 발표가 있었다.

7월 12일, 혁명재판소와 혁명검찰부의 시무식이 있었다. 그 자리에서 박정희 의장은,

"무능 부패한 기성 정치인에 의해 자행된 부정과 부패와 간첩 침략을 근절시키고 민족정기를 바로잡아 혁명재판의 역사적인 사명을 완성할 것을 바란다."

라고 말했고, 조진만 대법원장은,

"대의명분에 입각해 반국가·반민족·반혁명 등의 범법행위자를 엄단함으로써 국민의 기대에 부응해 줄 것을 확신한다."

라고 말했으며 박창암 혁명검찰부장은,

"반공적 세계관 국가관 혁명관을 확립해 검찰관들은 모든 반혁명의 근본 요인의 발본색원을 다짐해 주저가 허용되지 않는 대수술 작업을 수행해야 한다."

라고 말했다.

최영규 혁명재판소장은,

"냉철하고도 엄정한 심판만이 국민과 민주우방의 지지와 신뢰를 받게 될 것이며, 사회적 불안과 민심을 안정시키는 대강이며, 혁명재판이 유종의 미를 거둠으로써 국민의 기대에 어긋남이 없도록 멸사봉공할 것을 심판관과 함께 맹서한다."

라고 말했다.

최고통치자가 부정과 부패를 근절하겠다고 했으니 금전상으로 단 1원의 부정도 없을 것이 명백하고, 법률을 주재하는 대법원장이 대의명분에 입각하겠다고 했으니 3년 8개월을 거슬러 시행되는 소급법도 그러고 보니 대의명분에 입각한 것이 분명했다.

이 주필과의 면회를 끝내 실현하지 못하고 홍콩으로 떠나면서 조스는 다음과 같은 말을 남겼다.

"이제부터 한국엔 장군의 시대가 도래했네. 장군들이 서둘고 있는 걸 보니 한국의 정치는 세계에 유례를 볼 수 없을 만큼 깨끗한 정치가 될 것 같아. 그렇게만 된다면 이 주필 같은 인물이 한 다스쯤 희생된다고 해서 나쁠 것이 있겠는가. 이 주필을 만나거든 내가 이렇게 말하더라고 전해주게."

7월 17일은 제헌절이다.

헌법을 유린해버린 나라에서 제헌절을 축하하고 기념한다는 것은 유머러스한 현상이지만, 그러나 할 말에 궁색하지 않았던 모양으로 모두들 한마디씩 했다.

윤 대통령은, 입헌정신에 입각한 신질서의 재건을 확신한다는 요지의 기념사를 했다.

이에 대한 성유정 씨의 코멘트는,

"군인들의 호의에 편승한 존재인 줄을 모르고 자기의 지위를 헌법적인 존재로 알고 있는 것 같으니 행복한 어른이다."

라는 것이었고, 박 의장의,

"헌법 일부의 비상조치법 대체는 일시적인 현상에 불과하다."

는 기념사에 대해선,

"명색이 법치국가라면 위헌적인 법률이 존재할 까닭이 없고, 어떠한 범죄도 일시적인 현상이 아닌가."

라고 말했다.

조 대법원장은,

"헌법의 존엄성을 훼손함은 불가하며 혁명 후의 일부 법률의 정지는 부득이하다."

라고 언명했는데, 성유정 씨는,

"부득이하다고 해서 훼손할 수 있는 존엄성은 존엄성이 아니지 않는가."

라고 말했다.

나는 성유정 씨가 말하고자 하는 것을 납득하지 않는 바는 아니었지만

"무슨 말씀을 해도 강줄기를 바꿀 수 없는 게 현재의 사정 아닙니까. 성 선배의 말씀은 불평분자의 잠꼬대에 불과한 것입니다. 현실에 순응할 줄도 알아야 할 것 아닙니까."

했더니 성유정 씨는,

"이 사람아, 그렇다고 해서 잠꼬대할 자유도 없단 말야."

라고 투덜댔다.

제헌절을 계기로 용공혐의자 일부를 중앙정보부의 심사를 거쳐 석방한다는 발표가 있었다.

"이 사람들이 석방할 줄도 아는구나."

하고 수미愁眉를 폈으나 석방된 자는 3천98명의 구속자 가운데 1천2백93명이었다. B신문의 H주필과 K신문의 논설위원들은 석방되었으나 이 주필과 변 논설위원만은 석방자 가운데 끼지 않았다.

7월 19일 이 주필은 변 논설위원과 함께 서울로 압송되었다.

한복차림으로 수갑을 찬 손등 위에 나는 바바리코트를 씌워주고, 통로를 사이에 둔 이편 자리에 앉았다.

부산역을 벗어나자 여름의 풍경이 전개되었다. 농담 갖가지가 성록盛綠의 대향연이었다. 이 주필의 가슴에 무슨 상념이 거래되고 있는진

짐작할 방도가 없었다. 그는 지극히 평화로운 얼굴을 하고 차창 바깥을 바라보고 있었다.

삼랑진을 지날 때까지 말이 없더니 밀양역 가까이에서 뚜벅 한마디 했다.

"묶여서 천 리 길을 달리는 것도 나쁘지 않군."

가슴을 한 방 맞은 것처럼 어리둥절했는데 그의 눈은 웃고 있었다.

그러나 그 눈은 심상할 까닭은 없다. 눈물이 고이기 전의 질펀하게 젖은 눈이었다.

"묶여서 시베리아엘 갔을 때의 도스토예프스키가 생각나는군."

대구 근처에서 한 말이다.

그리고 이렇게 덧붙였다.

"도스토예프스키가 시베리아로 간 것은 추운 겨울철이었다고 하는데, 지금은 성하盛夏 아닌가. 얼마나 황홀한가."

뇌리에서 도스토예프스키가 떠나지 않는 모양으로,

"도스토예프스키의 『백치』에 있지 왜. 총살 직전의 심정을 그린 장면 말이야."

라고 말하고 그는 먼 곳으로 시선을 보냈다. 나는 대꾸할 말을 찾지 못해 담배를 꺼내 그에게 권했다.

추풍령을 지날 땐,

"묶여서 추풍령을 넘는군."

이라고 말했고, 대전을 지날 땐,

"대전은 왠지 로맨틱하게 느껴져. 「대전발 0시 50분」이란 노래가 있지 왜."

라고 말하며 억지웃음을 웃었다.

오후 4시쯤 해서 서울역에 내렸다. 바바리코트로 덮고 있었기 때문에 수갑 찬 손이 보일 까닭이 없었지만 지나가는 사람들이 이상한 눈초리로 이 주필과 변 위원을 보았다. 뭔가 호기심을 일게 하는 점이 있었던 것이다.

개찰구를 빠져나가 택시를 기다리고 있을 때 이 주필이 변 위원을 보고 말했다.

"변군, 저 사람들이 조금도 부럽지 않으니 이상하지?"

"제 기분도 그렇습니다. 조금도 부럽지 않습니다."

염천하에 분주히 오가는 사람들의 자유가 부럽지 않다는 얘긴데, 그렇게 말하는 진의를 나는 알 수가 없었다.

이 주필과 변 위원은 사제지간이다. 이 주필은 뛰어난 자질을 가진 변 위원을 특별히 사랑했다. 그런 때문에 아직 30세가 채 되지 않은 변 군을 논설위원이란 중요한 직책에 등용한 것이다.

사제지간이 한 오랏줄에 묶여 감옥으로 가게 된 것도 특이한 인연이다.

택시를 타고 혁명검찰부로 갔다. 혁명검찰부는 필동에 있었다. 거기서 인정신문을 하고 서대문 교도소로 가게 돼 있었다.

검찰부 입구에서 택시를 내려 두 사람의 형사에 이끌려 혁명검찰부로 들어가는 것을 보고 나는 빙수 파는 집으로 가서 앞길이 바라보이는 곳에 자리를 잡고 앉았다.

한 시간쯤 해서 이 주필 일행이 나왔다. 내가 형사들에게 제안했다.

"교도소로 가기 전에 같이 식사를 하고 싶은데 어떻겠소."

두 형사는 서로의 얼굴을 쳐다보며 눈짓을 하더니 '좋다'고 했다.

명동엘 가기로 했다.

거기서 명동은 지척의 사이다. 여전히 바바리코트로 손을 덮은 이 주필과 변 위원을 데리고 명동으로 들어갔다. 삼오정 2층으로 올라가 자리를 잡고 조학우에게 전화를 했다. 조학우는 이 주필의 중학 시절의 동창인데, 이 주필이 형무소로 가기 전에 만나보고 싶어해서 미리 그 전화번호를 알아놓고 있었던 터였다.

가까이에 회사가 있었던 모양으로 조학우는 20분도 못 되어 달려왔다.

불고기를 안주로 소주를 마셨다. 이야기라야 별게 있을 까닭이 없다. 따분한 얘기를 나누었을 뿐이다.

세 병째 소주를 주문하려고 하자 형사가 안 된다고 했다. 피의자를 술에 취하게 할 수 없다는 그들의 심정을 이해하지 못할 바가 아니어서 냉면을 시켜 먹고 삼오정에서 나왔다.

서대문 교도소에 도착한 것은 5시 반. 나와 조학우는 철문 안으로 사라지는 이 주필과 변군의 모습을 보고 돌아섰다. 조학우와 나는 말없이 형무소의 바깥문을 빠져나왔다.

그때,

"선생님"

하는 소리가 있었다.

한명숙이었다.

"여기 어떻게……."

나는 놀라며 물었다.

"부산에서부터 쭈욱 따라왔어요."

하고 한명숙은 울먹였다.

"그럼 왜 이 주필과 인사라도 하지 않구."

"먼빛으로 보기만 했어요. 어쩐지 가까이 갈 수가 없었어요."

그 심정 알 만도 했다. 택시를 잡아 종로로 나와 다방을 찾는데 '문'이란 다방이 눈에 띄었다. 나는 한명숙과 조학우를 데리고 그 다방으로 들어섰다. 천장에는 큰 선풍기가 윙윙 돌고 있었으나 다방 안엔 열기가 물씬했다. 차를 주문해놓고서,

"이상도 하다."

라고 내가 중얼거렸다.

해방 후 고국으로 돌아와 이 주필은 동인지를 하자고 했다.

동인지라고 해도 문학지가 아닌 철학지를 하자는 얘기였다. 그런데 그 잡지의 이름이 '문'門이었던 것이다.

이 주필은 '문'이란 이름에 퍽이나 애착이 있었던 모양이다. 대학 시절 동경에서도, 그 이름으로 동인지를 했다고 들었다.

동인지 『문』은 제3호로서 끝나버렸지만 이 주필은 언제이건 기회가 오기만 하면 그 이름으로 동인지를 속간하겠다고도 했던 것이다.

이 얘기를 듣고 조학우는,

"우연한 일치이군."

이라고 말했고, 한명숙은 손수건을 꺼내 눈 언저리를 눌렀다. 나는 이 주필이 이제 막 들어간 서대문 교도소의 문을 생각했다. 그리고,

"문의 사상이 곧 인생의 사상이다."

라고 쓴 『문』 창간호의 이 주필의 문장을 기억 속에 더듬었다.

"이 주필은 어떻게 될까요?"

한명숙이 물었다.

"설마 기소야 되겠습니까."

하고 조학우가 내 얼굴을 보았다.

"기소는 될 거라고 봐야죠."

나는 힘없이 대답했다.

"논설에 약간 과격한 것이 있다고 치더라도 그걸 갖고 재판할 거리가 될까요?"

조학우는 도무지 납득이 안 간다는 얼굴을 했다.

"귀에 걸면 귀걸이, 코에 걸면 코걸이가 아닙니까."

"아아, 우울한 얘기다."

조학우가 일어서며 물었다.

"이 교수는 언제쯤 돌아가시렵니까?"

"내일 아침 가렵니다."

"그럼 뵙지 못하겠군요. 잘 돌아가십시오."

하고 조학우는 나갔다.

"한명숙 씬 언제 돌아가겠소?"

"서울에 당분간 있겠습니다. 방학이기도 하고……."

"계실 곳은?"

"친척집이 있어요."

한동안 침묵이 흘렀다. 내가 용기를 내어 물었다.

"명숙 씨, 이 주필과의 일은 잊도록 하십시오."

"……."

"그게 이 주필의 희망이기도 합니다."

"……."

"명숙 씨가 오늘 같은 기차를 타고 따라온 줄을 알면 이 주필이 고민할 겁니다. 없었던 일로 치고 잊도록 하시오."

"전 잊지 못해요."

나지막했지만 명숙의 어조는 단호했다. 나도 입을 다물 수밖에 없었다.

그 다방을 나와 혜화동으로 간다는 명숙이 택시를 타는 것을 보고 나는 다동 쪽으로 갔다. 그 근처에 나의 단골 여관이 있었기 때문이다.

도중에서 신문을 사 길가에 피해 서서 펴 들었다.

최고회의에서 처음으로 내외기자들과의 회견이 있었다는 보도가 있었다. 8·15 전에 정권 이양을 비롯한 중요한 문제에 관해 결정이 있을 것이라는 내용이었다.

용공혐의로 구속된 장면 정권의 각료들에 관한 발표가 불원 있을 것이며 장도영 일파의 반혁명 음모 사건은 새로 발족된 혁명재판소에서 치죄될 것이란 언급도 있었다.

최고회의는 각 수사기관의 업무 한계를 공표했는데, 혁명검찰수사국은 각 수사기관에서 송치된 사건에 대해 공소유지상 필요한 수사와 중앙정보부장이 지시한 반혁명 사건에 한해서만 수사할 것이라고 발표했다.

혁명검찰수사국장은 최라고 하는 육군 중령이었다. 이 주필과는 퍽이나 친한 사이라고 들은 적이 있어 마음이 놓이기도 했다. 뿐만 아니라 최고위원 가운데도, 내각 안에도 이 주필의 친구가 적지 않았다.

'그들이 이 주필을 돌보지 않을 까닭이 있을까.'

이렇게 희망이 돋아나기도 했지만 다시 가슴이 무거워지는 것은, 그 많은 친구가 고위고관 가운데 있는데도 묶여서 천 리 길로 끌려와 이윽고 서대문 교도소의 철문 속으로 들어가고야 말았다는 냉엄한 현실 때문이었다.

나는 되돌아서서 삼각산을 우러러보고 싶은 기분이 들었다. 삼각산은 석양을 한쪽으로 받고 두둥실 떠 있는 흰 구름을 배경해 다소곳한 모습이었다.

"아아, 그날이 오면 삼각산도 두둥실 춤을 출 거다."

라고 심훈이 시를 읊은 삼각산…….

왠지 허전해서 견딜 수가 없는데, 바로 옆 라디오 가게에서 힘찬 군가가 울려 퍼졌다.

이어 7시를 알리는 시종, 그리고 뉴스가 잇달았다.

"로마 교황이 한국의 군사혁명 완수를 축원하는 전보가 접수되었다고 최고회의 대변인이 오늘 밝혔습니다."

정은 있으되 할 말이 없다

그 무렵만 해도 서린여관은 한국적인 정서와 품위를 지니고 있었다.

외벽을 겸한 행랑풍 건물의 중간에 있는 대문을 들어서면 좁다란 뜰이 있고 뜰 한가운데 회랑을 두른 건물, 그리고 그 둘레에 방이 배치되어 있는데, 기둥마다엔 청색 양각으로 된 현판이 칠언의 한시로써 세로로 걸려 있어 대구를 이루고 있었다. 그 가운덴 뜻밖의 글귀가 있기도 해서 한시를 이해하는 선비들로 하여금 야릇한 여정을 돋우기도 했다.

예를 들면

請君試問漢江水 청군시문한강수

別意與之誰短長 별의여지수단장

같은 것이다.

'청컨대 한강수에 물어볼지니라. 이별에 따른 나의 슬픔과 한강수의 길이 어느 것이 짧고 긴 것인가를.'

이런 뜻으로 되는데, 이것은 아무래도 이태백의 시일 수밖에 없다. 그리고 보면 이상한 것이 한강수란 문자이다. 원시엔 '동류수'東流水로 되어 있는 것을 주인인가 서가書家인가가 그처럼 슬쩍 바꿔놓은 것임이 틀림없다.

요컨대 서린여관은 그만한 풍류를 새겨놓고 있었다는 얘기다.

그러나 내가 단골인 다동의 여관으로 가려다가 서린여관으로 발길을 옮긴 것은 이러한 풍류가 있었기 때문만은 아니다. 그곳이 이 주필의 단골 여관이란 사실을 상기한 때문이다.

작년의 겨울, 나는 이 주필과 같이 이 여관에 묵었다. 그리곤 서울에 머무는 동안 그와 더불어 적잖은 추억의 재료를 만들기도 했다. 아직도 4·19의 흥분이 서울 거리에 서려 있을 때였다. 무교동 술집의 아가씨들이 치마폭에 돌멩이를 싸서 학생들에게 날라다주었다며 제법 자랑스럽게 재잘거리는 토막도 있었다.

거리엔 매일처럼 무슨 데모가 있었다. 그러나 그 데모는 우울했던 가슴속의 찌꺼기를 토해내는 무해무독한 것이었을 뿐이다.

"혼란도 또한 로맨티시즘이 아닌가. 그런데 이 혼란엔 희망이 있다. 누구도 이처럼 혼란해볼 수 있느냐고 외침으로써 우리는 능히 김일성 집단을 압도할 수가 있다. 이 혼란은 자유의 표현이긴 하되 결코 무질서는 아니기 때문이다……."

이 주필은 이런 뜻의 말을 하며, 이러한 혼란은 반드시 민중의 자율로써 수습되어야지 타율에 금압될 성질의 것은 아니라고 했다.

생각하면 이 주필의 그와 같은 의견이 위험사상이었던 것이다.

여관은 한산했다.

이 주필과 같이 묵었던 방을 고를 수가 있었다.

여자 종업원이 냉차를 들고 들어와선 나를 알아본 듯,

"오래간만이에요."

하고 인사를 하곤 이 주필의 안부를 물었다.

이 여자는 신문을 읽지 않는 모양이구나 하는 짐작을 했다. 나는 그저,

"잘 있다."

고만 얼버무렸다.

"세상이 온통 바뀌었는데 서울에 오시질 않구."

이 주필은 신문사의 지사가 서울에 있기 때문에 한 달에 한 번꼴로 서울에 왔던 것인데, 대사건이 있었는데도 나타나질 않으니 그 여자로 선 궁금했던 것 같았다.

나는 화제를 바꿨다.

"통 손님이 없는 것 같군."

"국회가 없어졌지 않아요. 그러고부턴 손님이 적어요."

"그럼 장사가 말이 아니겠군."

"그래도 장사는 돼요."

하면서 여자는 애매하게 웃었다.

"손님이 없는데도 장사가 된다. 이상한 얘기로군."

"묵고 가시는 손님은 적어도 반손님은 많으니까요."

"반손님?"

"밤 몇 시간을 이용하는 손님 말예요."

"그게 뭔데?"

"이따 9시나 10시쯤 되면 아실 거예요."

하고 여자는 다시 한 번 애매하게 웃곤 쟁반을 챙겨들고 나갔다.

나는 여자의 말뜻을 어렴풋이나마 짐작할 수가 있었다. 혁명이 있고 쿠데타가 있어도 일락逸樂의 본능은 억누를 수가 없는 것이로구나 하는 생각을 해보며 쓰게 웃었다.

냉수욕을 하고 책을 펴들었다. 그러나 정신이 집중되질 않았다. 식욕은 없었으나 끼니는 때워야 했다. 주문해주겠다고 했지만 나는 거리로 나왔다. 거리는 완전히 밤이었다.

밤이 되니 옛날 서울의 기분이 되살아난 것 같았다. 백주의 서울에서 위화감을 느꼈다는 사실을 그때서야 깨달았다. 그 이유는 무엇이었을까. 삼각산·남산은 예나 다름없는 모습이었고, 거리 또한 변한 데가 없었는데, 왠지 이방의 거리를 헤매고 있는 기분이었던 것이다.

여관에서 나와 5미터쯤 걸었을 때이다. 문득 생각나는 것이 있어 두리번거렸다. 지난 겨울 이 주필과 같이 왔을 때 들른 살롱을 찾는 셈이었다. 그 살롱은 서린여관의 문간에서 왼쪽으로 대각선을 이룬 방향의 길 건너에 있었다. 이름은 '은방울'?

그 살롱에서 우리는 작곡가 이재호李在鎬의 미망인을 만나 그 기우奇遇에 깜짝 놀랐다. 이재호와 우리는 같은 고향이란 때문만이 아니라 퍽이나 친숙하게 지냈다. 그는 한때 이 나라의 가요계를 휩쓴 귀재이다. 아깝게도 서른 살을 넘었을까 말까 한 나이로 죽은 지가 6, 7년 전. 그의 유족이 어떻게 되어 있는지 알 길이 없었는데, 뜻밖에도 그 살롱에서 만난 것이다.

"친구가 하는 일을 돕고 있어요."

부끄러움에 기어들어가는 듯한 소리로 이렇게 말하곤, 아들 3형제를 데리고 생계를 꾸려 나가려고 하니 이런 꼴이 되었다며 미망인 김정선 여사는 울먹였다.

우리는 위로할 말을 잊고 술을 퍼마시곤 이재호가 지은 노래를 다음 다음으로 불렀다.

그때의 기억을 더듬어 살롱이 있는 곳으로 가보았다. 살롱은 흔적도 없었다. 대폿집으로 변조되어 있는 것 같았다. 그 대폿집에 들어가 술과 안주를 청해놓고 김정선 여사의 소식을 물었으나 아는 사람이 없었다.

나는 영락한 김 여사의 모습을 상상하고 한동안 센티멘털한 기분이 들기도 했던 것인데 이건 공연한 것이었다. 김 여사는 그후 S각의 얼굴 마담으로 인기를 끌더니, 얼마 가지 않아 장안 제일의 요정 D각의 주인으로서 영명을 날리게 되는 것이었다.

그날 밤 사건이 있었다.

거나하게 술에 취해 돌아와 창문과 도어를 열어놓고 잠옷바람으로 앉아 있는데, 난데없이 젊은 여자가 뛰어 들어왔다. 아찔한 기분으로 내가 뭐라고 말하려고 하자 여자는,

"살려주세요."

하는 말을 나직이 속삭이고 화장실을 겸한 목욕실로 뛰어 들어가버렸다.

'이 일을 어떻게 한다?'

는 생각이 일기에 앞서,

"그 여자 어딜 갔어?"

하는 거친 목소리가 저편 쪽 마루에서 들려왔다. 잇달아,

"바깥으로 나가진 않았겠지?"

하는 말과 동시에 종업원에게 따져드는 말이 있었다.

"너 문간에 있었지?"

"예."

"여자 나가는 것 봤나?"

"못 보았습니다."

"저 대문 말고 이 집에서 빠져나갈 데가 있나?"

"없습니다."

"내 운전사를 불러."

"예."

운전사가 나타난 모양이었다.

"너, 어디에 있었나?"

"차 안에 있었습니다."

"아까 그 여자, 가는 것 봤나?"

"못 보았습니다."

"차는 바로 문 앞에 있었지?"

"예."

"차 안에서 계속 문을 지켜보고 있었지?"

"예."

"계속 문을 지켜보고 있어. 여자가 나가거든 붙들어. 알았나?"

"예."

다음은 종업원들에게 하는 소리였다.

"빈방을 전부 뒤져봐."

이곳저곳 문을 여닫는 소리가 요란했다.

저런 기세 같으면 손님이 들어 있는 방까지 뒤질 것이 뻔하다는 짐작이 갔다. 나는 도어를 닫을 엄두도 내지 못하고 엉금엉금 욕실 쪽으로 가서 욕실 문을 열려고 했다. 문은 잠겨 있었다.

"살려주세요."

하는 말이 새어나왔다.

나는 도로 자리에 앉았다.

빈방을 들춰도 사람이 없으니까 이번엔,

"양해를 구하고 손님들 방도 들춰봐."

하는 소리가 났다.

마루에 발자국 흐트러지는 소리가 나더니 종업원이 내 방 앞에 섰다.

그 등 뒤에 사람의 모습이 있는 듯했으나 보이진 않았다.

"손님, 여기 혹시 젊은 여자분이……."

종업원이 머뭇머뭇 물었다.

"의심이 나면 들어와서 찾아보면 될 게 아닌가."

내 입에서 퉁명스러운 말이 나왔다.

"이 방엔 없는 것 같은데요."

등 뒤의 사람에게 종업원이 말했다.

창이란 창은 죄다 열렸고 도어까지 열어놓고 있으니 누가 숨어 있을 까닭이 없다고 보았던지 종업원과 그 사나이는 물러갔다.

계속 이 방 저 방을 뒤지는 것 같았는데 종업원이 말했다.

"아무래도 바깥으로 빠져나간 것 같습니다."

"그럴 리가 없다고 하잖았나."

"그러나 현재 집 안에 없는 걸 보니 그렇게밖엔 생각할 수가 없지 않습니까."

"좋다, 좋아. 미꾸라지 같은 년, 두고 보라지."

하고 식식거리더니,

"방을 쓰지도 않았으니 계산할 것도 없겠지?"

하는 말을 남겨놓고 문간 쪽으로 나가는 동정이었다. 이윽고 자동차 발동 거는 소리가 나더니 주위가 조용해졌다.

종업원이 방방을 돌아다니며 미안하다고 사과를 했다. 어느 방에선,

"그놈이 누구냐."

고 호통을 쳤다. 그러나 종업원은 그저,

"미안하다."

는 말만 되풀이했다.

통행금지 시간이 넘어 여관 문 닫히는 소리를 듣고서야 종업원을 불러 방장을 치게 하고 창과 도어를 닫곤 불을 끄고 자리에 들었다.

폭발물을 안고 있는 것 같은 불안에 소변 마려움이 겹쳤다.

나직이 소리를 건넸다.

"이리로 나오시오."

욕실의 문이 열렸다. 여자가 나왔다. 방장 밖 구석에 앉는 것이 희미하게 보였다.

소변을 하고 돌아와서 말했다.

"누군진 몰라도 그 사나이는 떠난 것 같소. 이 방에서 나가도록 하시오."

"통행금지 시간인데 어디로 가겠어요."

"그럼 종업원을 불러 방을 마련하도록 할까요?"

"안 돼요. 새벽까지만 이대로 있게 해주세요."

"모기가 심할 텐데."

"......"

"걱정 말고 방장 안으로 오시오."

"제게 신경 쓰시지 마세요. 여기서 견디겠어요."

이렇게 말하는 데야 어떻게 할 수가 없었다.

잠을 청했으나 잠이 올 까닭이 없었다. 불안하기도 하고 궁금하기도 했다. 물어보고 싶은 심정은 한량이 없었지만 주위가 두려워서 뜻대로 할 수가 없었다.

여자는 숨소리도 내지 않았다.

1시를 치는 시종소리가 들려왔다.

뜬눈으로 밤을 새우게 될 것 같았는데, 그런데도 잠에 빠져들었다. 깨어보니 7시였다.

지난 밤 일이 문득 생각이 나서 두리번거렸으나 여자의 모습은 없었다. 꿈만 같았다.

일어나서 방장을 걷었다. 책상 위에 놓인 쪽지가 눈에 띄었다. 책과 종이와 만년필을 책상 위에 꺼내두었던 것인데, 여자는 그것을 빌려 다음과 같은 글귀를 적어놓고 있었다.

간밤에 실례가 많았습니다. 제 남편은 사형을 받을 처지에 있습니다. 그래서 안간힘을 쓰고 구명운동에 분주하다가 보니 창피한 꼴을 당하게 된 겁니다. 그러나 손님 덕택으로 마지막 창피는 면한 것이 우선 다행스럽습니다. 불쌍한 여자라고만 생각하시고 용서해주옵소서.

임경두를 찾아보기로 했다.

임경두는 군법무관을 하다가 작년에 변호사를 개업한 사람이다. 나와는 중학교의 동기동창이며, 과는 달랐으나 동경에서 같은 대학엘 다녔다. 이 주필과도 아는 사이였다.

그를 찾기로 한 것은 이 주필이 기소되었을 때 변호를 담당시킬까 하는 의도도 있었고, 군 출신인 만큼 세상 돌아가는 상황을 누구보다도 잘 알고 있을 것이라고 믿었기 때문이다.

임경두는 시원한 모시 남방셔츠를 입곤 선풍기를 등지고 앉아 있었다. 나를 보더니,

"오래간만이군."

하고 손을 내밀었다. 여유작작한 대인풍이었다.

"이 주필이 체포되었더군."

임경두가 먼저 꺼냈다.

"그렇게 됐어. 어제 서울구치소로 왔어."

"그자 지나치게 설쳐댄다 했더니 결국 그 꼴이 되었구나."

그 말투가 약간 불쾌했다. 변호사가 할 말인가? 하고 반발하고 싶었으나 참기로 했다. 이 주필을 변호하는 일을 맡길 의도를 포기했다. 이 주필의 체포를 당연한 귀결로 생각하는 사람에게 어찌 변호를 맡길 수 있겠는가 하는 심정에서였다. 그러니까 의례적인 말밖엔 나오지 않았다.

"요즘 어떻게 지내는가."

"혁명재판이 시작되고 보니 눈코 뜰 사이가 없을 만큼 바빠."

"5·16 덕택으로 변호사가 살판이 났구나."

"살판이구 뭐구, 이렇게 바빠서야 어디."

하면서도 그는 쾌활한 표정이었다.

그는 사무원을 불러 인삼차를 시켜놓고 물었다.

"대학도 이젠 조용하지?"

"지금은 방학이 아닌가. 조용할밖에."

"방학 아니라도 조용할걸. 데모를 할 수 없게 되었으니."

"그러나저러나 세상은 어떻게 되는 건가."

"어떻게 되긴, 잘되겠지. 잘되고말구. 5·16 군사혁명은 위대한 공적 아닌가. 박정희 장군은 구국의 영웅일세. 만일 군사혁명이 없었더라면 대한민국은 빨갱이에게 먹히고 말았을 것이야. 그보다 앞서 부정과 부패 때문에 대들보가 썩어 내려앉았을 거구. 그런 걸 보면 대한민국에 운이 있어. 박정희 장군 같은 구국의 영웅이 나타났으니까 말야."

"자네의 말을 듣고 있으니 용기가 나는군."

"용기를 내게. 바야흐로 민족의 정기가 발동하는 시기가 아닌가. 역사에 뒤떨어지지 않도록 해야 하네. 대학교수들은 서구식 민주주의에 사로잡혀 그로써 병들어 있는 형편이 아닌가. 거기서 탈피해야 해. 우리나라엔 서구식 민주주의는 맞지 않아. 그건 공산주의의 온상이 되는 거야."

"그럼 민주주의를 그만두어야 한다는 뜻인가?"

"천만에, 우리 한국적 민주주의를 지향해야 돼."

"한국적 민주주의가 어떤 건데?"

"우리 한국의 체질과 지정학적 조건에 꼭 들어맞는 그런 민주주의라야 한다 이 말이다."

"구체적으로 말해보게나."

"지금은 바빠서 안 돼. 언젠가 기회 있으면 우리 토론하자. 그런데 지금은 민주주의를 들먹일 단계가 아니야. 청소 작업을 할 단계야. 일체의 구악을 말끔히 청소하고 나서 그것이 3년이 걸릴지 5년이 걸릴지 모르지만, 아무튼 청신한 정치풍토를 만들고 나서 민주주의를 들먹여야 할 것 아닌가."

"청신한 정치풍토를 쿠데타로써 정권을 잡은 사람들이 만들어낼 수 있을까?"

"자네 무슨 소릴 그렇게 하는가, 쿠데타라니, 쿠데타가 아니고 혁명이다, 혁명. 그리고 위대한 지도자가 나타났으니 기필 대업을 성취하고 말 것이네."

라며 임경두는,

"박정희 장군의 두뇌야말로 제1급의 두뇌이고, 그분의 강직함과 청렴은 이미 군의 귀감이 되어 있을 정도야. 그런 분이니까 우리는 모든 구악을 청소할 수 있으리라고 믿네. 일체의 부정부패를 근절할 수 있을 것으로 기대도 하네."

라고 기염을 토했다.

이때 어느 부인이 찾아왔다.

"잠깐 기다려."

라며 임경두는 그 부인을 안쪽 방으로 데리고 들어갔다. 꽤 시간을 끄는 대화였다. 나는 그동안 탁자 위에 있는 신문을 집어 들었다.

박정희 의장이 생산교육에 중점을 두라고 강조하는 기사가 제1면에 있었다. 지당한 말씀이었다. 그런데 생산교육이란 무엇을 뜻하는 것인가. 막연하다고 느꼈다.

밴플리트 장군이 경제장관들과 회담하며 의견교환을 했다는 보도가 있었다. 밴플리트는 이승만 씨를 아버지로 모시고 한국을 자기의 조국처럼 생각한다는 장군이다. 군사정부는 그를 국빈 대우로 모시고 있는 모양이다.

송요찬 내각수반이 산업혁명과 경제자립을 강조하고 있었다.

검찰국장을 비롯한 전국 부차장 검사급 31명에 대한 인사이동 발령이 있었다.

혁명검찰부가 영주선거난동 사건 방용만을 기소간주 사건으로 접수했다는 보도가 있었다.

민주당 때의 특별재판부, 특별검찰부 5개월간의 심계 결과, 원천과세의 포탈이 있었다는 정부의 발표가 있었다.

러스크 미 국무장관이 수재에 동정한다는 내용의 공한을 박 의장에게 보내왔다.

6월 말 현재의 통화량이 2천4백58억 환이란 발표가 있었다.

신문을 거의 다 보았을 무렵에 부인과 임경두가 나왔다. 임경두는 부인을 전송하고 난 뒤 아까의 자리에 도로 와 앉으면서,

"아까 그 부인 누군질 아느냐?"

고 물었다.

그런 부인을 내가 알 까닭이 없다.

잠자코 있었더니 그의 말이 있었다.

"최인규 부인이다."

"최인규면 자유당 때의 내무장관?"

"그 최인규 말고 누가 있었나."

"어떤 일로 찾아왔지?"

"자기 남편 변호를 맡아달라는 얘기였어."

"아직도 변호사 선정을 안 했던가?"

"민주당 시절 선정한 변호사로선 시원찮다고 느낀 모양이지. 혁명재판을 받게 되었으니까 그 재판에 대한 대비로 날 선정하겠다는 거지."

군법무관을 했다는 경력에 주목한 모양이었다.

"그래, 맡기로 했나?"

"생각해보겠다고 했지."

하곤 임경두는 덧붙였다.

"아무리 변호사이기로서니 구악을 일소해야겠다는 마당에 선거 원흉의 변호를 맡는다는 건 께름칙해."

"그런데 최인규는 어떻게 될까?"

"글쎄."

하더니 임경두가 물었다.

"내게 무슨 할 말이 있나?"

"없다."

"그럼 법원에 나갈 준비를 해야겠다."

며 임경두가 일어섰다.

7월 23일, 제1차로 부정선거 관계 최인규·한희석·송인상·임흥순·신도환 등 다섯 건, 민족일보 사건의 조용수 등과 폭력행위 사건의 이정재 등 도합 일곱 건 64명의 피고들에게 대해 공소가 제기되었다는 혁명검찰부의 발표가 있었다.

나는 곧 부산으로 갈 작정이었으나 민족일보 사건 재판을 방청하고 싶어서 그날까지 남기로 했다. 이 주필의 부탁도 있고 해서 역사의 현장에 있어보는 것도 나쁜 일이 아닐 것이라고 생각했기 때문이다. 더욱이 조용수 민족일보 사장은 이 주필이 해방 직후 고등학교 교사를 하고 있을 시절의 제자였다.

7월 29일, 민족일보 사건 제1회 공판이 있었다. 가까스로 방청권을 얻어 대법정 한구석에 자리를 잡았다. 찌는 듯한 더위에 방청석은 입추의 여지가 없었으나 더위를 느끼진 않았다. 그만큼 긴장의 도가 심했던 탓이다.

이윽고 핼쑥하게 바래진 창백한 얼굴들을 하고 피고들이 입정했다. 도마 위에 오른 고기란 상념이 순간 나의 뇌리를 스쳤다. 그 가운데서도 젊고 준수한 조용수의 얼굴이 인상적이었다.

검찰관, 심판관의 입정이 있고, 선서가 있었다. 인정신문이 있은 다음 공소장의 낭독이 있자 변호사의 이의신청이 있었다.

"정당·사회단체의 간부만을 재판하는 혁명재판인 만큼 민족일보사라고 하는 신문사 간부를 재판한다는 것은 관할권 위반이라고 생각한다. 어떻게 해서 신문사를 정당·사회단체라고 규정할 수 있는가. 이런 사실로 미루어 본 재판은 법률 위반이라고 생각한다."

는 요지의 항변이었다.

이에 대해 검찰관은 민족일보를 정당·사회단체에 준하는 조직이란 점을 들어 본 재판이 불법이 아니라고 반발, 재판장은 이를 승인하고 변호인의 항변을 각하했다.

미리 짜놓은 시나리오대로 진행하는 느낌이었다.

변호인은 변론 준비를 위해 공판을 연기할 것을 신청했다. 심판부는 다음 공판을 8월 1일에 열겠다고 고지하고 제1회 공판을 끝냈다.

흡사 백주에 꿈을 꾸고 있는 기분이었다. 전혀 현실감각이 없는 것이다. 방청객 틈에 끼어 휘청휘청 비탈진 길을 내려오는데, 옆에 나란히 걷는 사람이 있었다. K신문의 Y기자였다. 그는 내게 방청권을 얻어준 사람이다.

말없이 걷고 있다가 혁명재판소의 정문을 빠져나와 10미터쯤에 이르렀을 때 Y의 말이었다.

"공소장, 기가 막히죠?"

기가 막히다는 Y의 말뜻이 어떤 것인지 알 수 없었으나, 내 머릿속에 꽉 차 있던 것은 그 공소장이었다. 나는 공소장의 이 대목 저 대목을 순서 없이 상기하면서 아까부터,

"큰일 났다. 큰일 났다."

하고 마음속으로 되뇌고 있었다.

무엇이 어떻게 큰일이 났는지 딱히 말할 수는 없었으나 아무튼 큰일이 났다는 절박감은 어떻게 할 수가 없었다.

"신문이 공소장을 비판하는 기사나 논설을 쓸 수가 없을까?"

내가 물었다.

"무슨 말씀을 하고 계십니까. 혁명검찰부의 공소장을 비판하다니 어림도 없는 일입니다."

"전문을 그대로 실을 순 없을까? 전문을 그대로 게재하면 그것이 비판의 의미를 갖게도 될 텐데."

"그건 지면 사정이 용서하지 않을 겁니다. 장장 한 시간 반에 걸쳐 낭독한 것을 어떻게 전부 실을 수가 있겠습니까."

"그렇다면 그 공소장의 내용을 요약이라도 해야 할 것 아닌가."

"요약은 해야죠."

"그 요약이 문제로군."

"그렇습니다."

신문사로 가는 Y군과 헤어져 나는 여관으로 갔다. 피로가 일시에 엄습했다. 자리를 펼 것도 없이 선풍기의 바람을 등으로 받고 누웠다.

잠을 깨었을 땐 어둠이 창을 물들이고 있었다.

신문을 사 달라고 일렀다.

신문은 혁명재판의 기사로 가득 차 있었다.

그때서야 안 일인데 그날 일곱 건의 재판이 진행되었던 것이다.

다섯 개 심판부에서 일곱 개의 사건 152명의 피고를 취급한, 각각 사진을 곁들인 기사라서 보니 요란하기 짝이 없을 수밖에 없었다. 자연 기사가 요약적으로 되어 있었다.

'민족일보 사건'에 관해선,

'피고인 등이 위장 평화통일로 용공세력을 부식, 민족일보 운영자금을 조달하기 위해서 재일 혁신계, 한인 부정자금을 투입하고, 『민족일보』를 통해서 반국가체인 목적 수행을 위해 선동·고무·동조했다는 요지의 공소장 낭독이 있었다.'
고 간추려져 있었다.

나는 다시 한 번 '큰일 났다'는 느낌을 되씹지 않을 수 없었다. 이 간추려진 요지만을 읽는 독자들은 민족일보의 간부들이 북괴에 동조한 것으로 간단히 믿을 수밖에 없겠기 때문이다. 사실로 말하면 그 공소장이란 것은 냉엄한 판단력을 전제할 때 알쏭달쏭한 내용의 것이었다.

다음에 그 공소장을 혁명재판사로부터 전사轉寫해보고자 한다. 그 까닭은 이로써 혁명재판의 실상을 파악할 수 있을 뿐 아니라 쿠데타의 성격까지도 이해할 수 있기 때문이다. 나는 혁명재판소의 최대의 공적으로써 이러한 소상한 기록을 남겼다는 사실을 든다. 다음이 그 공소장의 전문이다.

공소사실
피고인 조용수는 경북 대구시 소재 대륜중학교를 졸업한 후 연희대학 1년에 재학 중 6·25 사변으로 중퇴하고 경남 경찰국 경사로 근무하다가 1951년 9월 25일경 일본으로 밀항해 명치대학 정경학부 2년에 편입, 동 대학 정경학부 3년을 수료한 후 매일 한국거류민단 조직부 차장 민주신문사 논설위원 등으로 종사하다가 1960년 6월 15일경 귀국해 동년 7월 29일 민의원 의원선거가 시행되자 사회대중당에 입당해 동당 공천으로 경북 청송군에서 동 의원에 입후보해 낙선

된 후 1961년 1월 25일 일간신문 민족일보사를 창간해 동사 사장에 취임하는 동시 사회대중당 당원으로서 소위 국내 혁신계 정당 사회단체의 통합과 혁신정당 등의 일관된 정책인 소위 2대 악법 투쟁 및 남북 평화통일 등을 선봉에서 영도하는 혁신계 정당 및 사회단체의 간부로서 종사해오던 자,

피고인 송지영은 중국 남경 소재 중앙대학 문학과 3년을 중퇴, 귀국 후 한성일보 편집부장, 중앙대학 국학대학 강사, 국제신보·희망잡지사 주필, 조선일보 편집국장 등으로 전전타가 한국 전통電通회사 사장으로 종사하던 자로서 1941년 8월경 중국 상해(이하 불상)법원에서 치안유지법 위반으로 징역 3년의 형을 받고 일본 나가사키의 형무소에서 그 형의 집행을 종료 출옥하고 8·15 해방 후 공산계열에 속하는 문학가동맹 및 남로당에 가입해 1949년 8월경 국가보안법 위반으로 서울경찰국에 피검되었다가 동월 서울지방 검찰청에서 불기소처분을 받고 1952년 12월 중순 국가보안법 위반으로 부산지방법원에서 면소언도를 받은 후 전국문화단체총연합회 국제펜클럽 및 자유문학가협회 등 간부에 취임해 활동해 오던 자,

피고인 이종률은 서울 배재고등보통학교를 거쳐 일본 와세다대학 정경학부를 졸업 후 1929년 3월 20일 서울지방법원에서 출판법 위반으로 징역 10월의 형을, 1936년 11월 21일 대구지방법원에서 치안유지법 위반으로 징역 6월의 형을 받고 각기 그 집행을 완료하고 8·15해방 후 한독당 기관지인 민주신보사 정치부장, 경제신문 편집국장, 청구대학, 부산대학 교수, 부산국제신보 편집고문 등으로 전전타가 1961년 3월 13일 민족일보사 취체역 겸 편집국장으로 취임해 종사하는 일방 동년 3월 초순경에 소위 민족자주통일방안 심의위원회

정치분과위원으로 취임해 활약해오던 자,

피고인 안신규는 평북 신의주 삼무중학을 거쳐 만주 봉천철도학교를 졸업한 후, 만주철도국 고원 해병대사령부 3급문관 등으로 전전하다가 삼성섬유공업주식회사, 건중주식회사를 각 창설해 군납품업자로 종사 중 1961년 1월 25일경 민족일보사에 상임감사역으로 취임해 현재에 이른 자,

피고인 정규근은 진주중학을 거쳐 연희대학 상경대학에 재학 중 6·25 동란으로 동교를 중퇴하고 미 제192병기대대 통역관, 부산지방검찰청 임시서기 등으로 근무타가 1961년 4월 8일 민족일보사 사장 조용수의 추천으로 동사 상무 취체역에 취임해 현재에 이른 자,

피고인 양수정은 서울 선린상업고등학교를 거쳐 일본 리쓰메이칸대학 문과 3년을 중퇴 귀국 후 상공통신 기자로 종사 중 남로당 산하단체인 중앙기자회에 가입하고 1959년 7월경 국가보안법 피의 사건으로 서울 지방검찰청에서 기소유예의 처분을 받은 후 시사신문사, 연합신문사, 조선일보사, 자유신문사 등의 각 사회부장을 역임하고 자유신문사 편집국장으로 종사하다가 1961년 3월에 민족일보사 편집국장으로 취임해 현재에 이른 자,

피고인 김영달은 서울 고등보통학교를 거쳐 일본 메이지대학 전문부정경과 2년을 중퇴 귀국 후 곡물상 토목업에 종사 중 1937년 10월 22일 대구고등법원에서 폭행 및 주거침입죄로 징역 6월의 형을 받아 그 형의 집행을 종료하고 1945년 12월 경상북도 경위로 임명되어 1957년 경감에 승진한 후 군위·성주·영양·영주 등지의 경찰서장으로 전전 복무하다가 동직을 사임한 후 대구시보사·대구매일신문사 각 업무국장, 대구일보사 부사장 등을 역임타가 1961년 4월 민족

일보사 업무국장에 취임 현재에 이른 자,

피고인 전승택은 평북 선천상업학교를 졸업 후 선천금융조합 상호무진회사 식량영단 서기로 종사타가 1953년 5월 조선일보사 경리부차장을 거쳐 1961년 2월 민족일보사 총무국 부국장으로 취임해 현재에 이른 자,

피고인 조규진은 인천상업보수학교를 졸업 후, 1950년 5월 피고인의 숙부이며 당시 국회부의장이던 조봉암의 주선으로 국회 특별경비대 경사로 채용되어 동인의 호위경관으로 근무타가 사임 후 진보당 기관지인 중앙정치사 사원으로 종사타가 소위 국내 혁신세력의 규합을 위한 사회대중당 결성준비 중앙상무위원으로 활약해 오다가 1961년 5월 초순 민족일보사 기획부 사원으로 근무, 현재에 이른 자,

피고인 이상두는 경북대학 법정과를 졸업 후 성균관대학 대학원을 거쳐 대구매일신문, 영남일보 논설위원, 전시 법정대학 강사로 근무하면서 전시 진보당계 인사와 접촉해 오던 중 1959년 2월 27일 국가보안법 위반으로 징역 2년의 형을 받고 1960년 1월 2일 그 형의 집행이 완료한 후 동년 2월 하순에 민족일보사 상임논설위원으로 입사해 현재에 이른 자,

피고인 이건호는 일본 동북제국대학을 졸업한 후 서울대학·고려대학의 법률학 교수를 역임한 후 1953년 9월에 도미해 오하이오대학·워싱톤대학에서 법률학을 연구하고 귀국해 계속 고려대학 교수로 재직하던 자,

피고인 양실근은 일본국 고베 시 나가베중학에서 2년을 중퇴하고 일시 고무공장 배합사로 종사타가 1960년 4월 초순부터 부산시 중앙동소대 조선기선회사 소속 제1유양호의 선원으로 종사하던 자,

피고인 장윤근은 함흥제2공립보통학교를 졸업하고 22세시 공소외 이영근과 결혼 후 현재에 이른 자인바,

피고인 조용수·송지영·이종률·안신규·정규근·양수정·전승택·김영달·조규진·이상두·이건호는 사회단체인 민족일보사 운영 전반에 관여해 사시 결정에 결정적 역할을 담당하고 있는 주요간부로서 반국가단체인 북한 괴뢰집단의 이익이 된다는 정情을 인식하면서 다음 적시사실과 같이 상호 공모해,

제1피고인 조용수는 일본 도쿄에서 소위 조봉암 구명 탄원서 서명위원 대표책임자로 활동하고 있을 때인 1959년 8월 중순 조봉암의 비서였던 공소 외 이영근(당시 46세가량)이 북한 괴뢰집단 사회안전성 제3처장 김양준 및 동 집단 대남공작 망책網責 안영선 등으로 부터 대남간첩에 대한 지령을 받고 대구·부산 등지에서 활약 중 체포되어 서울고등법원에 공판계류 중 일본에 밀항 도주 후 재일거류민단에 잠입해 통일조선신문을 경영하면서 재일 혁신계를 가장해 북한 괴뢰집단의 목적사항을 강력히 실천하려고 획책하고 있다는 점을 충분히 지실함에도 불구하고 이영근 및 그 일파 등과 친밀히 접촉하면서 4·19혁명 이후 국제정세의 급격한 변천과 구정권의 부패 무능으로 인한 민심의 이탈, 난동적 데모의 성행, 국내 경제계의 혼란 등의 증가, 민심의 불안정, 실업자의 증가일로, 용공세력의 대두, 언론자유를 빙자한 용공적 언동, 학생층의 정치 세력화, 반공태세의 극심한 이완 등 정부의 속수무책으로 인한 무정부상태가 노현됨을 기회로 소위 혁신정당 사회단체 등이 속출하자 이러한 혁신정당을 통합하는 동시 이를 대변하는 기관지를 창설해 소위 혁신계 신문으로서 생활고에 대한 불안과 정부에 대한 불평불만에 충만

된 국민을 현혹해 용공세력을 확대하는 한편 민족적 자립을 빙자해 한미 유대 이간, 외세의존 반대 및 반공태세 강화에 대한 적극적 반대, 위장 남북 평화통일에 대한 급진적 국내 분위기를 조성하는 동시에 북한 괴뢰집단이 간첩을 대량 남파시켜 국내 각 부문에 침투케 하고 국내의 정치·경제·사회의 전반적 혼란을 추진시키고 있는 실정을 악용해 위장 남북 평화통일로 이끌고나가면 남한의 공산화가 필연적인 것으로 예기하고 위장 남북 평화통일에 총역량을 집중해 북한 괴뢰집단이 주장하는 통일방안 흉계에 함입케 하여 북한 괴뢰집단의 목적 수행에 적극적인 협조를 기도하고 1960년 6월 16일 귀국 직후부터 이영근의 지령에 따라 윤길중과 접촉해 사회대중당에 입당해 동당 공천으로 경북 청송군에서 7·29 총선거에 출마하는 동시에 송금해온 공작비 5천만 환을 수취한 후 그중 2천4백만 환을 선거자금에 사용하고 1천7백만 환은 이영근의 지시에 따라 윤길중의 선거 및 정치자금조로 전달하고 3백만 환은 이영근의 처남 장문수에게 제공하고 잔금 6백만 환은 예치한 후 동년 10월 중순부터 11월 3일간에 서울특별시 종로1가 소재 '희다방', '양지다방', '우일다방' 기타 요리점에서 국내 혁신계 지도급에 속하는 최근우, 서상일, 윤길중 외 수 명과 수시 접촉하면서 혁신계 정당 통합을 획책하면서 혁신계의 단합을 촉진하고 전시 평화적 남북통일을 위한 남북협상 인사교류 남북교역을 추진시키는 동시 혁신정계를 대변하는 기관지로서 신문을 발간키로 하는 등의 협의를 한 연후 동년 11월 4일 재차 일본으로 가서 동년 12월 3일까지 일본에 체재하면서 도쿄도 신주쿠 소재 천연온천 호텔 및 요리점·다방 등에서 이영근과 상면해 윤길중·서상일·최근우 등과 협의한 상황을 보고하는 동시에 재일

이희원·박용구 외 수 명과 회동해 국내 혁신계의 동향에 대해 협의하는 일방 전시 이영근으로부터 혁신계 통합공작을 추진할 것과 통합공작비와 신문사 창립자금을 주선하겠다는 등의 확약과 지시를 받고 동월 4일 귀국해 동월 25일까지 3, 4차에 걸쳐 전시 조용수로부터 전달된 3천8백10만 환을 수취한 후 익년 1월 하순까지 전시 '희다방', '양지다방' 및 요리점 등에서 국내 혁신계 통합과 신문사를 창설해 전시 목적을 관철하고자 최근우·서상일·김달호·이동화·조동필·이건호·고정훈·송지영·안신규·이종률 외 수 명과 회동해 '혁신계가 각파로 분열됨은 국민의 신뢰를 초래할 수 없으니 혁신계의 통합으로 그 기반을 공고히 하고 통일된 혁신정당을 창건해 총역량을 경주하는 동시 민족일보사를 창설해 혁신계의 대변지로 하고 혁신계의 일관된 정책으로 남북 평화통일을 주장키'로 협의하고 동 신문사 취체역 사장에 조용수 동사 취체역에 서상일·이종률·고정훈·최근우·윤길중 등 실질상 혁신통합체를 구성해 동년 1월 25일 주식회사 민족일보사를 창립해 등기를 완료하고 이영근으로부터 수취한 자금 3천8백10만 환 예약금 6백만 환 합계 4천4백10만 환과 동년 4월 수삼차 전시 방법으로 송금되어 온 자금 1천2백십만 환 등으로 동 신문사 창설자금 운영자금으로 소비하는 한편 혁신계 통일운동과 소위 2대 악법반대투쟁에 활동하는 학생 등에 대해 자금을 제공하는 동시 혁신계 통합 정치자금에 충당하고 동 사실을 이영근에게 보고하는 동시 동년 2월 13일 민족일보를 창간한 이래 동년 5월 15일까지 매일 3만 5천 부가량의 신문을 발간해 전국 각지와 이영근 외 수 명에게 배포함에 있어 신문을 통해,

① 민족적 자주적 노력으로 남북협상의 단계까지 정세를 발전시켜라

② '통일을 원치 않는 태도' 이 독재李獨裁의 사고방식과 동일한 민주당을 저주하노라

③ 민통련民統聯서 학생회담 구체안을 제시

④ 학생 교류는 자주통일에서만!

⑤ 남북 학생 교류 촉구에 협의에 구성을 제의, 우선 체육 교류부터라도 시작하자

⑥ 모처럼 찾은 통일외교의 이니셔티브를 뺏기지 말라. 통일에의 전진을 위해!

⑦ 우렁찬 통일에의 고동 남북 학생회담에 편의를 제공하라. 학생들의 통일의욕을 무정견으로 억압치 말라

⑧ 통일은 먼저 남북 교류로 시작하라

⑨ 남북 학생회담을 갖게 하라

⑩ 조국 통일의 선봉들에게 감사한다

⑪ 통일 위한 선행 조건으로 남북한의 학생회담을 열자

⑫ 메이데이에 노동자는 각성하라

⑬ 중립통일론에 대한 모함을 삼가라

⑭ 통일외교에 실패한 장 정권은 물러가야 마땅하다

⑮ 국토통일의 전주곡 된 침묵의 데모

⑯ 이북엔 쌀 이남엔 전기, 젊은 사자들의 침묵의 데모

⑰ 악법 철회 탄압 중지를 요구한다

⑱ 남북 교역 시기는 성숙했다

⑲ 반공법으론 자유를 박탈

⑳ 통곡하는 민주광장

㉑ 성분조사 운운의 협박으로 학생들의 반민주 악법 반대투쟁을

억압하지 말라

㉒ 대중을 농간 말라. 전 국민의 통한 의욕을 주시하라

㉓ 반공임시특별법은 물론 보안법 보강 시도도 아예 포기하라

㉔ 반민주 악법 반대투쟁을 위해 온 민주세력은 공동 전선을 펴라

㉕ 반공 특별법은 기본 인권의 유린이다

㉖ 조국통일을 위해 전 민족이 하나의 방향으로 단결되어야 한다는 등의 논설 사설 기사를 게재해 북한 괴뢰집단에서 주장하는 것과 동일한 또는 그 기본 방향의 동일한 위장 평화 남북통일방안을 비롯해 남북협상, 경제·문화·서신 교류, 학생회담 등 대한민국의 국시를 무시하고 오히려 반국가단체의 목적사항을 선전 선동함으로써 동단체의 활동을 고무 동조했다.

제2피고인 송지영은 8·15해방 후 전시문학가동맹 및 남로당에 가입해 간첩 이주하·김삼용 및 김형문의 정보원으로 활약해 오던 중 6·25사변이 발생하자 동 집단 정치보위부로부터 대구·부산지구에 침투해 군민의 이간 공작과 정치요인 포섭 공작을 하라는 지령을 받고 남하해 산중에 은신했다가 수복 후 이영근과 수삼차 접촉해 동인이 전시 제1사실과 같이 공판 계류 중에 밀항 도주하자,

① 1960년 11월 19일 일본으로 가서 동월 21일 오전 8시경 도쿄 간다쿠 야마노우치호텔에서 전화로 연락을 취한 후 동일 하오 4시경 도쿄 도내 국장온천호텔에서 상면해 이건호·조동필 등이 고려대학 교수로 건재하고 7·29선거에 혁신계가 실패한 원인, 국내 혁신계의 동향, 국내 평화통일론 대두와 전망 등에 관한 보고를 한 후 이영근으로부터

가. 위장 남북통일을 위해 서신교환 체육혼성팀 경제 문화 교류부

터 시작해 외세의 간섭을 제거하고 남북협상이 이루어지도록 노력하라

나. 국내 혁신정당이 단합되도록 운동을 전개하라

다. 이건호·조동필에게 교수 및 대학생층을 망라한 평화통일 연구기관을 설치하는 동시에 민족일보에 논설·사설 등을 집필토록 하라

라. 민족일보의 운영과 편집진영을 지도하라

마. 윤길중에게 혁신계를 규합 통솔케 하고 남북 평화통일방안을 강력히 추진하라

바. 장윤근을 통해 조재천과 상의해 이영근 자신의 귀국 문제를 해결케 하라

사. 최근우에게 정치자금 1천만 환을 제공하라

아. 정치공작금은 조용수를 통해 송금하겠으니 수령하라는 등의 지시를 받고 그 사명의 완수를 위해 일화 3백만 엔을 수취 동년 12월 30일 귀국해 익년 1941년 1월 3일부터 15일까지 윤길중, 장윤근, 최근우 등과 상 피고인 조용수와 상면해 이영근이가 송금한 자금 중에서 8백75만 환을 수취하는 동시에 민족일보사 사옥 공장시설 및 편집진영에 대한 보강을 하고 민족일보 지면을 통해 전시 제1사실과 같은 방법으로 혁신계의 통합과 위장 남북통일에 대한 주장을 반복하고.

② 1961년 1월 중순부터 3월 하순까지 수시 '희다방'·'양지다방'·요리점 등에서 조용수·안신규·이종률·이건호·조동필·윤길중·고정훈·최근우 외 수 명 등과 회동해 혁신계 통합으로 그 기반을 공고히하고 통일된 혁신정당을 창건하는 동시 민족일보를 창설해 혁신계정당의 대변지로서 동 정당 등과 합세해 위장 남북 평화통일을 일관

해 주장한다는 내용을 협의해 북한 괴뢰집단이 목적한 사항과 동일한 또는 그 기본방향이 동일한 사항을 선동 선전해 반국가단체의 활동을 고무 동조했다.

제3피고인 이종률은

① 1961년 1월 중순 서울시내 아서원에서 조용수·송지영·안신규·이건호·윤길중·이동화·서상일·최근우·조동필·고정훈 등과 회동해 전시 제2사실과 같이 반국가적 활동을 계속하던 중 1961년 1월 23일부터 3월 14일까지 민족일보 편집국장으로서 매일 3만 5천 부 가량의 신문을 발간해 전시 제1사실 중 ① 내지 ㉖과 같은 논설 사설 기사를 게재하고

② 1961년 3월 초순경 소위 민족자주통일협의회 통일방안심의위원회 정치분과위원으로 취임해 3월 하순부터 4월 중순까지 3회에 걸쳐 서울시내 을지빌딩 내 동 위원회 사무실에서 개최된 심의위원회에 참석해 조윤제·노정일·박내원·나원환·백도광·박진·권오돈 외 10여 명과 회동해 '외세의존에 반대하고 민족적 통일성업을 촉구하라', '남북 양 정권의 알선하에 선출된 대표가 회동해 협의체를 구성하고 통일방안을 논의하자'는 등의 협의를 해 북한 괴뢰집단이 목적한 사항과 동일한 또는 기본방향에서 동일한 사항을 선동 선전 또는 협의를 함으로써 반국가단체의 활동을 고무 또는 그 목적수행을 위한 행위를 했다.

제4피고인 안신규는 전시 간첩 이영근이가 제1사실과 같이 일본으로 밀항 도주해 혁신계를 빙자해 북한 괴뢰집단이 주장에 동조하고 있다는 점을 충분히 지실했음에도 불구하고 동인의 지시에 따라 전시 국내 혁신계 인사와 접촉하면서 조용수와 협조해 민족일보사

를 설립하고 동사 상무 취체역으로 종사 중 1961년 1월부터 3월까지 2차에 걸쳐 이영근을 일본 오사카 소재 대송여관에서 상면하고 민족일보의 시설자금 윤전기 도입에 대한 확약을 받고 상 피고인 양실근에게 전후차에 걸쳐 서신으로 민족일보사 운영 상황을 보고하면서 1961년 2월 13일 창간부터 5월 15일까지 사이에 매일 3만 5천 부를 발간해 전시 제1사실과 동일한 수단 방법으로 반국가단체의 활동을 고무 동조했다.

제5피고인 정규근은 민족일보가 전시 사실과 같이 소위 혁신계의 대변지로서 동지 창간의 목적 및 운영 편집의 기본방침이 북한 괴뢰집단의 주장에 동조하고 있다는 점을 지실하면서 1961년 4월 3일 동일보의 상무 취체역에 취임해 1961년 2월부터 5월까지 16차에 걸쳐 1천9백만 환가량을 투자해 신문 운영과 확장에 참여하는 동시, 전시 제1범죄 사실 중 ⑰항 내지 ㉖항에 이르는 사설 논설 기사를 게재함으로써 북한 괴뢰집단이 목적한 사항과 동일한 또는 기본방향이 동일한 사항을 선전 선동해 반국가단체의 활동을 고무 동조했다.

제6피고인 양수정은 전시 제5사실과 같이 민족일보가 북한 괴뢰집단의 주장에 동조하고 있다는 사실을 충분히 지실했음에도 불구하고 1961년 3월 하순부터 동지 편집국장으로서 전시 제1사실 중 ㉑항 내지 ㉖항에 이르는 사설 논설 기사를 게재케 하여 전시 제5사실과 같이 반국가단체의 활동을 고무 동조했다.

제7피고인 전승택, 제8피고인 김영달, 제9피고인 조규진 등은 민족일보의 업무에 참여함으로써 반국가단체의 활동을 고무 동조했다.

제10피고인 이상두는 전시 민족일보가 반국가단체인 북한 괴뢰집단의 주장에 동조하고 있다는 사실을 지실했음에도 불구하고 1961

년 3월 초순 민족일보의 상임 논설위원에 취임해 사회 문화 교육 분야의 논설을 담당하고 1961년 5월 6일「사창私娼은 빈곤의 부산물이다」라는 사설을 집필하는 동시에 전시 제1사실 중 ⑰항 내지 ㉖항에 이르는 사설 논설 등을 게재해 전시 제5사실과 같이 반국가단체의 활동을 고무 동조했다.

제11피고인 이건호는 8·15 해방 직후 남로당 산하 법학가동맹에 일시 가입했다가 탈퇴한 사실이 있음에도 불구하고 개전함이 없이 1960년 5월 초순 일본에서 개최된 국제연합 인권옹호 문제 세미나에 참석차 일본에 가서 도쿄에 체재하는 중 전후 2차에 걸쳐 이영근과 상면한바 이영근이 제1사실과 같이 공판계류 중에 일본으로 밀항 도주해 혁신계를 가장하고 있을 뿐만 아니라 민족일보가 반국가단체의 주장에 동조하고 있다는 사실을 충분히 지실하고 있음에도 불구하고 동인으로부터

① 서울고등법원에 계류 중에 있는 자기의 국가보안법 간첩피고 사건을 위해 조재천 법무장관과 상면하게 해달라

② 조용수가 귀국할 것이니 귀국 후 동인의 사업을 도와주고 일본 출입국에 편리하도록 일본 법무성 출입국 관리국장을 소개해달라는 취지의 부탁을 받고 당시 동 관리국장 다카세 시로에게 조용수를 소개해주고 그 후 귀국해 조재천과 만나 이영근에 대한 피고 사건을 해결하고자 노력하고 1961년 1월 하순 서울시내 아서원에서 조용수·안신규·이종률·윤길중·최근우·고정훈·서상일 등과 회동해 전시 제1사실에 적시된 바와 같이 수위 혁신계의 통합문제, 이장 남북통일 안을 혁신계의 일관된 정책으로 관철키로 하는 동시 민족일보를 혁신계의 대변지로 하기로 합의한 후 2월 초순 동 신문의 비상임 논설

위원으로 취임해 민족일보 지면에 사설「반공을 빙자한 새로운 파쇼테러분자들의 파괴적 책동을 엄계한다」외 2편을 집필 게재케 하여 전시 제5사실과 동일한 방법으로 반국가단체의 활동을 고무 동조했다.

제12피고인 양실근은 민족일보가 전시 제1사실과 같이 이영근의 지시에 따라 창설되어 반국가단체인 북한 괴뢰집단의 주장에 동조 활동하고 있다는 사실을 충분히 인식하고 있었음에도 불구하고 전시 제1유양호의 선원을 가장해 조용수, 안신규의 공동활동에 편의를 제공할 목적하에 1960년 8월부터 1961년 3월까지 일본 고베, 도쿄 등지를 내왕하면서 안신규로부터 밀봉된 서신 2매를 수취하고 이를 이영근에게 교부한 후 동인으로부터 회신 및 잡지 등을 안신규에게 전달함으로써 피고인 등의 전시 각 사실에 적시된 행위를 용이케 해 이를 방조했다.

제13피고인 장윤근은 1960년 7월부터 10월까지 남편인 이영근으로부터 마영호 최 모를 통해 송금된 도합 2천6백8십만 환을 수취한 후 민족일보 운영자금으로써 조용수에게 2백만 환 안신규에게 마영호를 통해 1백만 환을 각각 대여해 피고인 등의 전시 각 사실에 적시된 행위를 용이하게 해 이를 방조했다.

이상과 같은 공소장이었는데, 지금이나 그때나 놀라는 마음은 마찬가지다. 더욱이 그 당시엔 "정을 알고 있음에도 불구하고"라고 되풀이된 부분에 일종의 공포를 느꼈다. 과연 그들은 북괴의 이익이 되게 하기 위해 민족일보를 만들었을까. 도무지 믿어지질 않았다.

나는 혁신정당에 동조하는 사람은 아니었지만 혁신정당이 북괴의 집단과 엄연한 선을 긋고 있는 반공집단이라고만 알고 있었던 것인데, 그렇다면 나의 인식 부족이었단 말인가. 평화적인 통일을 주장하는 것이 북한 괴뢰집단의 주장과 동일한 것으로 된다면 대한민국의 국시는 통일하지 말자로 되는 것일까.

쿠데타에 일편의 정의가 있고, 검찰관에게 양심이 있다는 것을 의심할 수 없었던 만큼 그 공소장으로 인해 비롯된 내 마음의 혼란은 좀처럼 진정될 수가 없었던 것인데, 이윽고 혁명검찰부는 그 공소장을 근거로 조용수·안신규·송지영·양실근에게 사형을 구형하고, 이상두에겐 징역 15년, 양수정·이건호·정규근·이종률·전승택·김영달·조규진·장윤근에겐 각각 징역 5년을 구형했다.

군사정부가 내세운 대의와 명분, 혁명검찰이 맹세한 사명을 의심할 수 없을 경우 이 공소문은 실로 거창한 이니그마라고 아니할 수 없다.

나는 이 공소문과 이에 따른 검찰관의 구형에 이 주필의 운명을 보는 듯했던 것인데, 훗날 이 주필은 자기의 문제는 고사하고 이 민족일보 사건을 비롯한 혁명재판에 관련된 제 사건의 해명에 거의 반생을 걸게 되는 것이다.

백운강자류

"세상에 이런 법이 있는가."

하고 한창석은 홍분했다.

그는 장건상 씨가 서대문 형무소에 구금되었다는 소식을 듣고 상경해 우연히 서린여관의 내 이웃방에 투숙하게 된 사람이었다.

나이가 60이라지만 나이보다는 훨씬 늙어 보였다.

"병석에 있지 않았더라면 나도 끌려갔을 것이구만."

아직 편치 않은 모양으로 줄곧 가래를 마시다가 뱉다가 하면서도 그는 기갈을 죽이지 못해 앙칼진 말을 연거푸 했다.

한창석과 나는 서로 안면이 있어 인사를 하고 지내는 사이였으므로 그가 거기에 있다고 듣고 찾아간 것인데 방 안엔 동석이란 이름의 동생과 창석과 같은 나이 또래의 노인이 있었다. 한창석은 그들을 상대로 울분을 토하고 있는 것이었다.

"어떤 놈들이 감히 그 어른을 붙들어 감옥에다 넣어."

이렇게 말이 거칠어지자 동생인 동석은 안절부절못했다.

"형님, 누가 듣습니다."

"들으라고 하는 거지 듣지 말라고 하는 소린가?"

"엎질러진 물인데 흥분하면 뭘 하나. 진정하라구."

또 한 노인이 점잖게 말했다.

"나는 흥분하고 있는 게 아니야. 흥분했으면 거리에 뛰쳐나가 고래고래 고함이라도 지를걸세."

"누가 자네더러 고함 지르라고 버려둔다던가."

"세상에 도의가 이 모양으로 돼서야 어디 나라 꼴이라고 할 수 있는가."

"형님."

하고 동생이 다시 짜증을 냈다.

"내가 어쨌단 말이냐. 내 말이 옳지 않은가. 좋은 정치 하겠다고 떠벌려놓고 이게 무슨 꼴인가."

"형님!"

"듣기 싫거든 나가면 될 것 아닌가. 조선조 때 그 혹독한 정치도 칠순 이상의 노인을 잡아 가두는 법은 없었어."

"여보게."

아까의 노인이 타이르듯했다.

"자네 그러다간 낭패 보겠네."

"낭패를 보면 얼마나 보겠나. 형무소에 끌려갈 정도가 고작이겠지. 끌고 가려면 끌고 가라지."

"자네 끌려가는 건 문제가 아니고 옆에 있는 우리까지 다치겠네."

"그러니까 이 방에서 나가면 될 것 아닌가. 난 입이 비뚤어져도 할 소린 해야겠어."

"할 소리도 때와 장소가 있는 거여."

노인이 혀를 끌끌 찼다.

"글쎄, 이 사람아, 들어보게나. 그 어른을, 그런 애국자를 감히 어떤 놈이."

"허허 참, 이 사람 일 낼 사람이군."

하고 노인은 바깥으로 나가버렸다.

한동석도 따라 나가버렸다. 나만이 남았다.

"이 교수, 그렇지 않습니까. 세상의 경우가 어디 이래서야 쓰겠습니까."

한창석은 볼륨을 낮춰 다음과 같은 내용의 말을 늘어놓기 시작했다.

장건상 선생은 지금 살아 있는 애국자 열 명을 뽑으라고 하면 그 가운데 으뜸으로 뽑힐 어른이다.

그는 18세 때 지학志學해 서울 공립영어학교에서 영어를 배우고 22세 때 일본으로 건너가 와세다대학에서 2년 동안 수학했다. 그러곤 1908년 미국으로 건너갔다. 일본놈들의 식민지 교육에 반발을 느꼈기 때문이다. 동시에 차별대우에 분격하기도 했다. 미국 인디애나 대학을 1915년에 졸업했다. 1916년 중국 상해로 가서 한국 독립운동단체인 동제사同濟社에 가입했다. 공산당이라고 하지만 고려공산당은 민족주의 단체와 다를 바가 없었다. 당시는 독립운동의 방편으로 이런 조직을 이용하기도 했었다. 그는 고려공산당의 연락부원으로 화북, 만주 등지에서 여러 독립운동단체를 한군데 묶는 역할을 맡았다.

이 무렵 그는 죽을 고비를 얼마나 넘겼는지 모른다. 일본 군대에 붙들려도 생명이 위험했고 중국의 관헌이나 군벌에 붙들려도 생명이 위험했다. 그들은 한국의 독립투사를 잡으면 그것을 미끼로 일본군과 거래를 벌이곤 했었다.

1925년엔 북경에서 혁명사革命社에 가입해 독립사상을 고취하는 잡지를 발행했다. 그러다가 1936년 5월 일본 경찰에 체포되어 부산으로 압송되었다. 약 3년간 옥고를 치르고 출옥하자 중국 상해로 다시 건너가 중경으로 가서 임시정부의 학무부장으로 취임했다. 8·15해방 후에 귀국해서는 근로인민당 부당수가 되었다.

"너무 간단히 말해버렸지만 독립운동력에 있어서 장건상 선생처럼 알차고 깨끗한 어른은 없어. 민족의 귀감으로서 받들어 모셔도 손색이 없을 어른이야. 그런데 그런 어른을 어떻게 감히……."

한창석이 다시 흥분하려는 것을 나는 다음의 질문으로써 가로막았다.

"장건상 선생이 구금된 이유가 뭡니까?"

"혁신당 당수로 추대되었다는 사실과 반민주악법투쟁위원회의 지도위원에 피임되었다는 사실이오."

"활약을 많이 하셨나요?"

"80노인이 활약을 했으면 얼마나 했겠소. 통일방안의 단일화를 위한 범국민적인 협의체를 구성해야 한다는 제의와 담화문을 발표하고 가끔 강연을 하신 정도요."

그런데 그 담화문의 내용은

① 동서 양극의 냉전에 희생되지 말도록 민족자결 원칙에 따라 영세중립국으로서 통일해야 한다.

② 통일의 전 단계로써 극도로 악화된 민족감정의 순화를 위해 경제 교류와 서신왕래를 하자.

③ 남북의 언론인, 체육인, 예술인의 상호왕래를 촉진시켜야 한다.

"중립통일의 사상을 군사정부는 가장 악성적인 사상이라고 보고 있는 모양입니다."

하고 한마디 했더니 한창석이 대뜸 소리를 질렀다.

"그렇다면 앞으로 그런 주장 하지 말라고 하면 될 것이지, 붙들어 가둘 것까진 없지 않소."

"근로인민당을 했다는 것이 선입감을 준 것 아닙니까?"

"이승만 정권하에서도 그건 불문에 부쳤던 일이오."

되도록이면 한창석을 진정시키려 한 말이 도리어 그를 흥분시키는 결과가 되어 얼떨떨한 판인데 한창석은,

"설혹 죄를 지었다고 합시다. 그렇더라도 일제시대의 공적을 감안해서 신중한 처우를 해야 할 것 아뇨. 일본놈 앞잡이 노릇을 하려고 혈안이 되어 있던 자들이……."

"그런 말은 안 하시는 게 좋을 겁니다. 어제는 어제, 오늘은 오늘 아닙니까."

"과거가 없는 현재가 어디에 있단 말이오. 하나의 감정으로 얘기해 봅시다. 일제의 용병 노릇 하던 놈이 생명을 걸고 독립운동한 어른을 포승으로 묶었다면 이 교수는 가만있겠소? 어림도 없는 말. 그런데 장 선생이 무슨 잘못을 했소. 그 어른이 김일성에게 나라 팔아먹으려고 그런 짓을 했겠소? 장차 정권을 잡겠다고 그런 짓을 했겠소? 장 선생은 지금 한살 빠지지 않은 80이오. 게다가 신체가 극도로 쇠약해 있소. 인도의 간디는 그처럼 악착같이 영국에 항거했지만 병들었다고 하면 풀어줍디다. 고래로 70세가 넘는 사람은 체포 않는 법이오. 가사 장 선생에게 잘못이 있다고 해도 앞으로 그러지 마십시오, 하면 그만일 일이오. 그 어른이 누굴 죽였나? 방화를 했나? 죄가 있다면 주책없이 나잇값을 못 하고 나라를 사랑하는 마음만 있으면 되는 것이라고 생각한 그 사실뿐이오. 그 사상이 자기들의 마음에 들지 않으면 앞으론 그런 일이

없도록 조목을 내걸어. 그래도 그런 짓을 하면 그때 가서 잡아 넣든지 재판을 하든지 하면 될 게 아닌가, 이 말이오."

나는 할 말을 잃었다. 그 앞을 물러날 기회만 찾고 있었는데 그의 말은 끝간 데를 몰랐다.

"이래 가지고 민족혼을 가꿀 수가 있겠소? 이래 가지고 도의심을 기를 수 있겠소? 이래 가지고 후세들을 교육할 수 있겠소? 참으로 땅을 치고 통곡할 일이 아닐 수 없소."

이때 미닫이를 열고 아까의 영감이,

"그쯤 해두게. 아무리 옳은 말도 지나치면 못쓰는 법이여."

하고 들어왔다.

그 기회를 놓칠세라 싶어 나는 짤막한 인사를 남기고 그 방에서 나왔다.

진실로 슬픈 눈물은 흘릴 것이 아니라 삼켜야 하는 것이다. 진정한 분노는 바깥으로 터뜨릴 것이 아니라 마음속 깊이 간직해야 하는 것이다.

이렇게 볼 때 한창석이 때와 장소를 분간 못하고 지껄여대는 것은 경박한 기질의 탓이라고 할밖에 없고, 남에겐 밸도 없고 자기만 결백한 척하는 소이라고 풀이할 수도 있는 것이어서 달갑지 않은 기분이긴 했지만 그러나 그 말의 내용에 있는 진실마저 무시할 수는 없었다.

나는 방으로 돌아와 선풍기를 등 뒤에 대고 누워 장건상이란 인물을 생각했다. 장건상은 2대인가 3대의 국회의원을 한 적이 있다. 그 선거 무렵 나는 우연히 그와 동좌하는 기회를 가졌다. 그때의 기억이 떠올랐다.

─왜 장 선생은 이승만이나 한민당을 지지하지 않고, 근로인민당 같은 데 참가했느냐,

고 좌중의 어느 청년이 물었을 때 장건상은,

"나는 기왕에도 근로인민의 편에 서서 일을 하려고 애썼고, 지금도 그렇고 앞으로도 그렇다."

고 했다. 그러자 또 하나의 청년이,

―그렇다면 공산당을 할 일이지 근로인민당 같은 중간 정당에 머무를 필요가 없지 않습니까,

라고 했다. 이에 대한 장건상의 말은 이랬다.

"공산당은 독재주의다. 공산당은 노동자·인민을 위한다는 간판만 내걸고 있는 것이지 실은 그것을 미끼로 독재를 하려고 한다. 그 증거가 소련에 있다. 그런데 나는 근로인민을 위하는 정치를 하되 의회주의의 원칙에 충실해야 한다고 생각한다. 의회주의만이 독재를 막는 보루이다. 그렇게 생각했기 때문에 나는 여운형 씨와 같이 근로인민당을 하게 된 거다."

―그런데 왜 근로인민당이 실패했습니까?

"이승만의 탄압이 너무나 심했다."

―그 같은 탄압에 굽힐 바에야 하나마나 한 일 아닙니까?

"굽힌 것하고 일시 후퇴한 것하곤 다르다."

―그럼 선생님은 정세만 허용되면 또 근로인민당을 할 것입니까.

"근로인민당의 간판을 걸지 안 걸진 모르지만 근로인민을 위해서 계속 노력할 것만은 틀림없다.

―정치가는 정략을 가져야 하지 않겠습니까. 그렇다면 일시 보수진영에 몸을 담았다가 어느 정도의 지반과 권력을 잡은 후에 혁신적인 방향으로 나가도 될 것이 아닙니까?

"그건 안 돼. 정치가에겐 지조라는 게 있는 거다. 보수를 했다가 혁신

을 했다가 하면 권력과 지위만을 탐해 우왕좌왕하는 꼴밖엔 안 돼. 정치하는 사람에게 있어서 무엇보다도 중요한 건 지조이다."

─선생님이 보수진영을 싫어하는 까닭이 무업니까?

"보수도 영국적인 보수 같으면 싫어할 까닭이 없다. 영국의 보수는 진보하기 위해서는 보수할 건 철저하게 보수해야 한다는 것이거든. 그런데 우리나라의 보수는 그런 것이 아니다. 일제가 터전을 만들어놓은 생활 진서를 고스란히 지키겠다는 욕심이거든."

─이승만 박사의 농지개혁은 지주의 이해완 정면으로 충돌하는 것 아닙니까?

"이 박사의 농지개혁은 높이 평가해야 한다. 그러나 결함이 있다. 농지만 분배했다뿐이지 농사를 지을 수단 즉 자본을 분배하지 않았다. 모처럼 농지는 받았지만 그것을 경작하는 비용과 상환료를 부담해야 한다. 이 부담이 영세농에게 있어선 너무나 무겁다. 그러니 자연 빚을 지게 된다. 그 빚을 어떻게 갚나. 결국 토지를 처분할밖에 없게 된다. 다시 소작인이 된다. 이름은 달라지겠지. 임차농부賃借農夫, 아니면 고용농부. 게다가 농지개혁은 해놓고 임야개혁은 안 했거든. 이것이 또한 탈이다. 농지개혁을 했거든 임야는 국유림, 또는 면유림, 이유림里有林으로 바꿔야 해. 농지와 임야는 밀접한 게 아닌가. 지가증권의 상환기간쯤 되면 농지개혁의 보람은 거의 없어져 있을 거다."

이밖에 장건상은 농지개혁에 대한 소상한 비판을 했다. 그런데 그 비판엔 귀를 기울일 만한 것이 없었다.

나는 그때 장건상이 낭만적으로만 움직인 독립운동가가 아니고 공부를 하는 지사라는 인식을 가졌다.

뿐만 아니라 장건상은 민주주의에 대해서도 일가견을 갖고 있었다.

"한국에 민주주의가 요원하다는 것은 우리의 지정학적, 구제정치적 이유 때문만이 아니고 토론을 할 줄 모르는 습성, 즉 남의 얘기를 충분히 들을 줄 알고, 흥분 말고 자기 주장할 줄 아는 자질의 부족에 있다."

하곤,

"그러니까 정치 훈련의 기간을 가져야 하며, 그 훈련의 뜻으로서도 서구의 민주주의를 본받아 습성화하도록 해야 한다."

고 덧붙였다.

또 누군가가 물었다. 그때의 대답이 인상적이었다.

—선생님이 국회에 나가시면 어떻게 할 것입니까.

"가만히 의석만을 지키고 있을 뿐이겠지. 소신에 따라 토론에 응하고 가부의 표를 던지고……, 그 이상 할 일은 없을 것 같아. 억지를 쓴다고 대세를 바꿀 수도 없을 것이고. 그러나 장건상이 국회에 앉아 있다는 사실만으로도 의미가 있을 걸세. 일제의 감옥 속에 앉아 있던 장건상이 우리나라가 독립을 하고 나니까 국회에 앉아 있구나 하는 마음을 국민이 갖게 되는 것만 해도 의미가 있지 않겠는가."

장건상은 선거 연설 때 내가 어떻게 하겠다, 무엇을 하겠다, 국민을 위해 노력하겠다 등등의 말은 일절 하지 않았다.

"나를 국회로 보내주시오. 거기에 가서 앉아 있을랍니다. 경로당에 가서 앉아 있기엔 아직 나이가 이르고 막노동을 하기엔 나이를 너무 먹었소. 아무리 생각해도 내가 앉아 있을 곳은 국회밖엔 없을 것 같아 이렇게 출마를 한 것입니다……."

이런 내용의 연설을 했을 때 대항 출마로 나선 모 실업가는,

"독립운동을 했다는 허울 좋은 간판만 내걸고 국회에 가선 낮잠이나 자겠다는 사람이 과연 적격인가, 나처럼 근면하고 여러분을 위해 분골

쇄신하겠다고 맹서한 내가 적격인가를 잘 생각하셔서 표를 찍으라."
고 열변을 토했다.

그러자 장건상은,

"족제비처럼 눈치와 동작이 빨라 돈 잘 버는 사람이 국회에 가서 떠들어대는 것보다 장건상이 낮잠 자는 것이 대한민국 국회의 위신을 위해선 조금 나을 것 같은데 여러분은 어떻게 생각하는지요. 대한민국 국회가 해야 할 제일의 일은 국회의 위신을 높이는 데 있다."
고 응수했다.

아닌 게 아니라 장건상은 국회에 가서 계속 낮잠만 잔 것은 아니었겠지만 발언은 없었다. 그래도 부산의 선거구민은 그로써 만족했다. 뿐만 아니라 적잖은 팬도 있었다. 그 가운데의 하나가 아까의 한창석인 것이다.

나는 80세의 나이로 지금 감방에서 병고로 신음하고 있는 장건상의 심중이 어떨까 하고 내 나름대로 짐작해보았다.

어린 시절과 국회의원을 할 때의 얼만가의 시간을 빼곤 장건상이 평생을 통해 편한 날이 없지 않았을까. 언제나 위험수위에서 허우적거리고 있지 않았을까. 그런데도 그는 안이한 길을 택하지 않고 그의 양심이 명하는 대로 형극의 길을 자진 걸었다.

이왕 살아생전에 통일될 날을 볼 수 없을 바에야 여름엔 시원한 곳, 겨울이면 따뜻한 곳을 찾아 앉든지 눕든지 하며 한가하게 『삼국지』나 읽고 있으면 될 것을 무엇 때문에 80노령, 게다가 건강도 좋지 않은 몸으로 「민족자결원칙에 의한 통일」이니 「냉전에 희생되어선 안 된다」느니 하는 담화를 발표해서 손자뻘 아니, 고손자뻘밖엔 안 되는 젊은 사람들에게 붙들려 곤욕을 치를 필요가 어디 있단 말인가.

장건상 말고도 많은 고령자가 서대문 형무소에서 혁명재판을 기다리고 있는 모양이다. 내가 그 이름을 아는 사람만 해도 최근우 선생·조기하 선생·오지호 선생·김대희 선생·문대현 선생 등이 있다.

고령자는 불구속으로 해 재판한 결과 유죄가 확정되면 그때 가서 편법을 고안할 수도 있지 않을까.

법 앞엔 만인이 평등하다는 원칙을 관철하려는 군사정부의 의지는 장하다고 하겠으나 때에 따라선 법조문보다 도의를 앞세워야 하는 경우도 있지 않을까.

이웃방으로부터 여전히 한창석의 흥분된 소리가 울려오고 있었다. 나는 시계를 보고 여관을 나섰다. K신문사의 기자 Y군과 7시에 만나기로 되어 있었다.

약속한 다방으로 갔다. Y군은 벌써 와 있었다.

"오늘은 무슨 공판이 있었나?"

고 물었더니 Y군은 수첩을 펴놓고 대답했다.

"민족일보 사건의 2회 공판이 있었고, 내무부 독직 사건 공판이 있었고, 화랑동지회 깡패괴수 사건 3회 공판이 있었습니다."

그리고 덧붙이길,

"만합니다, 만화."

라 웃곤 잘 아는 술집이 있다면서 일어섰다.

Y군이 안내한 곳은 인사동 골목에 있는 한식집이었다. 전형적인 서울식 가옥으로 낮은 지붕, 비좁은 뜰이었는데, 모든 방문을 열어 젖히고 주렴을 달아놓은 것이 시원스럽게 느껴졌다.

상의를 벗어 걸고 맥주를 마시기 시작했다. 혁명재판의 얘기를 들을 작정이라서 접대부는 오지 말라고 일렀다.

"재판의 명분·운영·양형 등의 정당성 여부는 후일 역사가 평가할 테지만 혁명재판을 통해 나라의 꼴은 알게 된 거죠."

하고 이른바 '부정선거 원흉 사건'의 내용을 설명하기 시작했다. 이야기 가운데 자유당의 한희석이 대구 개표의 중간결과가 이기붕이 5천여 표인데, 장면이 53표밖에 되지 않자 당황해서 최인규를 시켜 전국적으로 이기붕의 표를 사감하라고 한 대목에 이르러선 실소를 터뜨리지 않을 수 없었다.

"표를 마음대로 많게도 하고 삭감하기도 하니 귀신 같은 기술을 가진 자들이 아닙니까."

하고 Y군이 끼득끼득 웃었다.

"도대체 최인규란 사람은 어떤 사람인가?"

내가 물었다.

"최인규를 몰라요?"

"이름은 물론 내무부 장관을 했다는 것쯤은 알지. 도대체 어떻게 되어먹은 사람인가, 이 말이야."

"꽤나 영리한 사람이죠. 경성고상京城高商을 나와 보험회사엔가 어딘가 취직하고 있다가 해방 이듬해에 미국으로 건너가 무슨 대학엔가에 다닌 모양입니다. 돌아와서 회사원으로 있다가, 3대 민의원선거 때 광주廣州에서 신익희 선생과 맞서 출마한 사람이니 배짱은 어지간하죠."

"그래, 그때 당선됐나?"

"그땐 낙선하고 4대째 당선했습니다. 그땐 벌써 이기붕과 선이 붙어 있었던 거죠. 그리고 아마 그해 교통부 장관이 되었을 겁니다. 그 다음 내무부 장관이 된 거죠."

최인규는 내무부 장관이 되자 제일성으로,

"모든 공무원은 이승만 대통령에게 충성을 다해야 한다."

고 했다. 그러고는 전국을 순회하면서 각급 공무원을 모아놓고,

"차기 정부통령 선거엔 열성적으로 선거운동을 해야 한다."

고 지시했다.

뿐만 아니라 전국의 군수·경찰서장을 매일 두 명꼴로 내무부에 불러선,

"기왕 있었던 신익희에게 대한 추모 투표, 조봉암에게 대한 투표 실적 등을 보더라도 종래의 방식대로 해선 자유당 후보인이 부통령이 절대로 당선될 수 없을 것이니 어떠한 비합법적 비상수단을 써서라도 이승만 박사와 이기붕 선생이 꼭 당선되도록 하라. 세계 역사상 대통령 선거에 선거 소송이 제기된 일은 없다. 혹시 제기된다고 하더라도 문제도 안 된다. 법은 나중이다. 우선 당선시켜놓고 볼 일이다. 콩밥을 먹어도 내가 먹고 징역을 살아도 내가 살 거다. 국가대사를 위해 내가 지시하는 것이니 다음과 같이 하라."

라고 구체적인 지시를 했다. 그 지시의 내용은

① 자연기권표, 선거인명부에 허위기재한 유령표, 돈으로 매수해 기권케 한 표 등 합계 유권자 4명에 해당하는 표를 사전에 자유당 입후보자에게 기표해 두었다가 투표 개시 시각 오전 7시 이전에 무더기로 투표함에 투입할 것.

② 자유당 입후보자에게 투표하도록 미리 공작이 된 유권자로서 3인조, 또는 9인조를 만들 그 조장이 조원의 기표 상황을 확인한 후, 다시 각 조원이 기표한 투표용지를 자유당 측 선거위원에게 제시하

고 투표함에 투입토록 할 것.

　③ 자유당 유권자로 하여금 자유당 완장을 차게 하여 투표소 일대의 분위기를 자유당 일색화해 야당 측 유권자에게 심리적인 압박을 가함으로써 자유당에 투표케 할 것.

　④ 민주당 참관인을 매수해 참관 못하게 하거나 그밖에 무슨 수단이라도 써서 투표소 바깥으로 내쫓을 것.

이상은 4·19 직후 널리 공개된 사실이지만 언제 들어도 무시무시한 느낌은 마찬가지다.

이러한 지령을 충실히 전달한 자는 내무부 차관 이성우, 치안국장 이강학, 지방국장 최병환이고, 당적으로 재정적으로 뒷받침한 것은 자유당 선거대책위원장 한희석을 비롯해 자유당의 기획위원들이다.

최인규에 관한 얘기가 대충 끝났을 때 내가 물었다.

"한희석이란 사람은 어떤 사람인가?"

Y군은 일어서서 호주머니를 살피더니 공소장을 꺼내놓았다.

공소장의 한희석란엔 다음과 같이 적혀 있었다.

"한희석은 1929년에 충청남도 공주사범학교를 졸업하고(20세), 1936년까지 7년간 보통학교 교사로 근무하다가 1934년 고등문관 예비시험에 합격하고, 1937년 고등문관 행정과에 합격해 1938년에 조선총독부 내무국 속관으로 임명되었다. 이어 1940년에 7월엔 창녕 군수, 1942년엔 동래 군수, 1943년엔 평안남도 지방과장으로 역임 중 8·15해방과 동시에 사직하고 1947년까지 피혁공장을 경영하다가 1948년에 내무부 행정과장으로 임명되어 근무 중 1949년엔 내무부 지방국장으로 승진되고, 1953년엔 상공부 공업국장으로 전임, 동년 9월 내무부 차관이 되었다. 1954년 충청남도 천안에서 제3대 민의원으로 당선, 1956년까지 국회 내무분과위원장으로 당선되어 재임 중 자유당 정무부장을 맡았다. 1958녀 재당선 후엔 국회부의장, 1959년 6월 초에 자유당 중앙위원회 부의장, 6월 말에 정부통령 선거대책위원회 위원장 및 기획위원회 위원장에 피임, 1960년 2월 대통령 입후보 이승만의 선거사무장이 되었다……."

한희석 부분을 마저 읽고 돌려주려고 하자 Y군이,
"그 다음 부분도 읽어보십시오. 그거야말로 역사적인 문서라고 할 수 있습니다."
나는 다시 읽기 시작했다.

"8·15해방 이후 미군정 시대를 거쳐서 대한민국 정부가 수립되어 제헌국회의 간접선거에 의해 이승만이 초대 대통령으로 당선되어 4년간 집권하고 제2대 대통령 선거기를 맞이했을 때 동인이 영도하는 행정부의 실정으로 인해 국회의 간접선거에 의해서는 동인이 재선될 가능성이 없게 되자 1952년 7월 7일, 계엄령 선포하 국회의원에게 위협을 가하는 강압적인 수단으로 정부통령의 직선제를 골자로 하는 소위 발췌개헌안을 통과시킨 후 관권 비호하에 국민의 직접선거로써 겨우 재선되어 4년간 재집권했으나, 그 집정 기간 중의 제반 실정으로 인해 제3대 대통령 및 제4대 부통령 선거에 있어서 또다시 재선될 가능성이 없어졌을 뿐 아니라 독재를 방지하기 위해 설정된 정부통령에 대해 2차 이상의 중임을 금지한 헌법 제55조의 규정에 의해 합헌적인 방법에 의

한 재집권이 불가능하게 되자 초대 대통령에 한해 전기 헌법상의 중임 금지의 제한에도 불구하고 종신집권을 가능케 하는 개헌안을 1954년 11월 29일, 소위 사사오입 개헌 파동을 거쳐서 강압적으로 통과시킨 후 관권에 의한 부정선거를 감행함으로써 민주주의에 역행하면서까지 3선되어 또다시 4년간 집정해 실정에 또 실정을 거듭해 제4대 대통령 및 제5대 부통령선거를 맞이하게 되었던바, 1958년 12월 24일, 자유당의 장기집권을 가능케 할 목적으로 무술경위를 동원해 야당 의원을 강제로 축출하는, 소위 2·4파동을 거쳐서 자유당 의원만으로 국회를 통과시킨 반민주적이며 시대역행적인 지방자치법으로 해 12년이란 장구한 기간에 걸친 누적된 실정과 독재로 인해 민심이 정부와 여당에서 완전히 이탈했으므로 합법적인 선거 절차로는 도저히 여당인 자유당 입후보자 이승만 및 이기붕이 당선될 수 없게 되자 피고인 최인규(당시의 내무부 장관), 이성우(당시의 내무부 차관), 이강학(당시의 치안국장), 최병환(당시의 지방국장) 등은 1959년 11월부터 1960년 3월경까지 사이에 내무부에서 수시로 회합해 헌법과 대통령선거법이 정하는 합법적 절차에 의해 공명정대하게 시행되어야 할 선거에 있어서 여하한 위법적인 수단을 강구하더라도 자유당 입후보자인 이승만 및 이기붕을 당선토록 해 자유당의 재집권을 가능케 할 것을 상호 모의하고……."

내가 이것을 마저 읽자 Y군이 빙그레 웃었다. 내가 말했다.

"이건 상식이지 새로운 사실이 없지 않은가."

"사실이 문제가 아니라 군사정부의 혁명검찰부가 이렇게 썼다는 데 흥미가 있는 겁니다. 그렇지 않아요?"

"무슨 뜻인질 모르겠군."

"혁명검찰부의 견해, 곧 군사정부의 견해라고 할 수 있지 않겠습니까."

"그건 그렇지."

"요는 이러한 폐단을 다시 있게 해선 안 된다는 포부와 맹서로써 5·16을 일으킨 것이 아니겠습니까."

"그렇지."

"그러니까 5·16을 일으킨 사람들은 장기집권을 하지 않겠다는 뜻으로 되는 겁니다."

"구악을 일소하겠다고 미리 말하지 않았는가."

"그건 추상적인 표현이었는데, 이건 아주 구체적인 표현이 아닙니까. 이승만 대통령의 장기집권을 이처럼 멸시적으로 야유적으로 지적한 사람들이 어찌 장기집권하려고 들겠느냐, 이 말입니다."

"그들은 혁명과업을 완수하면 민간인에게 정권을 이양하겠다고 분명히 말하고 있는데, 설마 민정까지 가로채려고 하겠나."

"그건 좀 두고 봐야죠."

"나는 민정에 참여하지 않을 것으로 보네. 그렇다면 장기집권이고 뭐고 있을 까닭이 있나."

"그럴까요?"

"설혹 민정에 참여한다고 하더라도 장기집권하진 않을 거네. 벼룩에도 낯짝이 있고 빈대에도 체면이 있다고 하잖은가."

나는 이렇게 말하는데도, Y군은 빙글빙글했다.

"그런 게 신문기자의 근성이란 것 아냐? 상대방이 정색을 하고 말하면 믿을 줄도 알아야지. 박정희 장군은 정직하고 강직한 인물이라고 하더라. 그런 분이 한 말을 믿지 않는다면 어떻게 되겠나. 적어도 그분만은 역사에서 교훈을 배울 줄 아는 사람일 게야. 뿐만 아니라 쿠데타를 한 세력이 민정을 감당하려고 하면 레지티머시(합법성)의 문제가 곤란해."

그래도 Y군은,

"중이 고기 맛을 보면 어쩌고저쩌고 한다는 말이 있지 않습니까."

하고 여전히 애매한 웃음을 지우지 않았다.

나는 Y군의 그러한 태도가 약간 경솔하다고 느꼈지만 그런 이유로 탓할 순 없어 다음과 같이 물었다.

"아까 Y군은 혁명재판의 진행을 만화라고 했는데, 그것이 무슨 뜻인가. 사람의 생사, 사람의 운명을 좌우하는 재판은 비극이 될 수는 있어도 만화가 될 수는 없잖을까?"

"왜 만화라고 느꼈는가의 이유를 설명하겠습니다."

하고 Y군은 다음과 같이 열거했다.

첫째, 소급법에 의한 재판이란 점이다. 현행법으로써 충분히 다스릴 수 있는 사건들이 아닌가. 예컨대 선거부정 독직 사건, 밀수 사건, 폭력 사건 등은 소급법 아니라도 감당할 수 있다. 형량이 모자란 데서 소급법까질 만든다는 것은 말이 안 된다. 현대법의 방향은 양형에 있어선 되도록이면 피고에게 유리하게, 해석이 양립했을 경우에도 피고에게 유리하게 하라고 되어 있는 것인데, 혁명재판은 소급법까지를 채택해서 그 방향에 역행하고 있다. 혁신계를 처단하기 위해 소급법을 만든 것은 확실한데, 행위 시엔 성립되지 않은 죄를 지금에 와서 범죄를 만들려고 하니 억지와 무리가 없을 수 없어 바로 이 국면이 만화적인 현상을 빚는다.

둘째, 재판에 있어선 어디까지나 증거 위주라야 하고, 그런 만큼 확대 해석은 금물인데, 사사건건 확대 해석으로 처리하려고 하는 경향이 만화적이다.

셋째, 불구속으로 하는 것이 타당한 피의자까지도 구속을 해야만 직성이 풀리는 그런 과엄주의過嚴主義가 만화로 보인다.

넷째, 이것은 구체적인 예인데, 공무원의 독직 사건을 캐면서 부정취득액 5천만 환을 공소유지의 선으로 책정하곤 10년 전에 받았던 돈을 현 시가로 환산하는 등의 절차이다. 5천만 환 이상의 뇌물을 받았으면 범죄가 되고 그 이하의 뇌물은 범죄로 치지 않는다는 사고방식도 만화적이거니와 일단 5천만 환으로 쳤으면 실액 그대로를 합산하면 될 일을 일일이 현 시가로 환산하는 행위 또한 만화적이다. 부득이 일정한 액을 책정해야 한다면 1천만 환이나 2천만 환쯤으로 낮게 책정해도 될 것인데, 그러진 않고, 현 시가로 환산함으로써 억지로 5천만 환을 채우려고 드는 태도가 또한 만화적이다.

그리곤 Y군은 H라는 장군의 예를 들었다. 검찰은 기를 쓰고 그 장군의 부정 취득액을 5천만 환 이상으로 계산해서 공소를 제기했는데, 변호사가 계산해본 결과 그 계산에 착오가 있었다. 즉 5천만 환 미달이라서 공소를 유지할 수 없게 되었다. 다시 말하면 5천만 환을 부정 취득한 자는 5년 내지 10년형을 살아야 하고 4천9백99만 환을 부정 취득한 사람은 경력에 오점도 남기지 않고 방면된다는 사실이 만화가 아니고 무엇이겠느냐는 것이다.

Y군의 말에 일리가 없는 바도 아니어서,

"그런 사실을 발견했으면 신문기자로서 마땅히 기사를 써야 할 것 아닌가."

라고 했더니 Y군은 펄쩍 뛰었다.

"무슨 말씀을 그렇게 합니까."

"그런 게 안 된다면 신문기자란 있으나마나 한 존재가 아닌가."

"사실을 따져보면 그렇습니다. 그러나 군사정부에 협조한다는 면에선 존재 이유가 있습니다. 그러니까 군사정부가 성공하면 신문기자도 공로자가 되는 거고 실패하면 신문기자는 공범자가 되는 거죠."

"대단한 자각이군."

"그러나저러나 혁명재판은 군사정부로선 성공한 정략이라고 봅니다."

"성공한 정략?"

"만일 혁명재판이라도 없었더라면 쿠데타를 일으켜 장관들만 바꿔놓고 개점휴업상태가 될 뻔했거든요."

"농촌 고리채 정리니 경제계획이니 하고 야단인데, 개점휴업은 또 뭐고."

"사실 그렇지 않습니까. 농촌 고리채 정리니 경제계획이니 해봤자 그것이 성공할지 안 할진 시일을 두고 봐야 하는 거고, 국민들의 눈엔 최고회의니 군복을 입은 장관들이니 하는 것밖엔 보이지 않고 시간은 어제와 똑같이 흐른다 이겁니다. 그런데 혁명재판이란 게 있으니까 혁명을 했다는 기분을 만들어내고 있는 거죠. 신문이나 라디오가 그 때문에 심심찮은 화제를 제공하고 있다 이겁니다."

"그렇다면 Y군은 정략으로선 성공하고 있으나 그밖에 보람은 없다, 이건가?"

"왜 보람이 없겠어요. 무슨 보람이라도 있겠지요. 아마 무더기로 사형수가 생산될 것이고 중형자도 속출할 겁니다."

"만화 같은 재판으로?"

"선생님은 만화라고 하는 제 발상을 비웃고 있는 모양입니다만 먼 훗날, 아니 그다지 먼 훗날이 아닐지 모르지요. 혁명재판이 만화가 되어 역사에 정착될 때가 있을 겁니다."

"신문기자란 시니컬하군."

"매일처럼 혁명재판소에 취재하러 나가보십시오. 선생님도 시니컬하게 될걸요?"

"그러나 혁명재판은 국민을 위해서라기보다도 쿠데타를 한 당사자들에게 큰 교훈이 될 거야. 부정선거를 했대서 중형을 선고한 그들이 앞으로 부정선거를 할 수 있겠나? 5천만 환의 부정취득을 했대서 중형을 과한 그들이 앞으로 뇌물을 받겠나? 부정축재를 하겠나? 데모 군중을 탄압했대서 경찰관을 처벌한 그들이 장차 학생들이 데모를 한다고 해서 발포하거나 탄압하거나 하겠나? 그런 까닭에 혁명재판은 군사정부의 당사자들에게 자계自戒 뜻으로 보다 중대한 의미를 가질 것이라고 나는 생각해. 장차 이 나라에 부정선거가 없어지고, 군인이나 공무원의 독직 사건이 없어지고, 부정축재가 없어지고, 장기집권이 없어지고, 데모 군중에게 발포하는 사건이 없어지게 된다면 설혹 소급법을 만들었다고 해도, 억울하게 몇 사람들이 처단된다고 해도 감수해야 할 일이 아닌가. 나는 그런 뜻으로 이 주필더러 견디라고 했어. 밝은 앞날을 위해서 부득이한 희생이 필요하다면 하는 수 없는 일이 아니냐며……."

"혁명재판을 그렇게 해석하니 속이 후련하군요. 그러나……."

"또 그러나야?"

"혁명재판이 군사정부 당사자들의 자계가 될 것이란 관측은 좋지만 그렇게 되기 위해서도 혁명재판의 진행이 만화처럼 되어선 안 되는 것이 아닌가 싶어서 하는 말입니다."

"아무리 엄숙한 의식에도 만화적인 부분이 있는 거야. 강물은 맑게만 흘러갈 순 없어. 그 가운덴 나무토막, 풀잎도 섞여 있고 뱀의 시체도 섞이는 거라. 그러나 물은 물이고 강은 강 아닌가. 세상에 순수한 거란 없어. 자네도 너무 시니컬하게만 생각 말고 밝은 면을 생각하도록 해. 아무리 줄잡아도 혁명재판엔 자계의 보람은 있을 테니까."

"자꾸만 제가 만화란 말을 쓰니까 선생님의 귀에 거슬리는 모양입니다만 이런 사건이 있습니다."

하고 Y군은 5·16의 계획을 사전에 누설했다고 해서 구속되어 있는 어느 사람의 얘기를 했다.

"그 사람은 반혁명으로 몰려 극형이 예상되고 있는 사람입니다만, 전 그 사람이 처형되었을 때의 일을 상상하는 겁니다. 정부를 전복하려는 계획을 사전에 알고, 그 사실을 당국에 알렸다, 그랬다고 해서 처단했다, 이렇게 되었을 경우 앞날 이 군사정부나 뒤이은 민간정부나 간에 그것을 전복하려는 음모가 진행되었을 때, 그런 사실을 알고도 가만있어야 하는 겁니까? 그럴 경우 정부는 그 사람을 가만두겠습니까? 불고지죄로 몰지 않겠습니까? 어떤 정부를 전복하는 계획은 사전에 알려선 안 되고 어떤 정부를 전복하려는 음모는 알려야 한다는 법은 없을 테니까요. 한마디로 말해 뒤죽박죽이다, 이겁니다. 말하자면 딜레마인 거죠. 충성스런 시민이면 정부 전복의 음모가 있다고 알았을 경우 당국에 알리는 게 당연하지 않겠습니까. 그걸 쿠데타에 성공했다고 해서 처벌한다면 법의식, 시민의 의무를 말살하겠다는 얘기가 되는 것 아닙니까. 이런 점을 저는 만화라고 하는 겁니다."

나는 그 말엔 반론할 의지를 갖지 못했다.

Y군은 계속 여러 가지의 얘기를 하곤,

"나는 쓸 수 있는 기사 몇 갑절 되는, 쓸 수 없는 사실을 가진 것이 신문기자가 아닐까 하는 생각을 해봅니다."

하고 한숨을 쉬었다.

"언젠가는 쓸 수 있는 날이 오지 않겠나. 치밀한 메모를 해두게."

"내일 또 민족일보 공판이 있는데 방청하시렵니까?"

하고 Y군이 물었다.

"방청하지 않겠어."

"그럼 서울에 계실 일이 없지 않습니까."

"조용수 군을 만나보고 싶어 기다리고 있는 거야."

"민족일보 사장 말이지요?"

"그렇네."

"연일 공판이 있으니까, 면회하기 힘들 겁니다."

"한번 내려가면 다시 오기도 힘들 테니까 조금 기다리더라도 온 김에 만나봐야겠어."

"가족들에게 연락이 되어 있습니까?"

"변호사에게 연락을 해두었어. 통지가 올 거야."

"조용수 사장하곤 잘 아는 사입니까?"

"잘 알지. 그 사람은 경북 사람이지만 그의 외가가 진주에 있어 외가에서 진주고등학교에 다녔지. 졸업은 대구 대륜고등학교에서 했지만. 진주고등학교에 있을 때 그러니까 해방 직후의 일이지만 이 주필이 가르쳤어. 그때 나하고는 친교가 있었지."

"훌륭한 인물이라고 하던데요."

"총명하고 성실하고 기백도 있고 패기도 있는 청년이지. 좌익이 한창 심할 때 소수의 동지들을 규합해서 당당히 싸운 사람이야. 일본에서도 조총련과 맞서 치열한 투쟁을 했다더면. 나는 조용수 군의 혁신 지향을 절대로 용공으로 보진 않아. 재판을 진행하는 도중 검찰관도 재판관도 그 사실을 알게 되리라고 믿어. 30여 세의 청년으로선 그의 반공 투쟁력은 너무나 뚜렷하고 철저하거든. 바보나 고의의 악의가 아닌 바에야 용공이란 조건으로 그에게 유죄선고를 내릴 까닭이 없다고 생각해."

Y군은 내 얘기를 듣고 있으면서 점점 침울한 안색으로 변했다. 그리고 뚜벅 말했다.

"너무 낙관적인 희망은 갖지 마십시오."

"왜?"

"민족일보에서 꼭 희생자를 내고야 말 것 같아요."

"누가 그런 말을 하던가?"

"천만에요. 혁명검찰부나 혁명재판소의 공기가 그렇다는 얘깁니다."

"자네 오버센스일 거야. 처음엔 시퍼렇게 설쳐댔을지 모르나 공판의 진행에 따라 진상을 알게 될 거야. 그리고……."

"그리고 또 뭡니까?"

"그 사건을 담당한 검찰관이 조용수의 과거와 사람됨을 잘 알고 있는 사람이거든."

"그야말로 공은 공, 사는 사로 구분할 줄 아는 검사로 알려져 있는 사람인데, 그의 사정私情에 기대할 수 있겠습니까."

"공과 사를 구별할 줄 아는 사람이니까 나는 낙관한다."

"그렇겐……."

"게다가 조용수 밑에 상무로 있는 정규근은 조용수완 진주고등학교 시절의 동기생일 뿐 아니라 그 사건을 맡고 있는 검사의 입회서기를 한 사람이야. 민족일보사에 오기 직전까지 입회서기를 하다가 그 검사의 양해를 얻어 민족일보사로 왔다고 듣고 있어. 검사가 자기 심복인 입회서기를 민족일보의 정체도 알아보지 않고 그곳으로 보냈겠는가."

"그렇게 듣고 보니 맥이 있을 것도 같습니다만……."

이런 얘기, 저런 얘길 하다가 나는 통행금지 시간 가까워서야 Y군과 헤어져 여관으로 돌아왔다.

변호사를 통해 조용수의 가족과 연락이 닿아 그를 면회하게 된 것은 8월 5일이었다. 변호사의 말로는 어제, 8월 4일까지 5회 공판을 끝냈다고 했다. 변호사에게 사건의 전망을 물었으나 묵묵부답이었다. 그것이 내 마음을 어둡게 했다.

1961년 8월 5일 오전 10시. 서울 서대문 교도소 앞뜰.

그늘은 드물고 태양은 찌는 듯 강렬했다. 대기소와 지붕이 있는 곳엔 사람들로 입추의 여지가 없었고 대부분의 사람들은 태양의 염열을 그냥 쬐이며 서성거렸다. 가족과 친지를 두터운 벽 속에 묻어놓고 4, 5분 가량의 면회를 바라고 있는 터였다.

새벽에 대기번호표를 받아놓았다는 가족은 순서가 비교적 빨라 11시 이전엔 면회할 수 있을 것이라고 했다. 그동안까지 염천을 견딜 수밖에 없다고 생각했다.

가만히 서 있을 수가 없어 이곳저곳을 서성거리고 있는데 그 군중 틈에 문대현 씨의 부인을 보았다. 새까맣게 햇빛에 그을린 차곡차곡 주름진 얼굴엔 눈물인지 땀인지 모를 액체가 흥건했다. 문대현 씨는 6·25 직전에 보도연맹원이라는 이유로 총살당한 아들의 시체를 4·19 후에 찾아내어 비슷한 처지의 시체들과 같이 묻어 큼직한 무덤을 만들고 성대한 위령제를 올렸는데, 그 주최자였다고 해서 혁명재판에 걸려들었던 것이다.

"문 선생님 건강은 어떠하신지요?"

"이렇다 할 병은 없는 것 같지만 워낙 노령이 돼놔서……."

하고 할머니는 말을 끝맺지 못했다.

　나는 위로할 말도 잊은 채 우두커니 할머니 옆에 서 있는데,

　"선생님."

하는 소리가 등 뒤에 있었다.

　돌아보니 교원노조 경남위원장 이종석 씨의 부인이었다. 그 우아하기도 하고 복스럽기도 한 부인의 얼굴이 몰라볼 정도로 초췌해 있었다.

　"더운데 수고가 많으십니다."

　엉겁결에 나온 말이었는데 부인은,

　"저 속에서 고생하고 계시는 분을 생각하면……."

하고 땀을 닦았다.

　부인의 말을 통해 교원노조를 비롯해서 꽤 많은 사람들이 서대문 교도소에 옮겨져 왔다는 사실을 알았다.

　문득 생각했다. 쿠데타가 혁명적인 시위를 벌이고 있는 곳은 필동에 있는 혁명재판정과 이 서대문 형무소 앞뜰일 것이라고.

　군사정부의 혁명재판이 정략적으로 결정된 것이라고 한 Y군의 말이 새삼스러운 빛깔을 띠고 가슴에 와 닿았다.

　나는 백일하에 시장 같은 잡담을 이루고 있는 군중들을 둘러보며, 언제 이 의미가 밝혀질 날이 있을까 하는 상념을 가졌다.

　정치란, 혁명이란 슬픔을 감소시키기 위해 있어야 하는 것이 아닐까. 사람의 가슴에 원한을 맺게 해서는 안 되는 것이 아닐까.

　쇠잔한 얼굴들로부터 시선을 돌린다는 것이 하늘을 우러러보는 동작으로 바뀌었다. 하늘엔 흰 뭉게구름이 있었다. 시간은 강물처럼 흐르고 있을 것이었다.

　백운강자류白雲江自流

란 말이 뇌리에 고였다.

짭짤한 물이 눈으로 스며들었다. 그것이 땀인지 눈물인지 분간 못하고 있는데, 조용수의 가족이 내 소매를 끌었다.

백주의 암흑

"선생님이 웬일이십니까?"

철사그물로 된 칸막이 저편에 나타난 조용수가 나를 보자 처음으로 한 말이다.

그 크고 맑은 눈엔 물기가 질펀했다. 하얀 모시 고의적삼을 단정하게 입은 귀공자를 바라보자 거긴 자네가 앉아 있을 곳이 아니라고 외치고 싶은 충동이 꿈틀거렸다. 준수한 이마, 곧고 모양이 좋은 콧날, 창백한 얼굴빛은 더욱 귀족적인 인상을 풍겼다. 그런 만큼 그의 수난이 처절한 느낌으로 내 가슴에 와 닿았다. 얼른 말이 나오질 않았다.

"이 주필께서 이곳에 와 계신다고 들었습니다."

"그렇게 되었어."

라고 중얼거려놓고 기껏 내가 한 말은 건강이 어떠냐는 물음이었다.

"민망할 정도로 건강은 좋습니다."

쾌활한 척 말을 이렇게 꾸며 보이곤 곧 쓸쓸하게 덧붙였다.

"걱정을 끼쳐 죄송할 뿐입니다. 특히 규근이헌텐 큰 죄를 지었습니다. 검찰청에서 잘 근무하고 있는 사람을 괜히 끌고 와서 정신적·물질적으로 타격을 주었으니……."

정규근은 조용수와 진주고등학교 당시 동기동창이며 연세대에서는 한동안 같은 과에 있었다. 그는 학생 시절 농구선수로서 이름이 높았다. 부산지방검찰청에서 근무하고 있었는데, 조용수가 민족일보사를 창립함과 동시에 그를 상무로 초빙한 것이었다. 공판 기록에도 나타나 있듯이 정규근은 초창기 신문사를 돕기 위해 적잖은 돈을 투자하고 있었다.

"만사가 운수소관 아닌가. 지나치게 상심하지 말게."

"상심한들 무슨 소용이 있겠습니까만 규근이만이라도 빨리 풀려나면 답답한 심경이 좀 덜하겠습니다. 규근이에겐 아무 죄도 없습니다."

"자네에겐 죄가 있는가?"

"전 일을 벌인 자니까요. 죄는 없어도 책임은 있습니다."

"책임이라니?"

"신문사를 만든 책임이지요."

"말을 그렇게 하려면 차라리 이 세상, 이 나라에 태어난 책임이라고 해야 옳지 않겠나."

"되도록이면 통일을 빠르게 하고, 우리나라를 스칸디나비아의 나라처럼 만들어야겠다고 애쓴 것뿐인데, 지금 생각하면 그게 무모한 짓이었어요."

"무모하다고 생각하나?"

"이 꼴이 되었으니 무모했다고밖엔 말할 수 없지 않습니까?"

나는 대응할 말을 찾지 못했다.

조용수가 말을 이었다.

"그러나 후회하진 않습니다. 나 때문에 곤욕을 치르게 된 사람들에게 미안할 뿐입니다. 복지국가를 건설해야 한다. 민주국가가 되어야 한다. 그렇게 해서 통일을 앞당겨야 한다는 사상과 주장이 어째서 나쁜 것인지 난 도무지 납득이 가질 않습니다. 어떻게 세상에 이런 일이 있을 수 있는 겁니까?"

격해지려는 감정을 억제하고 있는 것이 눈에 보이는 듯했다. 나는 그 소리를 비명으로 들었다. 역사의 수레바퀴에 치인 가냘픈 인간이 지르는 비명, 여기에 내가 무슨 말을 보탤 수 있었겠는가.

"내가 왜, 아니 우리가 왜 여기에 있어야 하는지 그걸 모르겠다는 말입니다."

하는 말을 받아 내가 기껏 해본다는 소리는,

"나폴레옹이 엘바섬에 있는 것쯤으로 생각하면 되잖을까?"

"엘바요?"

하고 조용수는 웃으며 말을 보탰다.

"난 엘바가 아니라 세인트헬레나로 생각하는데요."

"워털루도 없었는데 어떻게 세인트헬레나가 있겠나."

"지금 워털루가 전개되고 있지 않습니까."

조용수는 공판을 일러 워털루라고 하는 말일 테지만, 나는 그렇게라도 되었으면 싶었다. 워털루는 패배할 운명에 있는 전투이지만 나폴레옹에게 세인트헬레나는 약속되어 있는 것이다. 그런데 과연 조용수에게 세인트헬레나가 있을 수 있을까. 나의 이런 마음의 움직임을 꿰뚫어보기라도 한 듯이 조용수는

"하기야 워털루는 없고 세인트헬레나도 없을지 모릅니다."

하고 고개를 숙였다.

"희망을 가져, 끝까지."

하면서도 나는 내 말에 허망을 느껴 암담했다.

"공산당에 붙들렸다면 전 이처럼 억울하진 않을 겁니다."

"자네의 정신을 모르는 사람이 있겠는가. 자네의 반공 실적을 모르는 사람이 있겠는가."

"그런데도 굳이 용공분자로 몰려고 하니 기막힌 일 아닙니까. 선생님, 전 용공분자로 몰려 죽을 순 없습니다."

"자넬 용공분자로 몬다는 건 말도 안 되는 얘기지."

"그런데 그 말도 안 되는 일이 지금 진행 중에 있지 않습니까."

"공판이 진행되면 자연 알게 될 거야. 대한민국의 재판이 엉터리일 까닭이 있겠는가."

"그러니까 기가 막히다는 겁니다. 전연 말이 통하질 않아요. 꼭같은 한국말을 쓰고 있는데, 어째서 그처럼 말이 통하질 않을까요?"

"담당 검찰관과 자넨 잘 아는 사이 아닌가."

"잘 아는 사이니까 더욱 딱하다는 겁니다. 이편의 말을 전연 이해하려고 들지 않으니까요. 나는 조총련의 돈을 한푼도 쓴 적이 없습니다. 그런데도 일본에서 가져온 돈이면 전부 조총련의 돈이라고 취급하고 그 내막에 관해선 조사해보려고도 안 합니다."

이때 입회하고 있던 교도관의 경고가 있었다. 변호사와의 면회가 아닐 경우 재판에 관한 얘기는 못하게 되어 있다는 것이다.

"이 주필 면회는 하셨습니까?"

하고 조용수가 화제를 바꿨다.

"기소가 되기 전엔 면회를 못한다더군."

"그렇게 돼 있습니다. 헌데 이 주필이 기소될 것 같습니까?"

"십중팔구 그렇게 될 것 같네."

"야단났군요."

"자네 사정과 같은 것 아닌가."

"이 주필은 무슨 까닭으로 걸려들었습니까. 그 어른은 용공은커녕 혁신조차도 아닌데. 한국의 혁신세력을 히드라적 현상이라며 신랄한 비판을 한 분이 바로 그 어른 아닙니까."

"글쎄, 나도 잘 모르겠어."

조용수는 침울한 표정으로부터 밝은 표정으로 바뀌며 물었다.

"최근 진주에 가보신 적이 있습니까?"

"최근엔 못 갔어."

"가끔 진주 생각을 하곤 합니다. 얼마 전엔 비봉산 위에 두 그루 서 있는 정자나무를 꿈속에서 보았습니다. 돗골로 넘어가는 고갯마루에 있는 그 정자나무 말입니다."

하고 그의 눈은 머언 곳으로 향하고 있었다.

"진주를 생각할 땐 나도 그 정자나무를 눈앞에 그려보지."

"중학교 3년, 고등학교 2년. 5년 동안을 진주 외갓집에서 살았는데, 내 생애에 있어서 그때가 가장 행복한 시절이 아니었나 싶습니다. 의암 바위 근처에서 헤엄을 치다가 빠져 죽을 뻔했는데, 그 기억마저 그립게 회상이 됩니다. 언제 남강 백사장에서 놀 날이 있을는지……."

"있겠지, 있구말구."

"그런 미련 같은 건 버려야 하지 않을까요?"

"천만에."

"자꾸만 마음이 최악의 경우로만 쏠리게 됩니다. 사람에게 있어서 사람이 이리라는 말이 강렬한 빛깔로 마음을 압박하는 겁니다."

"자네를 걱정하고 성원하는 사람이 굉장히 많다는 것을 잊지 말아요. 그 사람들의 성의에 보답하는 뜻으로도 마음을 단단히 가져야지.

모두들 자네를 위해서 최선을 다할걸세. 뿐만 아니라 박정희 장군이 그처럼 호락호락한 사람이 아니야. 인정과 세정의 기미를 잘 알고 있는 사람이네. 그만한 인물이기에 쿠데타를 하지 않았겠나. 국민의 정신을 긴축시키기 위한 방편으로 하는 혁명재판 아닌가. 소급법으로써 최악의 경우를 만들어낼 혹독한 사람은 아냐."

금시 조용수의 얼굴에 화색이 돋아났다. 그것이 반가웠다. 나는 몇 마디 격려의 말을 더 보탰다.

"박정희 장군을 믿게. 그도 일시 오해로 인해 재판을 받고 생사의 기로에 헤맨 사람이라고 들었네. 그런 사람이 어찌 억울하게 사람을 벌할 수가 있겠는가."

이런 말을 하는 동안 내 마음이 그런 신념으로 화해갔다. 정의를 실천하고자 쿠데타를 일으킨 사람이 조용수 같은 인재를 희생시키진 않을 것이란 바람이었다.

사실 조용수에게 죄가 있다면 그 정열이 너무나 순일하다는 점일 뿐이다. 그의 정열은 순일해 때론 과격할 정도였다. 해방 직후 진주서 좌익과 싸울 때도 그는 생명을 걸었고, 일본에선 조총련의 동포 북송을 방지하기 위해 열차의 레일 위에 드러눕기까지도 한 사람이 아니었던가. 그의 혁신 지향은 보수 성향의 사람들에게 지나치게 과격하다고 비쳤을진 모르나 결단코 용공은 아니었던 것이다.

"선생님의 말을 들으니 기분이 밝아졌습니다."

한 그때 조용수의 화사하리만큼 청결한 미소가 내 망막에 깊이 새겨졌다.

시간이 다 되었다는 교도관의 통고가 있을 때 내가 물었다.

"삼촌은 서울에 계시나?"

"대구에 있습니다."

"면회 오셨던가?"

"그 어른은 이런 데 면회 올 분이 아닙니다."

하고 조용수는 싱긋 웃었다. 내가 들먹인 조용수의 삼촌이란, 자유당 때에 국회부의장을 지내기도 한 조경구 씨를 말한다. 그 사람의 소식을 물은 까닭은 조용수의 구명운동에 그 사람이 어느 정도 참여하고 있는가를 알고 싶어서였다.

헤어질 때,

"고맙습니다, 선생님."

한 그의 말을 울먹거리는 소리로 들은 것은 내 마음의 탓만은 아닌 것이었다. 면회소를 나와 8월의 태양 아래 섰을 때 나는 현기증을 느꼈다.

면회인의 수는 조금도 줄어들지 않았다. 그늘을 찾기가 힘들었다. 간신히 처마 밑 그늘에 앉아 나는 담배 한 개비를 피움으로써 정신을 차렸다.

얼만가의 돈을 차입하려고 조용수의 가족에게 건네주고 부산서 올라온 문대현 노인의 부인을 찾았다. 조용수 군을 면회하러 가기 직전, 여기서 기다리라고 일러둔 그 자리에 그분이 없었기 때문에 사람들 틈을 누벼 이곳저곳을 헤맸다. 그러다가 다시 그 자리에 돌아와보곤 했으나 허사였다.

점심이라도 대접해야겠다는 것 외에 별다른 용무가 있었던 것도 아니었기 때문에 돌아와버리려고 했으나 좀더 찾아보기로 했다.

뙤약볕은 정오를 기어오르며 더욱 그 위세를 더했다. 붉은 벽돌담이 이글이글 피빛깔로 타고 있어 보기만 해도 숨이 막혔다. 게다가 남녀노소 할 것 없이 땀투성이인 쇠잔한 몰골로 꿈틀거리는 면회인들 사이에 끼어 있다는 사실이 정신적인 압박감으로 되었다.

그럴 즈음, 어떤 여자의 시선을 따갑게 느꼈다. 더위에 지쳐 있는 공기 가운데서도 특출하다는 인상을 받았을 만큼 미모의 여성이었다. 어디선가 본 것 같은 느낌인데도 확인할 수 없었다. 어쩌면 아는 사람의 가족이 아닐까 하는 생각이 들어 그 여자에게로 다가갔다. 그러자 여자는 얼굴을 딴 곳으로 돌려버렸다. 그러나 내친걸음이라서 물었다.

"어데서 뵌 듯한데 혹시 제가 잘 아는 분의 가족이 아니십니까."

그리고는 내 이름을 일렀다.

여자의 당황하는 듯한 거동에 나는 그녀가 서린여관에서의 어느 밤, 어떤 사나이의 유혹을 피해 내 방으로 피신한 여자가 아닌가? 하는 예감을 가졌다. 그 예감은 적중했다. 여자가 머뭇머뭇 말했다.

"그날 밤엔 참으로 고마웠어요."

"아아, 그분이었군요. 그 후 별탈은 없었습니까?"

"그럭저럭 무사히 지냈어요."

"남편께선 이 형무소에 있습니까?"

"예."

"혁명재판입니까?"

"예."

"잘될 것 같애요?"

"워낙 죄명이 무시무시해서요."

하고 여자는 손수건으로 땀을 닦았다.

그 이상 묻는 것은 실례라고 생각했지만 호기심이 발동했다.

"어디 시원한 곳에 가서 차라도 마시며 얘기를 들었으면 하는데요."

"전 면회 순번을 기다리고 있습니다."

"그렇다면 할 수 없군."

했지만 훌쩍 그 자리를 떠날 순 없었다.

"선생님 가족도 이 안에 계셔요?"

"아닙니다. 난 친구 면회하러 왔습니다."

"그분도 반혁명인가요?"

"아닙니다. 혁신계라고 해서 붙들린 사람입니다."

"혁신계라면 공산당 아녜요?"

"천만에, 공산당과 혁신계는 전연 다릅니다."

"그러나 모두들 그렇게 말하고 있지 않아요?"

"그게 탈입니다. 따지고 보면 공산당의 가장 강력한 적이 혁신계인데, 모두들 그걸 몰라요."

"선생님의 말이 사실이라면 큰일 아녜요."

"큰일입니다."

"그렇다면 군사정부가 하는 일이 나쁘다는 것 아닐까요?"

"그렇게까지야 말할 수가 없습니다. 하여간 난처한 일이죠."

여자는 잠자코 벽돌담 쪽으로 시선을 옮기며 한숨을 쉬었다.

내가 물었다.

"남편 되시는 분은 반혁명으로 들어가 있는 거로군요."

"그렇습니다."

여자는 들릴락 말락 한 소리에 한숨을 섞었다.

"누구십니까. 계급이 상당히 높은 사람일 텐데."

여자는 대답은 없이 애원하는 눈초리로 나를 쳐다봤다. 그런 건 묻지 말아달라는 의사표시라고 짐작했다.

이번엔 여자의 질문이 있었다.

"아직도 그 여관에 계시나요?"

"그렇습니다."

"댁은 어디에 있는데요?"

"부산입니다."

"사업을 하세요?"

"학교 선생님입니다."

"학교라면?"

"대학입니다."

"계속 그 여관에 계실 거예요?"

"방학 동안엔 있을 작정입니다."

여자는 한참을 생각하는 것 같더니,

"그럼 언젠가 짬이 있으면 전화를 하겠어요. 의논드리고 싶은 일이 있을지 몰라요."

하고 또 한숨을 쉬었다.

나는 명함을 꺼내 서린여관의 전화번호와 호실을 적어 그 여자에게 건넸다. 여자는 명함을 받아들고 유심히 바라보고 있더니 그것을 핸드백 속에 넣었다.

여자와 헤어져 외문 쪽으로 나오며 생각했다. 미모의 여성은 정절을 지키기가 극히 곤란할 것이란 생각이었다. 그날 밤의 해프닝도 그 여자가 그처럼 아름답고 매력적이지 않았더라면 결코 일어날 수 없었던 사건이 아니었을까.

'미모의 아내를 가진 사내는 모름지기 형무소에 갈 짓을 하지 말지며, 먼 곳에 출장도 가지 말지며, 아내보다 일찍 죽어서도 안 된다.'

며 나는 속으로 쓴웃음을 웃었다.

동시에 상기되는 사건이 있었다.

내 후배에 해군 장교가 있었다. 나와 친숙하게 지내던 어느 사업가가 자기 딸의 신랑감을 구해달라는 말이 있어 그 해군 장교를 추천했다. 당사자들이 선을 보기에 앞서 내가 먼저 규수를 만나보았다. 그녀를 만나보고 내가 놀라지 않을 수 없었던 것은 전체적으로 수수한 치장이었는데도 그 용모와 맵시가 돌자갈밭에 황금이 빛나고 있는 것 같은 인상을 얻었기 때문이다. 화려하다거나 찬란하다거나 하는 표현관 거리가 있었는데, 은근하게 발산되는 그 매력은 그녀가 지닌 교양과 성품이 곁든 탓이라고 보고 나는 진해에 있는 후배를 무조건 불러 올렸던 것이다.

선을 보고 난 후 규수집 편에선 모두들 흐뭇해했다. 처음엔 해군 장교는 해상 근무가 있대서 탐탁지 않게 생각했던 규수의 어머니도 그 사람이 해군 장교이면서도 주로 육상 근무를 하는 학자 요원이란 사실을 알았기 때문만이 아니라 그의 행동과 거조, 그리고 인품에 홀딱 빠졌다. 대실업가의 딸이고 보니 환경에도 부족이 없었다. 그런데 그 후배는 날더러 혼담을 거절해달라고 간청해왔다. 무작정 찬성할 줄만 알았던 나는 그의 태도에 당황도 하고 의아스럽기도 해서 까닭을 물었다. 그때 그는 다음과 같이 말했던 것이다.

—한마디로 말해 너무 미인이라서 거절하는 겁니다. 전 할 일이 많은데, 그런 아내를 맞이하면 아내 하나 지키기에도 힘이 부족할 것 같습니다. 전 주로 육상 근무를 한다고 되어 있지만 해군인 이상 언제 해상 근무를 해야 할지 모르는 처지에 있습니다. 요컨대 전 아내 때문에 불필요한 신경을 쓰는 형편에 스스로를 몰아넣기가 싫습니다.

이 대답은 나를 놀라게 했다. 그는 내가 몇 번 번의를 종용했는데도 끝내 거절 의사를 굽히지 않았다.

아름다운 여자를 아내로 삼기 위해 별의별 수단을 쓰는 남자가 있기도 하고 미녀에게 홀려 평생을 망친 남자가 있는 세상에 이런 사내를 건실하다고 평할 것인지, 너무나 고식적이고 옹졸하다고 평해야 할 것인지 모른다. 그는 그 후 국민학교 여교사와 결혼했다고 들었다.

형무소 외문 가까이 갔을 때 두 할머니가 젊은 여자를 사이에 두고 길 옆 담벼락 그늘에 퍼대고 앉아 있는 것이 눈에 띄었다. 그 가운데 하나가 문대현 노인의 부인이었다.

"왜 여기 이렇게 앉아 계십니까?"

힐난하는 투로 내가 이렇게 말하자 부인은 땀인지 눈물인지 분간 못하게 질벅한 얼굴을 들어 턱으로 옆에 있는 할머니와 젊은 여자를 가리켰다.

그 할머니는 탈진한 듯 멍청히 앉아 있는데도 통곡 끝에 이어지는 딸꾹질을 연신 하고 있었다.

바로 그 옆에 있는 여자는 서른 살 안팎으로 보였는데, 눈물자국이 먼지와 더불어 말라붙어 있는 얼굴은 잿빛이었다. 그런 것을 사색이라고 하는 것인지 모른다.

무슨 중대한 곡절이 있다는 것을 짐작할 수 있었으나 길바닥에서 물어볼 성질의 것은 아닐 성싶었다.

우선 문대현 노인의 부인에게 점심을 먹었느냐고 물었다. 부인은 고개를 저었다.

"그럼 일어서시죠. 저와 같이 갑시다."

"이 할머니와 아가씨를 두고 나만 갈 수가 없소."

부인의 대답이었다.

"다 같이 갑시다."

"우찌 선생님께 그런 폐를 끼칠 수 있겠습니까. 우린 여게 이렇게 앉아 있다가 정신 좀 채리고 저 사람 집으로 갈랍니더."

하며 부인은 젊은 여자를 가리켰다.

"어딜 가셔도 점심은 먹어야 할 것 아닙니까. 자 일어서시죠."

나는 끌다시피 문대현 노인의 부인을 일으켜 세우고 나머지 두 사람에게도 간청하다시피 해 일어나게 했다.

행길에서 지나가는 시발택시를 잡았다. 뒤칸에 그 세 분을 앉히고 나는 운전사 옆자리에 탔다.

서린여관으로 가자고 했다.

낯선 곳에서 뙤약볕을 쪼이며 식당을 찾아 우왕좌왕하는 것보다 여관으로 데리고 가서 요기를 시키는 게 편리하겠다는 계산이었다.

시장할 텐데도 그녀들은 한 그릇의 냉면을 다 먹지 못했다. 반쯤 먹은 것은 문대현 노인의 부인이고 나머지 둘은 건성으로 젓가락질을 하고 있었을 뿐 거의 먹질 않았다.

"입맛이 없더라도 묵어야 하는기요. 우선 근력이 있어야제."

문 노인의 부인이 이렇게 권하는 것이었으나 또 한 명의 할머니는 숫제 젓가락을 놓아버렸다.

"하기사 중치가 막히면 목구멍도 막히는 거니까."

하고 문 노인의 부인이 혀를 끌끌 찼다.

젊은 여자도 젓가락을 놓아버렸다.

그 광경을 지켜보다가 물었다.

"도대체 어떻게 된 겁니까?"

"그럴 사정이 있습니다."

문 노인 부인의 대답이었다.

"같이 부산서 올라오셨습니까?"

"우연히 감옥 앞에서 만난 깁니다."

문 노인 부인이 띄엄띄엄 얘기한 것을 간추리면 다음과 같다.

할머니의 경우.

할머니의 아들은 유상용이라고 했다. 부산 어느 하역회사의 사무원이다. 유상용의 아버지는 일제시대 독립운동을 했다. 해방과 더불어 감옥에서 풀려나온 사람이었다. 해방 후 '건준'이란 조직이 생겼을 때, 경상남도 지부의 간부로 추대되었다. 건준이 인민위원회라는 것으로 바뀌었을 때도 간부로 추대되었다. 그러다가 대한민국이 수립되자, 보도연맹에 가입하면 기왕 좌익에 종사했던 일은 불문에 부친다고 하는 바람에 보도연맹에 가입했다. 얼마 후 6·25가 터졌다. 유상용의 아버지는 보도연맹원이란 죄목으로 끌려가, 양산 어느 산골짜기에서 다른 보도연맹원 수십 명과 함께 총살당했다. 그때 유상용의 나이는 15세. 유상용의 어머니가 40세가 넘은 나이로 낳은 아들이다. 유일한 혈육이었다.

어머니가 곤궁한 가운데서도 유상용을 상업고등학교에 보냈다. 졸업과 동시에 하역회사에 취직했다. 조촐한 모자의 가정으로서 한동안 행복하게 살았다. 재작년에 며느리를 보았다. 착한 며느리였다.

4·19가 난 후 자유당 정부가 무너지자 피학살자유족회란 것이 생겼다. 억울하게 죽은 자들의 뼈라도 찾아 무덤이나 만들어주자고 유족들이 만든 모임이었다. 유상용이 이 모임에 들겠다고 했을 때 어머니는 반대했다. 어머니는 왠지 위험하다는 예감을 가졌던 것이다. 그래서 강

경하게 반대를 했던 것인데, 아버지의 뼈를 찾아 무덤을 만드는 것은
자식 된 도리가 아니겠느냐고 간원을 하는 아들의 의사를 무시할 수가
없어 흐지부지 승낙하고 말았다.

고등학교를 나온데다 성실하기도 한 성품이어서 유상용은 유족회의
재무부장이 되었다. 요컨대 이것이 화근이었다. 5·16 후 유족회 회원은
일망타진되었다. 그 가운데 간부라고 해서 유상용은 서울로 압송되어
서대문 형무소에 수감되었다.

얘기가 여기까지 왔을 때 내가 말했다.

"기막힌 일이긴 합니다만 모두들 그래도 다 견디고 있는데, 할머니
만 그처럼 상심하실 것은 없지 않습니까."

"아닙니더. 이 할머니가 상심하고 있는 것은 그 때문만이 아닙니더."
하고 문 노인의 부인이 다시 말을 계속했다.

유상용이 체포되었을 때 그의 아내는 만삭이었다. 오늘 낳을까 내일
낳을까 하고 있는 형편이었는데, 남편이 끌려가는 것을 보고 충격을 받
았다. 그날로 병석에 누웠다. 그리고 십여 일을 병석에서 신음하다가
사산한 연후 산모도 숨을 거두었다.

경찰서 유치장에 있는 아들에게 그 소식을 전할 수가 없었다. 서대문
으로 옮긴 뒤론 연락할 방법을 찾지 못했다. 겨우 면회가 된다기에 서
울까지 와서 서대문 형무소 앞에 서긴 했는데 면회할 기력을 잃었다.

면회를 하면 아들이 맨 처음 물을 것이, 아들을 낳았느냐 딸을 낳았
느냐 하는 문제일 것이고, 산모의 건강일 텐데 그럴 경우 어떻게 말해
야 할지 도무지 갈피를 잡을 수가 없었다는 것이다.

그래서 면회를 단념하고 나오다가, 형무소 외문 근처에서 쓰러져버

렸다.

"할머니, 기운을 내십시오. 돌이킬 수 없는 일로 상심만 하면 어떻게 합니까. 어머니마저 무슨 불행을 당하면 형무소 안에 있는 아드님의 심정이 어떻게 되겠습니까. 이럴수록 어머니께서 힘을 내셔야 합니다. 평생 감옥에 있을 것도 아닌데 감옥에서 나오면 새로 출발해야 하지 않겠습니까. 정신을 채려야 합니다. 그러기 위해서라도 음식을 자셔야죠."

내 말이 다소나마 힘이 되었던가 할머니는 손등으로 눈물을 닦고 비로소 말문을 열었다.

"미운 건 우리 영감이오. 살아 있었을 때도 우리 모자의 가슴에 못을 치더니 죽어서도 아들을 못살게 구니, 세상에 그런 원수가 또 있겠소."

"죽은 어른 탓해봤자 소용없는 일."

하고 문 노인의 부인이 나무랐다.

"생각할수록 원망스러워서 하는 소리 아닌기요. 나라를 위한다, 백성을 위한다고 애를 써서 나라와 백성을 위하기는커녕 세상에 단 하나밖에 없는 아들을 이 모양으로 만들었으니 말입니더."

"그러니까 그분 자신이 얼마나 원통했겠습니까. 고인에게 대한 원망은 안 하시는 게 좋을 겁니다."

나도 한마디 보탰다.

"그러나저러나 아들에게 그 소식을 전해야 할 낀데 우쩌면 좋을지 모르겠네요."

할머니는 다시 울먹거리기 시작했다.

위로의 말을 찾았으나 특효약 같은 말이 쉽게 발견될 까닭이 없다. 나는 가만있기로 했다. 인간의 슬픔을 무마하는 것은 시간뿐이다. 시간이 무마하지 못하는 슬픔이란 없다. 무마한다기보다 매몰한다는 말이 적당할지 모른다. 시간은 슬픔도 슬퍼하는 사람도 함께 매몰해버리는 것이다.

나는 이런 생각을 하며 할머니 곁에서 계속 눈물을 흘리고 있는 서른 살 안팎의 여자를 응시했다. 볕에 그슬린 검은 얼굴을 하고 있었으나 윤곽은 선명했다. 옷도 과히 험하진 않았다. 가난 속에 살면서도 품위를 잃어선 안 된다는 자각을 잃지 않은 의연함 같은 것이 느껴지기도 했다.

그러나 그녀가 풍겨내는 분위기엔 웬지 절망감 같은 것이 있었다.

내가 물었다.

"이분은 할머니의 일행이십니까?"

"아니라요."

문 노인 부인의 대답이었다.

문 노인 부인이 외문을 향해 나오는데, 유상용의 어머니가 쓰러져 있는 근처에 그 젊은 여자가 멍청히 앉아 있더라고 했다.

"이분의 사정도 들어보니 참 딱합니다. 그래 우리 세 사람은 서로의 사정을 얘기하고 엉엉 울었습니다."

문 노인 부인의 말에 이끌려 나는 그 여자의 사정을 알아보았다.

그 여자는 천호동에 살았다. 자기 집 농사도 짓고 남의 농사도 도우며 그럭저럭 살아간다고 했다. 오늘 오래간만에 아버질 면회하러 왔었다. 대강 일주일에 한 번씩은 면회를 했는데, 농번기가 끼어 있는 탓으로 한 달 넘겨 면회를 하지 못해 오늘 아침 마음이 급했다. 새벽에 면회 신청 번호를 받고 기다리고 있는데, 아버지는 형무소 안에 없다는 통고를 받았다.

다른 형무소로 갔는가 싶어 물었더니 아버지는 보름 전에 죽었다는 대답이었다. 그녀의 아버지는 사형수였다. 병이 들어 죽었느냐고 따졌다. 사형을 집행했다며, 같이 집행된 사람과 합장해놓았다는 장소를 가르쳐주었다.

그 자리에서 쓰러질 것 같은 몸을 가까스로 가누고 여자는 휘청휘청 걸어 나오다가 유상용의 어머니가 퍼대고 앉아 있는 부근에 와서 실신한 채 쓰러져버렸다. 유상용의 어머니는 자기의 슬픔을 잊고 그 여자의 수족을 만지고 등을 두드리고 해서 간신히 의식을 회복시켰다. 의식을 회복시켜놓고 들은 얘기가 이상과 같았다.

내가 물었다.

"사형 선고를 받고 있는 사람 면회를 두 달 동안이나 하지 않았다면 혹시 그런 결과가 되어 있을지도 모른다는 짐작쯤은 할 수 있었을 것 아닙니까."

"8년 동안이나 그대로 있었기에 설마 그런 일이 있겠는가 싶었던 겁니다."

힘이 빠져 있었으나 여자의 발음은 선명했다.

"8년 동안? 그럼 사형 선고를 받고 8년 동안이나 그대로 있었단 말인가요?"

"무슨 일로 사형을 받았는데요?"

"인민군이 들어왔을 때 그들과 같이 행동한 죄로 그렇게 되었다고 들었습니다."

"어머닌 계십니까?"

"5년 전에 돌아가셨어요."

"형제는?"

"오빠가 둘 있었는데 큰오빠는 미군 폭격으로 죽고, 작은오빠는 의용군으로 나갔는데 생사를 모릅니다."

"고향은 어딥니까?"

"철원입니다."

"고향은 철원이고 사시긴 서울에서?"

"아버지가 붙들리고 난 후에 어머니가 서울로 온 겁니다."

"서울에 오셔서 어떻게 살았습니까?"

"배운 게 농사일뿐이라서 천호동 근처의 농가에서 품팔이를 하며 살았습니다."

"집행을 했으면 가족에겐 알렸을 텐데요."

"집을 옮긴 지가 얼마 되질 않아요. 전에 살던 곳으로 연락을 했는지 모르겠습니다."

여자의 눈에 다시 눈물이 부풀어 올랐다. 고개를 숙이곤 중얼거렸다.

"8년이나 살려두는 것을 보니 어쩌면 감형이 될지 모른다고 희망을 갖기도 했는데, 세상에 이런 무자비한 일이……."

노녀 둘도 따라 훌쩍거리기 시작했다. 나는 그들의 울음을 멈추게 할 요량으로 문 노인 부인에게 물었다.

"부인께선 아까 이분의 집에 가시겠다고 했는데, 가서 어쩔 작정입니까?"

"혼자 버려둘 수가 없는 심정이 되었습니다. 다만 며칠이라도 우리가 위로라도 해줄라꼬 갈라 했습니다."

이것은 문 노인 부인의 말이었고, 유상용의 어머니의 말은 이랬다.

"내가 당한 일도 억척 같아 남의 일 동정할 처지가 안 되지만 우얍니까. 너무나 딱하고 측은해서 우리 두 할망구가 이 사람 집에 가서 수삼

일 같이 지낼라꼬 마음묵은 깁니더."

그 두 노녀의 심정을 알 것 같았다.

자연,

"내가 뭐 도와드릴 일이 없겠습니까?"

하는 말을 안 할 수가 없었다.

"말씀만 들어도 고맙습니다."

하고 이어 그 여자는,

"얼마 안 되지만 농지도 다소 가지고 있고, 남의 일을 돕기도 해서 가난하지만 살아가는 덴 궁색하지 않습니다. 도움 없어도 살아갈 수 있습니다."

"남편께서도 농사를?"

"남편은 없습니다."

"아직 시집을 안 갔다꼬?"

문 노인 부인이 놀란 빛으로 말했다.

"한 번 결혼을 했어요. 그런데 아버지의 사정을 알자 사형수 사위 노릇을 할 수 없다며 떠나버렸어요. 무리도 아닌 얘기라고 생각하고 붙들지도 않았습니다. 그러곤 다신 결혼할 생각을 안 했습니다. 어느 남자가 사형수 사위 되길 탐탁하게 여기겠습니까."

"나이 몇이지?"

유상용의 어머니가 물었다.

"스물여섯이에요."

"아직도 청춘이 만 리 같은디."

문 노인의 부인이 한숨을 쉬었다.

"무슨 일인데 사형까지 받았을까."

이것은 물은 것이 아니고 내가 그저 중얼거린 말인데 여자의 대답이 있었다.

"우리 고향은 철원이라고 하지만 이북에 붙어 있는 쪽이 아니고 남한 쪽이었어요. 물같이 인민군이 쏟아져 넘어오는 바람에 우리 동네 사람들은 피난할 겨를이 없었던 겁니다. 전 그때 서울에서 학교를 다니고 있었기 때문에 들어서 안 것뿐인데, 아버지는 마을 사람들을 구하기 위해 선두에 서서 그들에게 협력을 한 모양입니다. 인민위원장이 되었어요. 국군이 들어왔을 때 아버지는 이북으로 가지 않았습니다. 그 마을에서 인민군에 협력한 사람들은 모두 북쪽으로 갔는데 말입니다. 아버지 혼자만 경찰에 붙들리게 된 겁니다. 그러고는 그 일대에 있었던 인민군의 행패에 대한 책임을 몽땅 지게 된 거죠. 어머니 말에 의하면 아버지는 일제 때 농업학교를 졸업하고 성의껏 농촌지도에 힘썼다고 했습니다. 결코 공산당은 아니었다고 했습니다. 인민위원장이 되었어도 마을 사람들을 위했으면 위했지 손해되는 짓은 안 했는데, 꼭 한 가지 실수가 있었다는 겁니다. 의용군 모집을 한 겁니다. 그러나 아버진 남의 아들을 보내면서 내 아들을 보내지 않을 수 있느냐며, 인민위원회의 어떤 직책을 맡고 있어 나가지 않아도 될 작은오빠를 의용군에 보냈습니다. 이런 점 저런 점으로 하여 아버지는 꼼짝달싹 못하게 걸려든 겁니다……."

"그러고 본께 우리들의 팔자는 비슷비슷하고마."
하고 문대현 노인의 부인은 한숨을 지었다.

문 노인 부부는 아들을 학살당했다. 그런 까닭으로 문 노인이 지금 영어의 몸이 되었다. 유상용의 어머니는 남편을 학살당했다. 그 불행의 여파로 아들이 영어의 몸이 되었다. 철원을 고향으로 하는 여자는 아버지를 형장에서 잃었다. 이를테면 인간 최대의 불행을 겪은 여자들이 모여 있는 셈이다.

그 사이에 끼여 나만이 상처 없이 가정을 지탱하고 있다는 것이 이상스러울 정도였다. 그 이상스런 기분을 떨어버리기 위해 젊은 여자에게 물었다.

"6·25 때 서울에서 학교를 다녔다고 들었는데 무슨 학교입니까?"

"상명여고를 다녔어요. 그러나 아버지가 그런 운명이 되고 집안이 파산하는 통에 진학을 그만두었습니다."

"취직할 수도 있었을 텐데."

"사형수의 딸에게 보증인이 되어 줄 사람이 있어야죠. 그보다는 아버지의 말씀이 있었어요. 손바닥만한 땅이라도 장만해서 우리 모녀가 농사짓고 살라고 하셨어요. 생각하니 그것이 유언이 되어버렸습니다. 아버지의 뼈를 찾으면 전 저의 밭 한구석에 어머니의 시체와 같이 묻어 놓고, 그 옆에서 평생토록 농사를 지으며 살 작정입니다."

여자의 이 말이 떨어지기가 바쁘게 유상용의 어머니가 방바닥을 치며 통곡을 터뜨렸다.

그 통곡소리가 민망할 정도로 커서 나는 여관의 동정을 살필 정도였다. 다행히 손님이 근처에 없었다.

여자는 유상용의 어머니를 달랬다.

그러곤 천호동 자기 집으로 가자며 두 할머니를 일으켜 세웠다.

"피차의 마음먹이는 알겠습니다만 괜한 부담만 될 텐데."

하고 내가 말리려고 하자 여자는,

"전 가난하지만 두 할머니를 모실 수 없을 만큼 궁색하진 않아요. 지금 저 혼자 집으로 돌아갔다간 견딜 수 없을 것 같아요. 할머니의 도움이 필요해요. 부산으로 가실 땐 제가 차표를 사서 잘 모시겠습니다."

하며 울먹거렸다. 문 노인의 부인은,

"우리도 다소 준비해 온 돈이 있으니께 그다지 폐가 되진 않을 겁니다."

했고,

"다문 며칠이라도 같이 있어줘야지."

한 것은 유상용의 어머니였다.

이렇게 되니 굳이 말릴 필요가 없었다. 문간에까지 그들을 배웅했다.

방으로 돌아와 샤워를 하고 벌렁 천장을 보고 드러누웠다. 피로가 일시에 엄습했다.

조각조각, 외국의 어떤 시인이 쓴 시가 뇌리에 명멸했다. 그때 명멸한 그 시의 조각조각을 시집을 꺼내 다음에 기록해본다.

내 시체를 땅 위에 눕히지 말라
너희들의 죽음은
땅에서 쉴 수가 없다
나의 시체는
입관立棺 속에 넣어
직립케 하라
지상엔 우리들의 무덤이 없다
지상엔 우리들의 시체를 수용할 무덤이 없다
나는 지상의 죽음을 알고 있다
나는 지상의 죽음이 가진 의미를 알고 있다
어떤 나라에 가도

너희들의 죽음이 무덤을 차지한 예를 나는 알지 못한다
시내에 흘러가는 소녀의 시체
사살된 작은 새의 피, 그리고 학살된 많은 소리가
지상으로부터 쫓겨나
너희들처럼 망명자가 되는 것이다

지상엔 우리들의 나라가 없다
지상엔 우리들의 죽음에 합당한 가치를 가진 나라가 없다
나는 지상의 가치를 알고 있다
나는 지상에서 잃어버린 가치를 알고 있다
어떤 나라에 가 보아도
너희들의 생이 충만되는 것을 본 적이 없다
미래의 몫마저 베어버린 보리
덫에 걸린 짐승이 또는 어린 자매들이 너희들처럼 생으로부터 쫓
겨나 망명자가 되는 것이다

지상엔 우리들의 나라가 없다
지상엔 우리들의 삶에 합당한 가치를 가진 나라가 없다

나의 시체를 불태우지 말라
너희들의 죽음은 불태울 수가 없다
나의 시체는
문명 속에 매달아놓고
썩혀야만 한다

우리에겐 불이 없다
우리에겐 시체를 태울 불이 없다

나는 너희들의 문명을 알고 있다
나는 사랑도 죽음도 없는 너희들의 문명을 알고 있다
어느 집엘 가도
너희들은 가족과 같이 있어 본 적이 없다
아버지의 한 방울 눈물도
어머니가 아이를 낳는 그 고통스러운 기쁨도, 그리고
마음의 문제조차도
너희들 집에서 쫓겨나서
너희들처럼 병든 자가 되는 것이다

우리들에겐 사랑이 없다
우리들에겐 병든 자의 사랑밖엔 없다

RT란 이니셜을 가진 시인이 이 시를 쓴 것은 제2차 세계대전이 지난 직후의 황량한 폐허에서였다. 그런데 그것이 그날 조각조각 전후의 맥락도 없이 나의 뇌리에 명멸한 것이다.

다음은 뒤에 안 일이다.

당시 서대문 형무소엔 6·25동란 때의 부역 사건, 기타로 인해 약 80명의 사형수가 있었다. 선고만 해놓고 집행을 안 한 수가 그만큼 되었다는 얘긴데, 6·25의 긴장이 풀리고 차츰 평화가 회복되자 이승만 대통령은 사형집행서에 서명하기를 꺼렸다. 민주당 정권 시대엔 숫제 그러한 사형수를 집행할 생각조차 안 했다는 것이다.

5·16쿠데타로 성립된 군사정부의 지도자는 그런 것까지도 구정권의 태만으로 보고 이른바 구악으로 취급했다. 자유당 정권, 민주당 정권의 반공은 구호에만 그친 반공이라고 비난했다.

8년 동안이나 그 집행을 유보해온 사형수들이니 재심해볼 필요가 있지 않을까 하는 사고방식을 용납할 수 없도록 지도자는 강직했다. 그리하여 쿠데타가 있은 그해, 그러니까 반년 동안에 자유당 정부와 민주당 정부로부터 물려받은 사형수를 모조리 청소해버린 것이다.

문대현 노인의 부인과 유상용의 어머니가 사형수의 딸과 함께 천호동으로 간, 그날 밤의 일이다.

K신문사의 Y기자가 밤늦게 느닷없이 찾아와선,

"오늘 밤은 여기서 자고 가야 하겠습니다."

했다.

이유는 간단했다. 동료들과 술을 마셨는데, 통행금지 시간이 임박해 집엘 갈 수가 없다는 것이다. 그렇게 듣고 보니 시계는 11시 40분이 되어 있었다.

"신문기자도 야간통행이 안 되나?"

빈정대는 투로 물었더니,

"선생님 무슨 소릴 그렇게 하십니까."

하곤, 신문기자가 통금위반에 걸리면 그야말로 절단난다고 했다.

그 절단이란 말이 우스워서 까닭을 물었다.

그는 군사정부가 신문기자를 가상 적 제1호로 치고 있는 것 같다면서 이런 말을 했다.

"군부의 부정축재 사건도 혁명검찰부에서 추궁하고 있는데, 부정축재한 고위장성들에게 그 돈을 어디다 썼느냐고 물으면 열이면 열 신문기자를 들먹입니다. 무슨 까닭으로 신문기자에게 돈을 주었느냐고 하면 많은 부하를 거느리려면 다소 원칙에 어긋나는 일도 해야 하는데, 그런 걸 미끼로 신문기자가 물고 늘어지는 바람에 일이 안 된다고 호소합니다. 그래서 어느 검찰관은 신문기자에게 돈 줄 목적으로 엄청난 부정축재를 했느냐며 상대방을 무색하게 만든 적도 있는 모양입니다만, 아무튼 신문기자들에게 대한 심증은 대단히 나쁘다 이겁니다. 부정축재자의 말대로는 아니겠지만 조사하진 않겠느냐는 거지요. 그러니까 신문기자가 어쩌다 걸려들기만 하면 이 놈 맛 좀 보라는 것입니다.”

Y는 약간 주기가 있었으나 취한 것 같진 않았다. 그래서,

“밤늦게까지 마신 요량하곤 그다지 취하진 않았군.”

했더니,

“동료들이 위로한답시고 끌고 가는 바람에 주석에 앉긴 했지만 많이 마시진 않았습니다. 술 마실 기분이 나야죠.”

하는 것이 아닌가.

“무슨 일이 있었길래 자네를 위로하려고 했단 말인가.”

“창피해서 말도 못 하겠습니다.”

Y는 머리를 긁적긁적했다.

나는 종업원을 불러 맥주를 서너 병 사오라고 일러놓고, 그 창피스런 일을 좀 알아보자고 했다.

내키지 않는 투로 Y가 한 얘기는 이랬다.

그날 아침 Y는 여느 때처럼 혁명재판소로 나가 법정 입구 근처에 서 있었다. 이윽고 피의자들을 실은 버스가 도착했다. Y는 그 피의자들을 지켜보고 있는데, 그 가운데 고정훈이 있었다. 언론계의 선배일 뿐 아

니라 4·19 후의 화려한 정치 활동으로 인해 Y와 고정훈은 서로 친숙한 사이였다.

고정훈은 그가 정치 활동을 하던 때의 버릇으로 손가락 두 개를 들어 V자를 그려 보였다. Y도 무심코 손가락을 들어 V자를 그렸다. 그것을 2층의 창을 통해 특검부장이 보았다. 당장 저놈을 잡아 물고를 내라는 불호령이 내렸다. Y는 수사국장실로 끌려갔다.

고정훈과 무슨 연락을 했는가 실토하라는 추궁을 받았다. 실토하재도 아무런 건덕지가 없었으니 어찌할 수가 없었다. 사실대로 말해도 믿어주질 않았다. 꼬박 한 시간 동안 수모를 당했다. 다행히 수사국장이 아는 사람이었기에 망정이지 그렇지 않았더라면 꼼짝없이 영창 신세를 질 뻔했다.

이 얘기를 듣고 나는 어이가 없어 웃었다.

"V자 한 번 그려보다가 뜻밖의 낭패를 당할 뻔했구나."

"그러나저러나 고정훈 씨는 물건입니다. 모두들 오랏줄에 묶이면 초조한 몰골로 되는데 고정훈 씨만은 그렇지 않거든요. 언제나 싱그러운 표정입니다. 오랏줄에 묶인 손을 들어 V자를 그려 보일 정도이니까요. 거기다 비하면……."

하고 Y는 이른바 자유당의 거물들이나 깡패 두목들은 같은 족속으로 칠밖에 없다고 했다.

"우선 비굴한 법정 태도는 아니꼬워서 차마 볼 수가 없어요. 왕년에 그처럼 서슬이 시퍼렇고 당당하던 인간들이 눈물을 줄줄 흘리며 애소하는가 하면, 심각한 참회를 하고 있다는 듯 꾸미기도 하고, 더러는 늙은 기생처럼 어울리지 않는 애교를 부리는 놈도 있구, 우리가 저런 치들의 지배를 받고 살았는가 싶으니 참으로 한심스러워요. 기왕의 상사,

동료, 부하 할 것 없이, 자기에게 유리하다 싶으면 마구 책임을 전가하려고 서두는 꼴이란 참으로 목불인견입니다. 그런 점 공부가 많이 됩니다. 어떤 일이 있어도 그들처럼 비열, 비굴해선 안 되겠다는 교훈을 얻은 셈이지요. 그건 그렇고 명색이 정치적으로 거물이었던 친구들이 역경에 빠졌다고 해서 어떻게 그런 꼴이 되는 걸까요."

Y군의 얘기를 들으며 뉘른베르크에서 전범 나치스를 재판하는 광경을 보고 쓴 어느 프랑스인의 기사를 상기했다.

그 기사의 줄거리는, 나치스 가운데서 사람 같은 놈을 발견하지 못했다는 것이고, 그 사실을 통해 나치스당의 이념이나 철학이란 것이 완전히 엉터리란 사실을 확인했다는 것이었다.

권세와 금욕에만 급급했을 뿐 투철한 신념을 결여한 정객들이란 사실에 있어선 자유당의 그들이나 나치스당의 패거리들이나 마찬가지가 아니었을까.

Y군이 그들이 얼마나 비굴한가를 구체적인 예를 들면서 설명하는 것을,

"그런 인간들 아니고서야 어떻게 그따위 철면피한 부정선거를 할 수 있었겠는가."

하는 말로써 중단시키고 물었다.

"깡패들의 태도는 어때?"

"그 임화수란 놈 추잡하기 짝이 없는 놈이데요. 모든 것을 이정재에게 덮어씌우는 것까지는 좋은데, 자기는 이정재 때문에 피해를 입은 사람이며 의형제 같은 건 맺은 적도 없다며, 이정재에게 마구 욕설을 퍼붓는 겁니다. 거기에 비하면 이정재는 보스로서의 관록은 지녔어요. 부하를 감쌀 줄도 알고 책임을 질 줄도 알구요. 비굴하진 않았습니다. 우스운 건 자긴 결코 깡패가 아니라고 증명하려는 대목이었습니다. 깡패

가 아니라고 항변하는 점은 임화수도 마찬가지였습니다. 임화수는 자긴 깡패가 아니고 문화인이라나요. 문화인 꼴좋게 되었지. 그런 자가 한때 문교부 장관이 될 거라는 설까지 있었으니 세상은 요지경 속 아닙니까."

Y군의 말이 일단락되었을 때 나는 그날 낮에 겪었던 얘기를 했다.

심각하게 듣고 있더니 Y군은 벗어놓은 상의를 뒤져 꺼낸 수첩을 펴놓고 이렇게 말했다.

"선생님, 일일이 그런 데 관심을 쓰다간 오래 못 삽니다. 보십시오. 혁명재판에 지금 기소되어 있는 것만 해도 250건이며 사람 수로 치면 697명입니다. 690명의 가족을 합하면 줄잡아 3천5백 개의 비극이 있다는 겁니다. 그뿐입니까, 어디. 전국의 형무소, 경찰서, 유치장은 지금 초만원을 이루고 있습니다. 나는 통틀어 이것을 음지적 존재라고 말해버립니다. 음지가 있으면 양지가 있지 않겠습니까. 운명을 살아야 하는 것이지 별수 있습니까."

"그렇게 말해버리면 할 말이 없잖은가. 되도록이면 불행을 더는 방향이 없을까 하고 나는 생각하는 거야. 이를테면 사형 같은 극형은 흉악범을 제외하곤 적용하지 않는다든가, 가능한 한 취조나 공판은 불구속으로 한다든지……."

"말짱 쓸데없는 말씀입니다. 정치는 그 정권을 지탱하기 위해 있는 것이고 행정은 편의주의적으로 진행하는 것이다, 하는 것쯤으로 생각하고 있으면 그만이 아닙니까."

"그렇다면 신문기자라는 것도 필요 없게 되는 게 아닌가."

"정권을 쥔 사람이 필요 있다고 하면 필요 있는 것이고 필요 없다고 하면 필요 없는 거지 별수 있습니까."

"이 사람 이제사 술에 취한 모양이군."

"진언취중출眞言醉中出이라고 하지 않습니까. 이래 봬도 저도 오늘 형무소에 갇힐 몸이 될 뻔했습니다. 아찔하데예. 사람팔자 모르는 기라. 판자 한 장 밑이 지옥이라고 뱃놈들 말이 있습니다만 한 치 앞은 캄캄한 어둠인 기라. 절벽인 기라. 자유당원들, 깡패들, 혁신 정객들, 보고 있으니 한심합니다. 허나 자유당은 그래도 한때 권세라도 부려봤으니 당해도 덜 억울할지 모릅니다. 깡패들도 한때 으스대보았으니 그런 기고 말입니다. 그런데 혁신 정객이란 것은 무엇입니까. 이념만 갖고 뭣이 될 거라고 생각했을까요. 양심만 갖고 통일이 된다고 생각했을까요. 설마 권세를 잡겠다고는 생각하지 않았겠지요. 그 방향에서 돈이 나올 거라고 기대하지도 않았을 거구요. 그런데도 뭣 때문에 혁신 정치니 통일이니 해갖고 그 꼬락서니가 되느냐 이겁니다. 아무래도 전 납득을 못하겠습니다. 고정훈 씨가 V자를 그려 어쩌겠다는 겁니까. V자를 그려 보이려면 적어도 윈스턴 처칠쯤 되어야 하는 것 아닙니까? 그러나 고정훈 씬 좋아요. 싱싱해요. 형무소에 붙들려 있는 게 기뻐서 죽겠다는 그런 표정이거든요. 모든 사람이 그걸 배워야 해요. 모든 사람이 형무소엘 가는 걸 고정훈 씨처럼 좋아 죽겠다고 나서면 형무소에 보낼 엄두를 내지 않을 것 아닙니까? 아무튼 고정훈 씨에겐 뭐가 있어. 뭐가 있어."

도중에 말릴 수도 없어 지껄이는 대로 내버려두었더니 Y는 비스듬히 벽을 등진 채 코를 골기 시작했다.

"태평한 사람이군."

하다가 나는 곧 생각을 바꿨다.

영창에 갈 뻔했던 오늘 낮의 일이 충격이 된 것이었으리라.

끌어다가 자리에 눕히려고 하자 그는 번쩍 눈을 떴다. 그 눈빛으로 나는 Y군이 완전히 취해 있다는 것을 알았다.

Y군이 돌연 소리를 높였다.

"친구들은 모두 장관이고 차관이고 법석인데 이 주필은 도대체 뭣하는 겁니까. 이왕 형무소에 갔을 바엔 고정훈 씨처럼 싱그럽기나 해야지. 그리고 선생님은 또 뭣 하는 겁니까. 면회하러 형무소 출입하는 게무슨 영광입니까? 선생님 대학에서도 장관 하나 나왔습니다."

"그만 자게."

할 것까지도 없었다. Y는 자리 위에 쓰러지자 곧 코를 골기 시작했다.

나는 잠든 Y의 얼굴을 보았다.

소심하기 짝이 없는 신문기자의 얼굴이 거기 있었다. 쓸 수 있는 것보다 쓸 수 없는 기삿거리를 더 많이 가진 신문기자의 얼굴이었다.

만화적 군상

다시 한 차례 8·15가 돌아왔다.

광복절이라고 해서 모두들 축하하게 되어 있는 날인데, 1945년의 그 날로부터 16년이 지난 이 날의 광복절이 뜻하는 의미는 무엇일까.

나는 여관방 창문을 활짝 열어 젖히고 뜨락에 쏟아지고 있는 햇빛을 부신 눈으로 바라보면서 라디오에 귀를 기울였다. 제16회 광복절 기념식에 5월 혁명의 백일축전을 겸한 식전의 진행을 알리는 아나운서의 들뜬 목소리가 있었다.

이어 윤보선 대통령의 기념사가 있었는데, '자유와 민주주의의 건전한 발전'을 강조하는 내용이었다.

자유가 무엇인가, 민주주의가 무엇인가, 건전한 발전이 또한 무엇일까. 그저 공소하게만 들리는 말, 말, 말에 불과했다.

박정희 최고회의 의장은 지난 8월 12일 성명을 바탕으로, 혁명과업 완수를 위해선 앞으로 1년 반의 시간이 필요하다고 하고, 일부 정치인이 조속한 시일 내에 정권을 이양하라고 떠들어대는 것은 자기들의 정권 야욕을 채우기 위한 야심의 폭로라며 그들을 맹렬하게 규탄했다.

나는 박 의장의 그 연설을 들으며, 이런 연설은 그야말로 정권에 대한 야욕이 추호도 없는 사람이 아니고선 할 수 있는 것이 아니라고 느꼈다.

정권에 대한 야심이 전연 없이 오직 나라의 앞날을 위해 생명을 걸고 쿠데타를 감행한 사람이라면, 길이 역사에 새겨 존경해야 할 것이 아닌가.

그런데 만일 말과는 달리 그에게 정권에 대한 야심과 집착이 있기라도 한다면? 하는 복잡한 상념이 끓어올랐다.

그러나 설마 그럴 리가 있을까, 싶은 마음으로 나는 8·12성명이 게재된 신문을 꺼내놓고 그 성명을 다시 한 번 읽었다.

「정권이양기에 관한 성명」이란 제목이 붙은 성명의 내용은 다음과 같다.

혁명정부는 구악을 일소하고 새로운 민주체제의 터전을 마련한 다음 혁명공약 제6항에 천명한 바와 같이 하루속히 정권을 민간에게 이양하기 위한 시기와 방안을 예의 검토해오던바 아래와 같은 국가재건최고회의의 최종 결정을 전 국민에게 공포한다.

1. 혁명정부는 정권이양에 앞서서 진정한 민주정치 질서를 창건하고 구악의 재발을 방지하기 위해 최소한 아래와 같은 기초 작업을 완수한 연후에 민간정부에게 이양한다. 첫째, 정치적 사회적 모든 구악을 발본색원하고 청신한 사회 기풍과 법 질서를 확립하고 둘째, 모든 체제를 개혁하고 이를 발전시켜 어느 정도의 궤도에 올려놓아야 할 것이며 셋째, 국민 경제를 재건하고 빈곤을 없애기 위한 종합경제계획 5개년계획의 제1차 계획은 강력한 행정력으로써 혁명정부가 이를 추진한다.

2. 정권이양 시기는 1963년 여름으로 예정하며 그 이유는 아래와 같다.

가. 1962년도는 제반 체제의 개혁 및 육성 단계이며 5개년 경제계획의 제1차 시행 단계다. 이 기간에는 혁명과업 수행에 둔화를 초래할 염려가 있는 정치 활동이나 국민 행사 등은 가급적 제한한다.

나. 1963년 3월 이전에 신헌법을 제정해 공포한다.

다. 1963년 5월 총선거를 실시한다.

라. 정당 활동을 허용하는 시기는 1963년 초가 될 것이다.

3. 정부 형태, 국회 구성에 관한 구상.

가. 정부 형태―대통령책임제

나. 국회 구성―1백~1백20명의 단원제

다. 선거 관리―철저한 국가공영제

라. 구 정치인―구 정치인 중 부패부정한 정치인은 정계 진출을 방지하기 위한 입법 조치를 취한다.

4. 이상은 혁명정부가 혁명공약을 실천하고 조국의 민주적인 번영을 기할 수 있는 확고한 토대를 마련하기 위한 최소한의 시간이라고 판단하며 정부 형태, 국회 구성 등은 앞으로 광범한 국민여론을 참작해 신헌법에 반영할 것이다.

이 성명을 읽고 있는 동안 송요찬 내각수반의 연설이 계속 중에 있었는데,

"산업혁명을 완수함으로써 이 혁명을 완수할 수 있다."

는 말이 귀를 스쳤다.

'송 장군은 산업혁명이란 것을 어떻게 이해하고 있는 것일까.'

싶으니 우울한 기분에 말려들었다.

나는 돌연 해방 후 16년 동안에 민족으로서 국가로서 일보의 전진
도 없었다는 것을 깨닫게 된 것이다.

군사정부는 앞으로 1년 반 동안에 조국의 민주 발전을 위한 굳건한
터전을 마련하겠다고 큰소리치고 있지만 그것이 과연 실현성이 있는
일일까. 국민대중은 원래 우중이어서 물꼬를 트는 대로 물을 끌듯 할
수 있다지만 독재국가를 만들어 전제를 휘두르는 짓은 가능할지 몰라
도, 명색이 민주정치의 터전을 운운할 땐 사정이 달라지는 것이 아닐
까. 산업혁명의 내용이 어떤 것인지도 모르고, 정부의 수반이 산업혁
명의 완수를 수월하게 지껄여댄다면, 나라의 운명이 해도를 읽을 줄
모르는 선장에 의해 이끌려가는 꼴이 될지도 모르는 일이 아닌가.

정치를 너무 쉽게 생각한 데서 4·19가 발생했고, 민주당 또한 실패
한 것이다. 어쩌면 쿠데타를 꾸며낸 주동자들도 정치를 너무 쉽게 생
각하고 있는 것이 아닐까.

식전은 끝났다. 라디오를 끄고 나는 벌렁 드러누웠다.

'사서삼경 다 읽었는데도 누울 와자가 제일이다.'

하는 생각과 더불어,

"내가 편안히 차 한 잔 마실 수만 있다면 세상이 다 무너져도 상관
없다."

는 도스토예프스키의 말에 곁들여 지금 옥중에 있는 이 주필을 상기했
다. 그래도 별반 감상적인 기분으로 되지 않은 것은 그 사태에 내 마음
이 이미 익숙해 있기 때문일 것이다.

드러누운 채 시계를 보았다. 정오가 가까웠다.

'그렇다면 벌써 도착해 있어야 할 것인데 이상하다.'

나는 성유정 선배가 나타나길 기다리고 있는 것이다. 어제 아침에 받은 전화에 의하면 밤차를 타겠다고 했으니 늦어도 10시까지엔 서울역에 도착했어야 한다. 그러나저러나 나는 누워서 기다릴 참이었다. 횡재는 누워서 기다리란 말이 있지 않은가.

그대로 잠길에 들었던 모양이다.

주위가 어수선해서 눈을 떴다.

성유정이 선 채로 내려다보며,

"태평하구나."

하고 빙그레 웃었다.

나는 얼른 일어나 앉았다. 보니 성유정 바로 뒤에 배승환이 싱글벙글 서 있었다.

"아아, 배 교수가 웬일로……."

일어서서 나는 그의 손을 잡았다.

배승환은,

"이 주필 때문에 당신이 고생하고 있다는 소식을 듣고 가만있을 수 있어야지."

했다.

배승환은 M시에 있는 대학의 영문학 교수이다. 아는 사람만이 안다는 말이 있지만 그의 셰익스피어에 관한 조예는 한국에선 제일류가 될 것이다. 뿐만 아니라 그는 동서고금에 걸쳐 박람강기로써 이름이 나 있었다.

"고생은 무슨 고생, 매일 낮잠만 자고 있는걸."

이렇게 얼버무려놓고 나는,

"성 선배님이 오늘 오시지 않았다면 난 내일부터 굶어야 할 뻔했습니다."

하고, 수선을 피웠다.

여태까진 권태롭기 짝이 없던 무더운 방이 성유정과 배승환이 나타나는 바람에 우정의 화원이 되었다.

냉면을 시킨다, 맥주를 시킨다 하여 때 아닌 파티가 벌어졌는데, 샤워를 하고 돌아와 앉은 성유정이,

"죽는 놈은 개구리라고, 요즘 이 주필은 어떻든가."

고 물었다.

아직 면회를 못하는 형편이라고 했더니 성유정의 눈이 반짝했다.

"그럼 뭣 한다고 빨리 부산으로 내려가지 않고 여관방에 처박혀 있는 거야."

"우쩐지 떠날 수가 없데예. 서대문 형무소 근처를 얼쩡거리다가, 혁명재판을 방청하다가 하며 소일하고 있는 것 아닙니까."

"싱거운 사람 다 보겠네. 나는 이 주필 면회라도 하고 있는 줄 알았지. 그래서 차일피일 하는 걸로 알았는데, 허 참."

"기소가 되지 않으면 면회를 못한답니다. 그렇게 듣고 보니 내려갈 수가 없습니다. 혹시 불기소로 풀려나오지 않을까 하는 기대도 있고, 기소가 되었을 땐 얼굴이라도 보았으면 해서요. 아무튼 방학이 끝나도록 여기에 있어볼 참입니다."

"그런데 뭣 때문에 나를 올라오라고 편지를 했지?"

"혼자 있으니까 심심하고, 게다가 돈도 떨어지고 해서요."

"싱거운 사람, 그럼 괜히 배 교수를 불렀군."

"아닙니다."

252

하고 배승환은 덧붙였다.

"이 주필이 붙들려 있는 서대문 형무소 근처를 얼쩡거려 보는 것도 의미가 있겠습니다."

이 주필도 한때 M시의 대학에 있은 적이 있어 배승환과는 각별히 친한 사이였다.

맥주 두 글라스째를 비우고 나서 성유정이 묘한 표정을 하고 배승환과 나를 번갈아 보았다.

"왜 그러십니까."

내가 물었다.

"정치엔 전연 관심이 없는 아웃사이더가 모였구나 싶어서 그래."

"그럼 성 선배님은 정치에 관심이 있다, 그 말씀입니까?"

"나를 포함해서 하는 말 아닌가."

"정치에 관심이 없는 것으로 말하면, 이 주필도 마찬가지 아닙니까."

배승환이 말을 끼었다.

"신문사의 주필 노릇 하느라고 억지로 정치에 말려든 건데."

하고 잠시 우울한 빛을 띠더니 성유정이 말했다.

"정치에 전연 관심이 없는 놈이 정치의 이름으로 붙들려 있으니 운명이다, 운명."

"운명이라고 하면……."

하고 나는 얼마 전 조용수를 면회한 얘기를 했다.

"그 사람 사형 구형을 받았더군."

배승환의 말이었다.

"그랬어."

한 것은 나.

"참으로 사형이 될까?"

하고 되물은 것은 배승환.

"설마 그렇게야 되겠나."

성유정이 잘라 말했다.

단번에 침울한 분위기로 되었다.

그 분위기를 바꾸기 위해 나는 어제 방청한 재판 얘기를 시작했다.

어제 내가 방청한 재판엔 '경무대 앞 및 서울시 일원 발포 사건'이란 건명과 '마산 발포 사건'이란 건명이 붙은 사건의 합동심리가 있었다. 내가 특히 그 공판을 방청하게 된 것은 마산 사건과 이 주필관 밀접한 관련이 있었기 때문이다. 이 주필은 보도를 제한하는 당국의 지시에 항거해 다른 신문에 한발 앞서 그 사건의 전모를 파헤쳤던 것이다.

이날 출정한 피고인들은 다음과 같았다.

홍진기(전 내무부 장관)

곽영주(전 대통령 경호책임자)

유충열(전 서울시 경찰장)

백남규(전 서울시 경찰국 경비과장)

이상국(전 서울시 경찰국 정보과장)

마산 사건 피고인으로선

박종표(전 마산경찰서 경비 주임)

김종복(전 마산 남성동파출소 주임)

주희국(전 마산경찰서 수사계 형사)

이종덕(전 마산경찰서 수사 주임)

이종한(전 북마산파출소 순경)

성유정과 배승환에게 공소장 전문을 기억해 그대로 말한 것은 물론
아니지만 나는 그 공소장 낭독을 듣고 있었을 때의 기묘한 느낌만은 그
대로 털어놓았다.

검찰관이 민주주의에 입각해서 공소사실을 열거하고 있는 사실이었
다. 심지어는 자유당 정권을 반공배일反共排日의 미명하에 언론·집회·
결사 등 국민의 기본권을 탄압했다고 규탄하고 있었다. 그처럼 민주정
신에 투철한 검찰관들이 참여한 재판이면 당당한 민주재판이 될 것이
아닌가.

"공소장 내용이 그렇다면 혁명재판의 존재 이유는 분명하다."
며 배승환은, 앞으로 생길 정권은 줄잡아 자유당은 닮지 않을 것이니
안심이라고 했다.

성유정은 쓸쓸한 표정이더니,
"마산 사건의 공소장 내용은 어떻든가."
고 물었다.

나는 그땐 대강을 간추려 얘기했지만 여기엔 기록에 있는 그대로를
재록한다.

공소사실

피고인 박종표는 일제 시 중학을 졸업 후 일본군에서 헌병으로 종
사하다가 8·15해방 후 일시 교통부에 봉직했고 1952년 5월 내무부
경사에 피명되어 지리산 지구 전투사령부에서 근무 중 1954년 2월
에 전라북도 경위로 승진되어 서남 지구 전투사령부, 제주도, 전라

남도 내무부 치안국, 강원도, 충청남도, 경상남도 각 경찰국을 전전 근무하고 1959년 5월 마산경찰서 경비 주임에 피명되어 근무해 오던 자,

피고인 김종복은 19세 시 일본국에서 전기학교를 졸업하고 해방 후 귀국해 1964년 4월 경상남도 순경에 피명되어 고성경찰서에서 근무하다가 경찰전문학교를 졸업하고 1950년 12월 경위에 승진해 함안·합천·동래·밀양 각 경찰서 또는 경찰국을 전전하다가 1956년 10월 마산경찰서에 전속되어 경비 주임을 거쳐 1959년 7월 남성동파출소 주임에 취임해 근무해 오던 자,

(피고인 이종덕·주희국·이종한 부분은 생략)

1960년 3월 15일에 실시된 정부통령 선거에 있어서 마산경찰서에서는 상부 지시에 따라 집권당인 자유당의 공천 입후보자를 위해 사전투표·공개투표 등 부정선거를 감행하게 되었고 이 부정선거 실시에 국민이 항의하는 경우에 대비할 목적으로 1960년 2월 최루탄 20발, 발사용 총 1정을 배부받고 그때 경비 주임인 피고인 박종표는 동탄同彈에 대한 사용법 및 성능 등에 관한 교육을 받은 바 있고 선거 당일엔 서장 손석래를 총지휘자로 하고 경찰 및 개표장인 마산시청을 위주로 경비진을 펴는 한편 기동대를 조직해 제1소대장에 박종표, 제2소대장엔 이종덕이가 각각 취임해 경비의 만전을 기해 오던 중 선거 당일인 3월 15일 오후 3시경 부정선거에 격분한 일부 민주당 소속 참관인이 선거를 포기하고 이 진상을 국민에게 호소하기 위해 시위 행진함에 이르렀고 경찰은 불문곡절 그들을 구속함에 이르자 전 시민은 자연발생적으로 부정선거 규탄 시위 행진을 감행하게 되어 시위군중은 유동이합하면서 동일 오후 7시 20분경부터 10시경

까지 마산시청을 중심으로 한 일대에서, 동일 오후 7시경부터 9시 30분까지 마산경찰서·남성동파출소를 중심으로 한 일대에서, 동일 오후 7시 50분부터 9시경까지 북마산파출소 일대에서 각각 시위 행진을 함에 이르렀던바,

제1피고인 박종표는 1960년 3월 15일 오후 7시경 시위군중 3천여 명이 개표장인 마산시청을 향해 밀려들자 시청 경비차 최루탄 및 발사용 총을 휴대한 후 기동경찰대원 7, 8명을 인솔하고 현장에 도착한 후 시위군중이 시청에 접근해 개표장에 난입할 기세가 보이자 군중을 향해 최루탄 또는 카빈총을 직사하면 인명의 살생 결과가 발생할 것이란 점을 알면서 그릇된 책임감 내지 복종심에서 군중 해산에만 열중한 나머지 동일 오후 10시경까지 마산시청 주변을 위시해 북쪽 약 4백 미터 지점인 무학국민학교 앞 노상 및 그 북쪽 자산동 굴다리 또 서북쪽 약 1백 미터 상가 지점인 부산지원 정문 앞과 인근 노상 등지에서 피고인은 부정선거에 항의하는 군중에 대해 전기 12발의 최루탄을 발사함으로써 그중 1발이 마산지원 앞 노상 군중 틈에 있던 김주열(17세)의 안부내측에서 약 10센티미터 하반측에 위치한 비골 鼻骨에 명중 파입되어 안면개골골절 및 뇌신경단열로 즉사케 해서 동인을 살해한 후 동일 오후 10시경 증거 인멸의 목적으로 공소 외 한대진·황재운 등과 같이 김덕모가 운전하는 지프에 김주열의 사체를 싣고 마산시 신포동 소재 마산세관 앞 해안에 이르러 해중에 투기함으로써 사체를 유기하고 피고인이 지휘하는 기동대원은 수 미상의 경찰관과 합세해 가두 각 지점에서 카빈총, 권총 등 2백수십 발을 발사해 제1표와 같이 국민을 살해 또는 국민에게 상해를 가하고,

제2피고인 김종복·주희국·이종덕은 1960년 3월 15일 오후 7시 부

정선거에 항의하는 약 3백 명의 시위군중이 마산경찰서 남성동파출소에 접근해 투석하면서 파출소에 침입할 기세가 보이자 군중을 향해 권총 또는 카빈총을 발사하면 인명의 살상이 발생할 것이라는 것을 알면서 그릇된 책임감 또는 복종심에서 군중 해산에만 열중한 나머지 인명 살상은 불고하고 피고인 김종복은 파출소 근무 주희국에 대해 군중을 향해 발사하라고 지휘하고,

피고인 주희국은 명령에 따라 파출소 정문에서 카빈총 2발을 발사했음을 위시해 다른 경찰관들과 합세해 파출소 주변에서 카빈총 10여 발을 발사하고 동일 오후 8시경 이종덕은 기동대 대장으로 대원 7, 8명을 인솔해 지프로 현장에 도착한 연후 대원들은 그의 지휘 명령하에 파출소 근무 경찰관들과 합세해 동일 오후 9시 30분까지 동 파출소 주변을 위시해 파출소 북쪽 약 1백50미터 지점인 창동 도로상 서북쪽 약 1백 미터 상거의 부림시장 입구 또는 이합중산을 거듭하는 시위군중을 쫓아 북쪽 약 3백 미터 상거한 시민극장 앞 조상동 지점에서 지프의 전조등으로 군중을 조명하면서 카빈총 또는 권총 70여 발을 발사해 제2표와 같이 국민을 살해 또는 미수에 그치고,

제3피고인 이종덕은 기동대장으로 1960년 3월 15일 남성동파출소에 이른 후 동일 오후 9시 45분에 전시 부정선거에 관련해 취재차 왔던 부산 국제신보사 신문기자 이영조·이상윤·정영모·신문사 운전수 강홍구에게 대해 소요를 선동한다는 이유로 이종덕은 토족으로 기자들의 둔부를 수회 강축하고, 심재복은 파출소 근무 순경 이원찬과 합세해 카빈총의 개머리판 또는 수권手眷 및 화족靴足으로 기자들의 전신을 난축강타해서 기자 이영조로 하여금 전치 3주일을 요할

타박상을, 이상윤으로 하여금 전치 2주일을 요할 타박상을, 정영모로 하여금 전치 2주일을 요할 타박상을, 신문사 운전수 강홍구로 하여금 전치 2주일을 요할 타박상을 각각 입게 하고,

제4피고인 김종복은 부정선거에 관련해 1960년 3월 15일 오후 9시경 시위 행진에 참가했다가 남성동파출소에 연행된 이양수와 3명에 대한 피의 사실을 조사함에 제해 '데모 주모자가 아니냐'는 등 심문을 계속하면서 그들에게 대해 경찰봉으로 후두부, 어깨 등을 수차 강타하는 등 폭행을 가하고,

제5피고인 이종한은 1960년 3월 15일 마산경찰서 북마산파출소에서 경비 임무에 종사 중 오후 2시 50분에 부정선거에 항의하는 시위군중이 동 파출소에 접근하고 투석하면서 침입할 기세가 보이자 파출소 주임인 이만호가 군중을 향해 발포할 것을 명령하자 군중을 향해 카빈총을 발사하면 인명의 살생이 발생할 것이란 점을 알면서 그릇된 복종심에서 군중 해산에만 열중한 나머지 수 미상의 파출소 근무 경찰관과 합세해 파출소 내 또는 인접 노상 지점에서 군중을 향해 전후 십수 발의 카빈총을 난사해 제3표와 같이 국민을 살해 또는 그 미수에 그친 것이다.

(제1표의 사상자 명단엔 13명이 기록되어 있고, 제2표엔 19명, 제3표엔 6명, 제4표엔 8명이 기록되어 있다. 그러나 이것은 1960년 3월 15일 당일 사상된 숫자엔 아득히 미달되는 숫자이다. 우선 이 명단엔 김주열의 이름이 없다.)

간추린 설명으로썬 못마땅한 듯 성유정의 질문이 있었다.

"공소장과 사실이 일치할 순 없을 텐데 피고들은 그 공소장에 대해

서 어떤 반응을 보이던가?"

"공소장 낭독에 반발을 할 수 있겠습니까. 공판의 진행 과정에서 각기의 반응이 나오겠지요. 그런데 어제는 인정신문과 공소장 낭독으로 그쳤어요."

"그 공소장을 입수할 수가 없을까. 그게 바로 역사적인 문헌이 아닌가. 한 10년 후에 그 공소장, 뿐만이 아니라 혁명검찰의 공소장과 혁명재판소의 판결을 갖고 그때의 상황을 조명해보면 상당히 흥미가 있을 거라."

성유정의 뇌리에 어떤 아이디어가 떠오른 모양이었다.

"공소장은 변호사를 통해 입수할 수 있을 겁니다. 그러나 10년 후 조명해보면 뭣 합니까. 죽은 놈은 죽고 징역을 산 놈은 살았을 텐데요."

내가 한 말이다.

"아냐."

하고 성유정은 이런 말을 했다.

"우리 국민은 너무나 건망증이 심해. 잊지 말아야 할 것을 쉽게 잊어버려. 시위군중에 대한 검찰의 태도 같은 것은 절대로 잊어선 안 돼. 시위군중에게 대한 발포 책임의 추궁 같은 것은 특히 중요해. 4·19 때의 데모를 세기적인 애국 행동이라고 규정한 것도 잊어선 안 돼. 이 다음 누군가가 글을 쓰려면, 아니 역사를 기록하려면 혁명검찰부의 공소장을 일자일구의 가감없이 그냥 그대로 재생해야만 할 거라. 정리도 해석도 필요 없어. 읽는 사람이 스스로 판단할 수 있게 재생시켜야 해. 자기들이 의식하고 있건 아니건, 혁명검찰부의 검찰관과 혁명재판소의 심판관은 지금 역사라고 하는 드라마 속에서 배우 노릇을 하고 있는 거라. 그런 뜻에서 이왕 아웃사이더로서 스스로를 보전할 수 없을 바에야 체포되어 재판을 받는 입장의 역할을 맡은 자가 유리한 입장에 있다고 할 수 있을지 모르지."

성유정의 말이 이렇게 나가자 배승환이,

"아따, 성 선배답지도 않게 엉뚱한 말씀만 하시네요. 역사의 심판이 어떻게 떨어지건 지금 붙들려 있는 인간은 패자입니다, 패자."

하고 술잔을 쑥 내밀었다.

이때 뇌리를 스치는 것이 있었다. 그것은 다음과 같은 말로 나왔다.

"성 선배님, 나는 혁명재판을 방청하는 도중 이런 것을 발견했어요. 부정선거 관련자를 재판할 때 내세우는 것은 민주주의입니다. 데모를 탄압한 것은 비민주적인 처사라고 하는 거지요. 그런데 혁신 계열을 재판할 땐 민주주의는 온데간데없어집니다. 다른 법정에선 찬란했던 민주주의가 그 법정에선 용공적인 음모로 변해 가장 타기할 독소로 되는 거지요."

그러자,

"틀렸다, 틀렸어."

하고 배승환이 손을 저었다. 그러곤 덧붙였다.

"독수리 앞에 참새의 논리가 통할 줄 알아? 통하고 안 통하고가 문제가 아니라 독수리 앞엔 참새의 논리가 존재할 수가 없는 거라. 고래로 혁명재판에 정의가 있어본 적이 없어. 프랑스 혁명의 재판이 그랬고, 볼셰비키 혁명이 그렇지 않았나. 도대체 소급법을 갖고 시작한 재판에 무슨 정의가 있다고 그래. 붙들렸다고 하면 체념할 수밖에 없어. 오직 바랄 것은 살아서 나오라, 이것밖엔 없어, 안 그래?"

배승환의 사상을 모르는 바는 아니지만 나는 동조할 수가 없었다. 쿠데타를 일으킨 사람들에 대해 일루의 희망을 가지고 있었기 때문이다.

그래서 나는 이렇게 말해보았다.

"혁명재판을 부정적으로만 생각할 순 없어. 물론 소급법을 휘두르는 재판의 부분은 나도 용납할 수가 없어. 그러나 그것마저도 앞으론 그런 일이 절대로 없게 하기 위한, 똑바로 말하면 그들의 체면을 희생하며 만들고 있는 교훈이라고 생각할 수 있지 않은가. 그밖에 혁명재판에선 고급관리, 고급장성들의 부정축재를 다루고 있어. 5천만 환 이상의 축재를 한 장성들을 처단하고 있거든. 나는 이것을 축재한 장성들에게 대한 징벌의 뜻보다는 앞으로 자기들은 절대로 부정축재를 하지 않겠다는 맹서로 보네. 권세를 가진 자들이 절대로 부정축재를 하지 않겠다고 하면 우선 그 사실만으로도 환영할 만한 일 아닌가. 사실이 그렇지 않겠는가. 5천만 환의 축재를 했다고 선배들을 단죄해놓고 자기들이 축재를 한다면 그야말로 안 되는 일이야. 그런 뜻에서 나는 혁명재판을 긍정하네. 선거에 부정이 있었다고 해서 자유당 정치인들을 체포해 지금 재판하고 있지. 그것은 절대로 그들은 부정선거를 않겠다는 맹서가 아닌가. 그런 뜻에서도 나는 혁명재판을 긍정하네. 또 있어. 평화적인 시위군중에게 총을 쏘았다는 이유로 경찰 책임자를 체포하고 재판하고 있어. 이것은 곧 어떤 경우라도 옳은 명분을 걸고 평화적인 시위를 하는 자에겐 총을 쏘는 등 폭행을 하지 않겠다는 의사표명이며 맹서가 아니겠는가. 뿐만 아니라 혁명검찰부의 검찰관들은 공소장의 전문前文에서 이승만의 12년 장기집권을 비난하는 정도를 넘어 저주하고 있었네. 이것은 어떤 정권이라도 장기집권은 있을 수 없다는 맹서의 표시가 아니겠는가. 그런 뜻에서 나는 혁명재판을 긍정하네. 다소의 무리는 어쩔 수 없어. 그들이 표명한 이상의 각오만은 환영할 수 있지 않은가."

그런데 배승환과 성유정의 반응은 냉랭했다.

"자네가 그처럼 흥분하는 걸 보는 건 처음이야."

배승환은 이렇게 말했을 뿐이다.

"그게 역사의 현장에서 얻은 지식인가."

하고 성유정이 빈정댔다.

그가 역사의 현장 운운한 것은 지난번 편지를 썼을 때, 혁명재판의 방청과 서대문 형무소 주변을 얼쩡거리는 것을 역사의 현장에 있는 기분으로 생각한다는 글귀를 삽입했기 때문이다.

한동안 멋쩍은 침묵이 흘렀다. 나는 그들의 철두철미한 허무주의를 깜박 잊고 있었던 사실을 후회했다.

조금 후,

"역사란 참으로 묘한 것이다."

하곤 성유정이 물었다.

"어제 공판에서 김주열 군과 관련된 구체적인 심리가 없었나?"

"공소장 낭독으로 그쳤다니까요."

그러자 성유정이,

"이승만 정권의 종결을 있게 한 결정적 동기를 만든 자는 그러고 보니 마산경찰서 경비 주임 박종표가 되는 거로군."

하고 중얼거렸다.

"일본의 도조東條가 한국을 해방시킨 장본인이란 논법과 비슷하군요."

배승환이 주를 달았다.

"아무튼 박종표가 쏜 최루탄이 김주열을 죽게 한 것은 사실이 아닌가. 공소장대로라면 말이다. 그 시체를 마산 앞바다에 던졌다. 그것이 떠오른 것이 4월 1일. 이때쯤은 3월 15일부터 마산에서 시작한 데모가 전국에 파급해 있긴 했으나 차츰 수그러져 그런대로 시국은 수습될 단계에 있었던 것인데, 김주열의 시체 때문에 또다시 데모가 재연되었다. 이것이 곧 이승만의 하야로 직결되었다. 경쟁자 없는 선거에서 부정을 조작했다는 사실이 해괴한데도 그것이 곧 수습될 단계에 있었는데, 김주열 군의 시체가 떠올라 결정적으로 역사의 장을 바꾸어놓았다. 이번 쿠데타도 김주열 군과 직결되는 운명의 선상에 있는 사건이다. 그렇게 볼 때 이 군사정권은 박종표가 발사한 최루탄이 만들어낸 정권이라고 할 수 있지 않은가. 역사는 참으로 묘한 것이다. 뜻하지도 생각지도 않는 방향에서 돌연한 사건의 양상으로 곡절하니까 말이다."

전에도 성유정의 이와 비슷한 얘기를 들은 적이 있다 싶었는데, 배승환도 동감이었던 모양으로,

"그래서 유물사관은 불가능하단 말입니까."

하는 익살을 섞은 말투가 되었다.

그러나 성유정은,

"유물사관만이 아니라 역사철학의 불가능이다."

하고 받아넘겼다.

박종표 등의 공소장에도 언급된 『국제신보』 기자들의 수난 얘기도 나왔다. 그들은 이 주필의 부하였다. 마산 사건이 발생하자 현지에 도착한 유일한 기자팀이었는데, 그들의 수훈은 고사하고, 그들을 파견한 책임자로서 이 주필은 그 사건 때문에 한동안 고민이 심했다.

"그러고 보니 그 박종표 일당과 이 주필은 같이 형무소에 있는 게 아닌가."

성유정이 새삼스러운 발견을 했다는 듯 말했다.

"원수 외나무다리에서 만났다고 하는 게 적절할까, 오월동주라고 하

264

는 게 적절할까."

배승환의 말이었는데, 성유정이,

"셰익스피어를 연구한다는 자가 어찌 그 모양인가, 운명의 장난이라고 해버리면 그만일 것을."

하고 웃자, 배승환이,

"또 운명이오?"

"운명이면 다지, 그밖에 뭣이 있겠어."

"하기야 운명이 등장하면 모든 사상은 침묵해야 한다니까."

이 판에 나는 잠자코 있을 수 없었다.

"불쌍한 건 개구리라고 하더니 이 주필만 불쌍하군."

"아닌 게 아니라 맥주 생각 되게 날끼구만."

배승환이 맞장구를 쳤다.

8월 16일

"우리, 역사의 현장에 가보자."

고 성유정이 성화를 부리는 바람에 나는 아침 일찍부터 서둘러 가까스로 세 장의 방청권을 입수해 이른바 '부정선거 원흉 자유당기획위원회 사건'의 2회째 공판을 구경하게 되었다.

이강학의 증언으로부터 시작됐다.

이강학은 한희석으로부터 경찰 선거비 10억 환과 완장대腕章貸 1억 환을 받았다는 사실은 시인하고, 감표 모의 사실과 한강 백사장을 민주당이 강연 장소로 사용하지 못하게 한 것은 최인규가 한 짓이지 자기가 한 짓이 아니라고 완강하게 부인했다.

그러자 임철호는 이강학이 야당의 선거운동을 방해했다며 자랑한 적이 있다고 하고 완장 부대에 관해선 자유당기획위원회에선 부결되었는데, 지방에서 착용한 것은 각기 그 지방의 자유당 지방부에서 결정한 일이라고 우겼다.

정문흠은 부정선거는 경찰이 맡아 한 것이고 자유당기획위원회에선 아무런 모의 사실도 없었다고 버티었다.

최병환은 한희석·방용익·최인규 등이 동석한 자리에서 공무원 선거 계몽비로 2억 3천만 환을 받았다고 증언했고, 송인상은 이재학에게 3백만 환, 박만원에게 1천만 환을 주었다고 증언했다.

한마디로 말해 재판이라기보다 무슨 희극무대를 보는 느낌이었다. 어제까지의 동지가 오늘 사소한 이해를 놓고 으르릉대는 꼴을 보며, 저런 인간들에게 지배되어왔던가를 생각하니 서글프기조차 했다.

여관으로 돌아와 성유정이,

"역시 역사의 현장에 있어볼 만했어. 그 광경을 직접 보지 않았더라면 자유당이란 집단의 정체를 영영 실감하지 못했을 것 아닌가."

했고, 배승환은,

"난 역사의 현장이고 뭐고 싫네. 희극은 분명 희극인데 졸렬하기 짝이 없어. 셰익스피어의 작품에 일생 젖어 있는 눈과 귀로썬 도저히 감당할 수 없어."

라며 두 번 볼 마음이 생기지 않는다고 했다.

그래서 그 이튿날인 8월 17일 마산 발포 사건 2회 공판 방청은 나와 성유정 둘만이 했다.

박종표는 현장 취재 중인 국제신보사 기자들을 구타한 후 신문사의 지프를 탈취해 사용했다고 진술하고, 남성동파출소의 사격은 공포인 줄 알고 제지하지 않았다고 책임을 회피했다. 그러고는 군중에게 발포

하지 않았다면 자기들 모두 타살되었을 것이라고 모순된 진술을 했다.

박종표는 서장 명령으로 최루탄 열두 발을 쏘았으나 김주열 군 시체에 박힌 것은 자기 소행이 아니라고 극구 부인하고, 국회조사단에게 합리성을 제시하기 위해 미리 허위 답변 훈련을 했노라고 자백했다. 김주열의 시체를 유기한 것은 살상용 아닌 최루탄으로 피살된 것이기 때문에 당황한 탓이라고 하고, 전에 독자적으로 시체유기를 했다고 진술한 것은 경찰 간부들의 요청에 의한 것이라고 밝히고 군중의 흥분과 분노는 부정선거 때문보다도 민주당의 선전 때문이었다고 주장했다.

이날 '고려대학생 데모대 습격 사건'과 '부정선거 원흉 자유당기획위원회 사건', '화랑동지회 깡패수괴 사건'의 공판이 있었는데, 화랑동지회의 수괴 이정재에게 혁명재판소로선 최초의 사형 선고가 있었다.

어떤 종류의 피고인이었던 간에 사형 선고가 있었다는 사실은 충격이었다. 혁명검찰부, 혁명재판소의 서슬로 봐선 의당 예상된 바이고, 상당한 수의 사형 구형이 있었지만, 실제로 사형 선고가 내리고 보니 삼엄한 분위기로 경직될 수밖에 없었다.

이날의 신문엔 화석처럼 서 있는 이정재와 주저앉아 통곡하는 그의 부인의 사진을 게재하고 '폭력배에 단'이란 컷을 뽑고 있었다.

여관으로 돌아갔더니 아침에 우리보다 먼저 어디론가 갔던 배승환이 벌써 돌아와서 그답지 않게 침울한 얼굴을 하고 담배를 피우고 있었다.

"어찌 된 일이냐."

고 물었더니,

"오늘은 좀 슬프다."

는 짤막한 대답이었다.

"배 교수에게도 슬픈 날이 있나?"

하고 성유정이 빈정댔으나 배승환은 말이 없었다.

밤에 다동에 있는 술집에 가서 서너 잔 술을 마시고 나서야 배승환이 그 까닭을 밝혔다.

배승환은 서울에 온 김에 사회당 사건으로 구속되어 있다고 들은 최근우 선생의 가족을 찾아갔다. 최근우 선생과 배승환은 일제 시대 만주에서 서로 친숙하게 지낸 사이라고 했다. 배승환은 지금은 영문학을 전공하고 있지만 대학은 법과를 다녔다. 만주국 고등문관 시험에 합격해 대동학원을 거쳐(그 대동학원의 선배에 최규하 씨가 있었다고 한다.) 금주성의 문서고장文書庫長을 하고 있을 때 알게 된 후로 최근우 씨와 각별한 사이가 되었다는 것인데, 오늘 가보고 최근우 씨가 옥사했다는 사실을 알았다. 최근우 선생에게 관심이 있었던 모양으로 성유정이 순간 핼쑥한 얼굴이 되며 물었다.

"언제?"

"8월 3일이었다고 해요. 워낙 노체인데다가 혈압이 높았다나요. 그런 애국자를 약간 잘못이 있었기로서니……."

배승환이 한숨을 쉬었다.

"어떤 어른인데?"

내가 물었다.

"한때 상해에서 이승만 박사의 지우를 얻기도 해서 독일에 유학한 어른인데 여운형 선생관 밀접한 사이지. 해방 후 이승만 박사가 몇 번을 초청해도 응하지 않았고 정부 수립 후 등용하려고 했는데도 거부한 사람이지."

하고 성유정이 대신 설명했다.

"여운형 선생과 밀접한 관계이면 좌익이었던 것 아닙니까?"

내가 쑥스런 질문을 했다.

"보수파가 아니란 뜻에선 좌익이지. 그러나 결단코 공산당은 아니야. 만주에 있을 때 협화회에 관계가 있었다고 해서 다소 의심을 받긴 했지만."

하자 배승환이,

"최 선생이 협화회에 관계한 것은 순전히 동포를 위한 위장이었소. 내막으론 건국동맹의 일을 추진하고 있었지요. 그건 내가 누구보다도 잘 알아요. 나는 원래 간이 작아 독립운동 같은 데 가담하려 하지 않았지만 최 선생은 많은 동포를 포섭했습니다. 날더러는 적극적으로 독립운동에 가담하지 못할망정 민족에 대해 죄짓지 말라는 것이 그분의 입버릇이었소. 난 사회당이 뭔지 모르지만 그분이 빨갱이일 까닭은 없을 거요. 외유내강한 어른이었소. 내가 평생에 안 유일한 애국자입니다. 그런 분이 대한민국의 감옥에서 죽다니……."

여느 때 같으면 그것도 운명이다, 하고 말했을 성유정도 이 경우엔 그러질 않고 침통한 표정으로,

"배군, 술이나 마시자."

하고 배승환의 어깨를 두드렸다.

웃음이 없는 희극

농어촌 고리채 정리를 비롯한 많은 정책 발표가 있었다.

정부기구 개편을 비롯한 많은 법령의 발표가 있었다.

몇몇 최고위원의 경질도 있었다.

내각 수반을 비롯해 정부 고관의 경질도 있었다.

어제까지 최고위원이었다가 오늘 감방으로 직행한 사람들도 있었다. 부정축재 조사가 활발하게 진행되고 있다는 것도 알 수가 있었다.

서로 권총을 들이대는 소동이 최고회의장에서 있었다는 풍설도 흘렀다.

최고회의보다도 높은 기관이 있다는 얘기가 있었고, 실질적인 권력은 육군 중령 출신의 K모라는 사람에게 있다고 공공연하게 사실로서 화제에 올랐다.

이렇듯 사건도 많고 화제도 많았으나 국민들의 눈엔 혁명이란 이름으로 진행되고 있는 과정은 베일에 가린 채 있었다.

일반인의 눈에 혁명은 여전히 혁명검찰부와 혁명재판소에서 진행되고 있었다.

경무대 앞 발포 사건의 공판정에선,

"나는 발포를 명령한 적이 없다."

라며 국장은 장관에게 책임을 전가하고 장관은 국장에게 책임을 전가하고 있었고, 경무대의 보안책임자는,

"최선을 다해 저지선을 지키라고는 했지만 실탄을 쏘라고는 말하지 않았다."

라고 버티고 있었다.

누구도 발포 명령을 하지 않았는데 수천 발의 실탄이 발사되어 백수십 명의 인명이 죽고, 수백 명이 부상을 입은 것이다.

한때 당당한 권력자들이, 사정이 바뀌었더라면, 자기가 발포 명령까지 내려 경무대를 보호했다고 자랑함직도 한 사람들이 저마다 발뺌을 하고 있는 광경은 그대로 만화가 되지 않을 수 없었다.

비록 자기가 발포 명령을 하지 않았다손 치더라도 결과가 이미 그렇게 되어 있었다면 책임 있는 자리에 있었던 사람이 취할 태도는,

"내가 발포 명령을 내렸다."

라며 반성의 빛을 보이는 것이 기왕의 관록에 합당할 것인데, 그러지 못하는 것을 보면 관록이 없는 자들이 높은 자리를 차지했었다고밖에 할 수가 없다. 관록에 알맞지 않은 자가 높은 자리를 차지하고 있었다는 사실이 바로 만화가 아닌가.

부정선거 원흉 사건이니 자유당기획위원회 사건이니 하는 공판정도 만화적 풍경이라 할밖에 없다.

"내가 했다."

라고 하는 사람은 하나도 없고, 예외 없이 남에게 책임을 전가하고 있

었다.

분명히 부정선거는 있었다. 그런데 그 책임을 스스로 진 사람은 최인규 하나밖에 없었다. 그들의 진술대로라면 최인규의 말 하나로 전국에서 부정선거가 이루어졌다는 것이다.

자기가 한 짓을 감출 도리가 없었기 때문이기도 한 것이지만 최인규는 자기의 죄상을 인정했다. 이럴 때 최인규는 비극적 인물로 남고, 여타의 인간들은 모두 만화가 되는 것이다.

8월 21일엔 화랑동지회 깡패 사건의 구형 공판이 있었다. 임화수, 유지광에게 각각 사형 구형이 있었다.

최후진술에서 유지광은,

"내가 저지른 죄를 참회한다. 그러나 진상을 말하면 고려대학 학생을 습격해 사상자를 낸 책임의 8할은 임화수에게 있고 나머지 2할은 신모씨에게 있다. 하지만 나는 사형을 감수하겠다. 내 부하들에게 대한 처분은 관대하길 바란다. 그들에겐 잘못이 없다. 상부의 명령을 따랐을 뿐이다."

라고 해서 방청객들의 주목을 끌었는데, 임화수는,

"내겐 아무런 책임이 없다. 반공예술인단의 단장으로서 빨갱이를 두드려 잡는 데 헌신했을 뿐이고, 고려대학 학생을 습격하라고 시킨 일은 없다. 나는 예술계의 제1인자다. 예술계의 제1인자가 어떻게 그런 짓을 할 수 있었겠는가. 나는 단연코 무죄다."

라고 떠들어 방청객의 냉소와 빈축을 샀다.

임화수로 말하면 공갈·협박·폭행을 자행해 돈을 모아선 곽영주·이기붕과 결탁, 권력을 배경으로 암흑가의 왕이 된 인간이다. 그에게 대

한 공소장을 간추려보면,

—임화수는 1921년 경기도 여주에서 가난한 농부 권병달의 차남으로 출생했다. 그때의 이름은 권중각이었다. 그런데 두 살 때 아버지가 죽고 어머니가 임 모에게 개가하자 임화수란 이름으로 바꿨다.

학교에 다닌 적이 없이 불우하게 자라다가 서울 종로 소재의 평화극장을 거점으로 한 불량배의 무리에 섞였다. 해방 직후 평화극장의 종업원이 되었다. 9·28수복 후, 그 연고를 이용해 그 극장을 불하받았다.

다소의 경제적 기반이 잡히자 전부터 친교를 맺어오던 이정재·오영환 등과 더불어 7형제파의 일원이 되었다. 그리곤 동대문시장 일대에서 폭력 행위를 자행해오는 동안, 이른바 화랑동지회 종로4가파를 장악했다. 이 폭력집단의 위력으로 그는 한국영화제작협회 단장, 대한반공청년단 종로구 단장 등 각종 사회단체의 장이 되었다.

그리고는 영화배우를 비롯한 예능인들이 자기 마음대로 움직이지 않으면 서슴없이 폭행을 가하는 등 못하는 짓이 없었다. 곽영주·이기붕과 짜곤 동대문시장 상권을 마음대로 빼앗고, 고려대학생을 습격하는 덴 수십 명의 부하를 동원했다. 그리고는 대학생들을 닥치는 대로 잔인하게 살육했다.

그러고도,

"나는 단연코 무죄다."

라고 항변하고 있는 것이다.

이것은 비극이 아니라 한 편의 만화일 수밖에 없다.

조폐공사 사장 선우종원에 대한 공판은 또 다른 의미에 있어서의 만화였다.

그 공소장을 간추려보면,

　─선우종원은 1943년 3월에 경성제국대학 법문학부를 거쳐 대학원을 졸업하고, 같은 해 일본국의 고등문관 시험 사법과에 합격했다. 그리고 서울지방검찰청 검사를 하다가 해방을 맞이해선 1948년에 법무부 검찰국 검찰과장을 했고 1950년엔 내무부 치안국 정보수사과장으로 전임했다. 1951년엔 당시 국무총리였던 장면 씨의 비서실장이 되었다.

　1952년 5월, 세칭 정부혁신전국지도위원회 사건의 혐의를 받아 1952년 8월 일본으로 도피했다. 일본에서 박춘금·김삼규와 친교를 맺고 동우회란 친목단체를 만들어 주간지 아세아의 외침을 발간하기도 했다.

　4·19혁명 후 자유당 정권이 붕괴되고 민주당 정권이 수립되자, 1960년 9월 6일 귀국, 국무총리 장면 씨의 천거로 한국조폐공사 사장에 취임했다.

　선우종원과 같이 묶인 한창우는 24세 때 수원고등농림학교를 졸업하고 15년간 서울 동성상업고등학교에서 교사로서 근무하다가 1947년 5월 경향신문사 경리부장 겸 사장 비서실장으로 전직, 1948년 9월엔 사장이 되었다. 1961년 6월 동사 사장직을 그만두고, 고문직으로 있으면서 배후에서 장면 씨를 도왔다. 장면 씨와는 동성상업학교 재직 시부터 친분이 두터웠을 뿐만 아니라 사돈의 사이였다.

　선우종원과 한창우의 죄상이라 해서 열거한 것을 보면 다음과 같다.

　1961년 5월 17일 오전 11시경, 서울 종로에 있는 심창석 집에서 선우종원이 한창우·김재순·조연하·이귀영·이성모 등과 만나 혁명군의 활동을 방해해 민주당 정권을 회복할 목적으로 상의를 하고

① 유엔군으로 하여금 계엄령을 선포케 해 혁명군을 격퇴한다.

② 유엔군 탱크부대에 확성기를 장치해 혁명군의 원대복귀를 명령한다.

③ 장면 총리의 육성으로, 민주당 정부와 총리는 건재하니 국민은 동요하지 말라는 녹음을 해 유엔방송을 통해 호소한다.

라는 등의 방법을 쓰라고 했다.

이때 한창우는,

"한국군이 이미 계엄령을 선포했는데 유엔군이 다시 계엄령을 선포하는 것은 불가능한 일이다. 한 가지 방법은 이한림 중장을 육군 참모총장에 임명해 정부군을 조직해 혁명군을 격려하라고 명령하면 될 게 아니냐."

라고 했다.

모두 이 의견에 찬동하고 장면 총리에게 이 취지를 전달하기로 했다.

한창우는 자기 명함에,

"미국 대사관에서 박사님을 찾고 있습니다. 8군에서도 박사님을 찾고 있습니다. 일반 국민들도 박사님께서 속히 나오셔서 사태를 수습하길 바라고 있사오니 속히 거처를 알려주시기 바랍니다."

라고 써서 밀봉한 후 이성모로 하여금 장면 씨에게 전달토록 했다. 그런데 이성모는 장면 씨의 거처를 찾지 못했다. 그날 오후 2시경에야 장면 씨의 거처를 알게 된 한창우는 직접 장면 씨를 찾아가서 이상의 결의 사실을 알렸다.

그 이튿날, 즉 5월 18일 오전 9시 30분 경향신문사 총무국장실에서 한창우는 선우종원을 비롯한 동지에게,

"우리들의 뜻을 알렸지만, 장 박사께선 모든 것을 포기하고 오늘

중앙청으로 나가 정권이양을 하겠다고 말씀하셨소.”

라고 전했다.

그러자 선우종원은,

“장 박사가 나오면 정권을 완전히 빼앗기고 말 텐데 그건 안 된다. 내가 장 박사를 직접 찾아가서 사태 수습에 관해 진언하겠다.”

라고 우겼다.

그러나 만사휴의였다.

이상이 공소장의 내용인데, 사실이 공소장과 조금도 다를 바 없다고 하더라도 어떻게 그것이 죄가 될 수 있느냐고 하는 것이 성유정 씨의 의견이었다.

사실 그렇기도 하다.

설혹 쿠데타의 정당성을 인정한다고 하더라도 5월 16·17·18일은 정권이 민주당에 남아 있었던 시기이다. 그 시기 민주당원, 또는 정부 측의 인사이면 성패는 불문하고 마땅히 정권 유지 또는 정권 회복을 위해 만전을 다하려고 노력하는 것이 오히려 당연한 일이 아닌가.

그런데, 그대로 실행되진 않았지만 선우종원은 1심에선 징역 10년, 2심에선 사형 선고를 받았던 것이다.

8월 23일 제5부 법정엔 제30사단 반혁명 사건의 제5회 공판이 열리고 있었다.

사단장 이상국 준장, 참모장 이갑영 대령, 30연대장 박상훈 대령 등을 피고로 한 재판이다.

개정하자마자 검찰관과 이상국 장관 사이에 다음과 같은 응수가 있었다.

검 피고인이 군사혁명에 관한 이야기를 들은 것은 언제인가.

답 5월 15일 오후 7시경이라고 기억한다.

검 누구한테서 들었는가.

답 이갑영 대령, 박상훈 대령으로부터 들었다.

검 그들이 뭐라고 하던가.

답 박정희 장군 주도하에 군사혁명을 계획하고 있는데, 사단 내에서의 출동 책임자는 이백일 중령이라고 했다. 그리고 혁명군이 사단장인 내 집과 제6관구 사령관 집을 포위해 우리를 사살할지 모른다고 했다.

검 피고인이 그때까지 군사혁명위원회에 의한 군사혁명 계획을 몰랐단 말인가.

답 몰랐다.

검 군사혁명이 있을 것이란 보고를 받고 어떻게 했는가.

답 사단장실에서 얘기하긴 위험했으므로 두 사람과 같이 외출했다. 저녁식사를 하면서 앞일을 의논할 작정이었다. 도중 자동차 안에서 박상훈 대령은 박정희 장군 지휘하에 육해공군이 호응해 혁명을 일으키는데 우리 사단의 제30 B전투단은 이백일 중령의 지휘로 그날 밤 10시에 비상소집해 16일 오전 2시 서울 시내에 출동한다고 했다.

검 그래서 피고는 어떻게 했는가.

답 다동 삼희정에서 식사를 하고 박상훈과 권용성에게 빨리 부대로 돌아가 출동준비 중인 병력을 해산시키고, 영외 거주의 장병은 퇴근시켜 부대를 수습하라고 지시했다.

검　피고가 제506방첩부대를 찾아간 것은 언제인가.

답　그날 밤의 10시 20분경이다.

검　거기서 무엇을 했는가.

답　사단의 인사참모부 보좌관 김상진 소령을 전화로 불러, 부대를 출동시키려는 자가 있거든 극력 저지하라고 명령했다.

검　사살해도 좋다고 했다는데.

답　흥분해 있었기 때문에 확실히 기억할 순 없다. 아무튼 부대 출동을 저지하라고만 했다.

검　왜 김상진 소령에게 그런 전화를 했는가.

답　그가 주번사령이었기 때문이다.

검　그리고 또 어떻게 했는가.

답　방첩부대장 이철희에게 보다 상세한 내용을 묻고 참모총장 장도영 중장과 제6관구 사령관에게 보고했다.

검　그리고 또 어떻게 했는가.

답　제6관구 헌병부로 가서 대책을 의논했다.

검　구체적으로 말해보라.

답　전화로 박상훈 대령에게 전투단 출동 책임자인 이백일을 체포하라고 명령했다.

검　그 후의 행동을 남김없이 말해보라.

답　제6관구 헌병부로부터 헌병 1개 소대의 지원을 받아 사단 본부로 돌아왔다. 그리고 사단 정문·위병소·탄약고 등에 헌병을 배치했다.

검　그 목적은?

답　비상대책으로 한 것이다.

검　전투단의 혁명 행동을 방해할 목적은 아니었나.

답　나는 내 의무를 다했을 뿐이다.

검　전투단의 출동을 방해한 것은 사실인가?

답　그렇다.

검　다음 무엇을 했는가.

답　16일 1시 20분경 참모총장으로부터 전화를 받았다. 영등포에서 해병대와 약간의 충돌이 있는 것 같으니 신임할 수 있는 병력만으로 소부대를 편성하라는 명령을 받았다.

검　그래서 어떻게 했는가.

답　편성에 착수했다. 그러자 3시경 참모총장으로부터 편성 부대를 서울시청 앞까지 출동시키라는 명령이 있었다.

검　그래서 출동했는가.

답　출동했다.

검　시청 앞 광장에 도착한 것이 몇 시였나.

답　4시 50분이었다.

검　피고는 혁명군에 대항해 싸울 각오를 한 것인가?

답　나는 명령에 따랐을 뿐이다.

검　명령이면 무슨 짓이라도 할 작정이었나.

답　그것이 군인의 의무라고 생각한다.

검　그렇다면 왜 6관구 사령관의 명령은 듣지 않았는가.

답　…….

검　제6관구 사령관은 동족끼리 피를 흘릴 필요가 없으니 출동시키지 말라는 명령을 내렸다는데…….

답　그것은 명령이 아니고 참고 의견이었다.

검　제6관구 사령관은 분명히 자기 명령 없인 병력을 출동시키지 말라고 했다는데, 어떻게 그것이 명령이 아니고 참고 의견인가.

답 설혹 그것이 명령이었다고 하더라도 나는 그보다 상위자로부터 출동하라는 명령을 받고 있었다.

검 피고는 끝내 군사혁명위원회에 의한 혁명 계획을 반대할 의사가 아니었나.

답 나는 군대에 있어서의 규율에 의해 행동했을 뿐이다. 명령계통에 따랐을 뿐이다.

검 피고에겐 애국심이 없는가.

답 왜 없겠는가, 있다.

검 그렇다면 국민의 기대를 배반한 장 정권의 부패와 누적된 구악을 일소하고 절망과 빈곤과 기아선상에서 허덕이는 민생고를 해결하는 동시, 국가의 자주경제 재건으로 공산주의와 대결해 민족적 숙원인 국토통일과 민족적 번영을 기하기 위한 혁명 수행에 왜 찬동하지 않았는가.

답 나는 어떤 취지로 군사혁명을 하려는 건지조차 몰랐다. 나는 소식을 들었을 때 반란으로만 생각했다. 참모총장의 의향을 따른 것이 내 직책을 완수하는 것이라고 생각했다.

검 그러나 사태의 진전에 따라 군사위원회의 의도를 알았을 것 아닌가.

답 나는 군사위원회의 존재조차 몰랐다. 어떻게 하자는 혁명인지도 몰랐다. 다만 박정희 장군의 주동으로 일어난 사건인 줄만 알았다.

검 박정희 장군이 주동이라고만 들어도 혁명의 성격을 알 수 있었을 것 아닌가.

답 박정희 장군이 청렴한 장군이란 사실은 듣고 있었다. 그러나 청렴한 장군이 하는 짓이라고 해서 군의 명령계통까질 파괴하는 노릇에 찬동할 수는 없는 것이 아닌가.

　검　아무튼 군사혁명을 반대한 것만은 사실이 아닌가.

　답　군사혁명에 반대하기에 앞서 군인의 본분을 다했을 뿐이다.

　검　반성함이 없단 말인가.

　답　반성보다도 나는 억울하다고 생각한다.

　검　그 말은 끝까지 혁명을 저지하지 못한 것이 억울하단 뜻인가.

　답　여기 이렇게 서 있는 꼴이 억울하단 뜻이다.

　이어 변호사의 질문이 있었는데 그 골자는,

　"만일 군사혁명의 취지와 목적을 사전에 알았더라면 피고인도 혁명 대열에 섰을 것이 아닌가."

라고 하는 데 있었다.

　이 장군은 한동안 묵묵히 서 있더니,

　"그랬을지도 모른다."

라고 짤막하게 대답했다.

　박상훈 대령과 이갑영 대령의 신문이 시작되었다. 그런데 그것은 이 상국 장군의 신문에서 충분히 짐작되는 내용이었다.

　그 공판을 방청하고 돌아오는 길에선 한마디 말도 없었던 성유정 씨가 여관으로 돌아와 샤워를 하고 난 후 담배를 물고 앉아선,

　"정신이 있는 사람들인지 없는 사람들인지, 아니면 내가 멍청한 놈인지 분간할 수가 없다."

라고 중얼거렸다.

　"뭣이 그렇소."

라고 내가 반문했다.

"이군은 오늘의 공판을 보고 느낀 데가 없나?"

성유정 씨의 말이어서 내가,

"수차 혁명재판을 구경하는 통에 느낄 대로 다 느껴버려서 새삼스럽게 느낀 것은 없습니다."

라고 했더니 그는 고개를 끄덕끄덕하곤 이런 말을 했다.

"엉뚱한 광경을 계속 보고 있으면 감수성이 둔화되는 경우도 있겠지. 그러나 오늘 본 제30사단 반혁명 사건이란 것은 문제가 또 달라."

"뭣이 다르단 말입니까. 혁명재판이란 그렇고 그런 건데요."

"아냐."

하고 잠깐을 생각하더니 성유정 씨가 물었다.

"당신이 사단장의 지위에 있다고 치고 한번 생각해봐. 자기의 사단 병력을 정부를 전복하는 데 이용하려는 음모가 있다고 들었을 때 당신은 어떻게 할 거야?"

"글쎄요."

"글쎄요가 아니라 한번 생각해봐. 국토를 지키기 위해 있는 군대가 아닌가. 그런데 그 군대를 헌법의 절차에 의해 성립되어 있는 정부를 전복하기 위해 사용하려는 일부의 움직임이 있을 때, 그 움직임을 주동하는 사람으로부터 하등의 사전 통고도 없었고, 그들이 앞으로 무슨 짓을 하고, 어떤 정책을 쓸지도 모르는 판국인데 명색이 사단장이란 사람이, 또는 연대장이란 사람이, 참모장이라고 하는 사람이 방관만 하고 가만히 앉아 있을 수 있었는가 말이다."

"방관할 순 없겠죠."

"그렇다면 쿠데타에 가담하든지, 가담하지 못할 경우엔 그것을 방지하기 위해선 최선을 다해야 할 것 아닌가."

"그렇습니다."

"그렇다면 이상국 준장이나 박상훈·이갑영 대령은 군인으로서 마땅히 할 수 있는 일을 한 것이 아닌가."

"그렇게 생각할 수 있겠네요."

"그렇게 생각할 수 있는 것이 아니라 당연하지 않는가. 쿠데타를 일으킨 측에서 보면 그들이 밉기도 하겠지. 자기들의 동지가 아니라고 소외할 수도 있겠지. 그러니까 정치적으로 그들의 세력을 봉쇄할 필요도 있겠지. 그러나 재판할 순 없는 거다, 이거라."

"나도 그런 생각을 해보긴 했습니다. 어느 고급장교가 쿠데타 음모의 정보를 사전에 누설했대서 재판을 받고 있는 광경을 전에 본 적이 있었거든요. 그러나 그런 생각은 쿠데타의 본질을 이해하지 못한 데서 나온 거라고 할밖에 없었어요. 쿠데타가 아닙니까. 쿠데타란 합리적인 생각, 상식적인 생각을 거부하는 데서 비로소 가능한 것이니까요."

"그것까지도 나는 인정하고 하는 말이오. 쿠데타의 진행 당시엔 내란도 불사하는 것이니까. 이 장군 이하 반대하는 장교를 쏘아죽였어도 도리가 없는 일이겠지. 그러나 지금은 일단 비상사태가 끝난 셈이 아닌가. 쿠데타에 동조하지 않았대서 군인을 처벌한다면 앞으로 군기를 어떻게 세워나갈 것인가. 참모총장에게 한 보고를 밀고로 취급하고, 참모총장의 지시에 따른 행동을 반역이라고 규정한다면 국군의 체통은 물론이고 국가의 기본 원리를 유린하는 노릇이 아닌가."

"그건 원칙론 아닙니까. 현재에도 군 내부에 반대세력이 없다고는 단언할 수 없을 때, 그런 억지수단도 불가피한 것이겠지요."

"그런 사태에 대비하는 수단은 얼마든지 있어. 알게 모르게 수용소를 만들어 쿠데타에 반대한 장병들을 분산 수용시켜놓고 자기들의 거사 목적을 설명해서 세뇌공작을 하고, 그래도 듣지 않을 경우엔 다른 방법을 강구하면 될 게 아닌가. 상식적으로 말하면 아니, 대의명분적으로 말하면 이상국 장군과 두 대령은 표창을 해야 할 대상자들이라구. 그러나 정세상 표창은 못할망정 법정에 끌어내서 곤욕을 치르게 한다는 건 아무래도 생각해볼 문제라. 안 그래?"

나는 빙그레 웃었다.

"왜 웃는 거야."

성유정 씨의 얼굴이 불쾌하게 이지러졌다.

"모든 문제에 초연한 어른이 뜻밖에 그런 문제를 갖고 심각해하는 것을 보니 뜻밖이어서 웃은 겁니다."

"다신 쿠데타 같은 사태가 있어선 안 될 것이 아닌가. 그런 뜻에서도 이상국 장군 같은 사람을 벌해선 안 된다. 그런 감회를 가진 거지. 어쨌든 불행한 일이다."

하고는 성유정 씨는 벌렁 드러누웠다.

당분간 이 주필을 면회할 수 있는 전망도 없었고, 혁명재판의 방청에도 지쳤다. 게다가 신학기 강의에 대한 준비도 해야만 했다. 곧 부산으로 내려가기로 작정하고 그 날짜를 언제로 할까 망설이고 있는데 성유정 씨는,

"부산으로 가기 전 강한수 교수를 한번 만나보자."

라고 말했다.

강한수는 K대학의 교수로서 현재 최고회의 의장의 고문이라고 했다. 고문일 뿐 아니라 같은 중학교 출신이어서 최고회의 의장과 그는

절친한 사이라는 것이다.

같은 시기 일본 도쿄에 있기도 해서 성유정 씨와 강한수 씨는 친숙한 사이인 것 같았지만 나완 면식이 없었다. 그래서,

"성 선배님이나 만나보시지요."

하고 나는 사양했다.

그러나 성유정 씨는,

"활달한 사람이니 같이 만나도 무방할 거요. 게다가 이 주필 일을 부탁하려면 혼자보다 둘이서 하는 것이 아무래도 낫지 않겠나."

라고 권하는 바람에 그렇게 하기로 했다.

성유정 씨가 전화를 걸어 자택으로 방문하겠다고 했더니 강한수는, 그럴 것 없이 시내에 나갈 일도 있으니 자기가 여관으로 오겠다고 했다.

민족일보 관계자들에게 선고가 내린 이튿날의 저녁나절이었다. 코 아래 수염을 붙인 강한수 씨가 성유정 씨를 찾아왔다.

악수를 하기가 바쁘게 강한수는,

"언제 왔는가?"

라고 묻곤, 온 지 일주일쯤 된다는 성유정 씨의 대답이 있자,

"에끼 이 사람, 일주일이나 되었다며 이제 연락했는가."

라고 투덜댔다.

그런 것으로 보아 성유정과 강한수 사이는 상상한 것보다도 훨씬 친한 것 같았다.

성유정이 나를 소개하자 그는 덥석 내 손을 잡으며,

"서로 뵙기가 늦었소."

라고 구김살 없이 물었다. 퍽이나 활달하고 호방한 사람이었다. 대학교수라고 하기보다 국회의원쯤 했으면 좋을 그런 인품이었다.

"이러고 있을 것이 아니라 어디가 한잔하세. 붕우자원방래인데."

강한수가 일어서려는 것을,

"이 사람 성질도 급하다. 술집엔 천천히 가고 우리 얘기나 좀 하자."

라며 성유정이 만류했다.

"그럼 예약이라도 해놔야지"

강한수의 말이었다.

"예약은 또 무슨 예약인가."

성유정이 물었다.

"괜찮다 싶은 요정엔 예약을 안 해두면 방이 없어."

강한수는 교환을 통해 국일관을 불렀다. 전화가 통하자 강한수는,

"나다, 나. 제일 좋은 방 하나 잡아두라구. 점잖은 손님 모시고 갈 테니까. 뭐라구? 세 사람이다, 세 사람. 혹시 하나쯤 객군이 생길지도 모르니 그리 알구. 그런데 알지? 그애, 딴 데로 보내면 안 된다. 알았지?"

하고 수선을 피웠다.

"국일관이면 옛날의 그 국일관인가?"

성유정이 물었다.

"바로 그 국일관이다. 그리고 보니 옛날 성군의 단골집이었구나. 주인이 바뀌었어."

"군사정부가 들어섰는데도 요정이 잘되나?"

"이 사람 무슨 소리 하고 있나. 정풍은 바뀌어도 주풍과 색풍은 변함이 없다네."

정풍이란 '政風'일 것이고 주풍은 '酒風', 색풍은 '色風'일 것이라고 짐작하며 나는 두 사람의 대화를 듣고만 있었다.

"최고회의 의장의 고문쯤 되면 고급 요정에 무상출입인가?"

"고문 안 했을 적에도 다니던 집이지. 고문과 요정은 관계없네."

"고급 요정이면 꽤 비쌀 것 아닌가?"

"비싸도 하는 수 없지. 비록 하도의 출신이긴 하나 친구가 왔는데."

하도 출신下道出身 운운하는 말은 경상북도의 사람들이 경상남도의 사람들을 비꼬는 농담이다.

"최고회의 의장의 고문쯤 되었으면 철이 들어야 할 건데 아직은 철이 덜 들었구나."

"최고회의, 최고회의 하지 말게. 밥맛 떨어지네."

"으쓱할 텐데 왜 밥맛이 떨어지노."

"속을 모르거든 잠자코 있게."

"나는 진지하게 말하고 있는 거네. 자네 같은 사람이 최고회의 의장의 고문이 되었다는 것을 나는 다행으로 생각해. 박종홍 선생도 고문이더군. 그런 쟁쟁한 어른들이 고문 노릇을 하면 최고회의의 실수가 덜할 것 아닌가."

"촌놈 같은 소리 하고 있네."

"촌놈인 걸 어쩌나."

"자네 허울 좋은 개살구란 말 알지?"

"최고회의의 고문이 허울 좋은 개살구란 말인가?"

"성군, 집어치우자, 그런 얘기. 자 일어나서 술이나 마시러 가자."

"조금 기다리게."

하고 성유정이 다음과 같이 말을 꺼냈다.

"어제 민족일보 관련자들에게 언도가 있었더군."

"음."

하는 강한수의 얼굴이 포커페이스가 되었다.

"송지영과 조용수에게 사형 선고가 내렸는데 꼭 해치우고 말 텐가?"

"으름장이겠지 별게 있겠나."

"나도 그렇겐 생각하지만 그렇더라도 너무하지 않나?"

"뭣이 너무하단 말인가?"

"송지영이나 조용수에게 사형 선고를 내린다는 것이 너무하지 않은가?"

"다 의도가 있어서 하는 일일세."

"물론 의도가 있겠지. 그런데 그 의도가 뭔지 납득할 수가 없어."

"깊이 살펴보면 납득 못할 바가 아닐 거네. 그러나 그런데 신경을 쓰지 말고 굿이나 보고 떡이나 먹는 셈하면 될 것이 아닌가."

"당하는 사람은 어떻게 하고."

"교통사고 당한 요량 하라지 뭐. 별 도리가 있나. 우리가 걱정한대서 뾰족한 수가 있을 것도 아니구."

"강 교수는 최고회의 고문이 아닌가."

"또 그 얘기야?"

"아냐, 들어봐. 강 교수가 박종홍 선생이나 오종식 선생, 그밖에 권위 있는 사람들과 짜고 건의를 하면 효력이 좀 있을 것 아냐?"

"그러니까 속도 모르고 엉뚱한 소리 하지 말라고 안 했나."

"그런 건의도 못하면 고문이란 게 도대체 뭔가."

"허울 좋은 개살구라니까 그러네. 한번 생각해봐. 법률까지 만들어서 혁명검찰부·혁명재판소를 만들어 바람을 일으키고 있는 판인데, 무력한 고문들이 무슨 소리를 한다고 통할 줄이나 알아?"

"그 사람들도 옳은 일 하겠다는 것 아닌가."

"그럴 테지."

"그렇다면 옳은 일이란 어떤 것인가 하는 것을 타일러주는 게 고문으로서 할 역할 아닌가."

"그 사람들은 고문보다 더 똑똑하다네."

"그럼 고문은 뭣 하는 것인가?"

"묻는 말에 대답하는 거라네. 묻는 말 이외엔 아무 말도 못하게 돼 있어. 그런데 별로 묻지도 않아. 기껏 이렇게 이렇게 할 작정인데 어떻소 하면 지당허오이다, 하고 그만인 게 실상이네."

"이대로 갔다간 최고회의가 큰 실수를 할 것 같애. 우선 혁명재판이란 것 자체가 큰 실수네. 부정선거·깡패 사건·부정축재 같은, 이미 있는 법률로써 단죄할 수 있는 부분만 혁명재판에서 취급하고 반혁명 사건이니 혁신정당 사건 같은 것은 포기해야 한다, 이거네. 반혁명은 6월 1일 후의 반혁명에 한한다든지, 혁신 정치인은 날짜를 정해 포고령을 내려놓고 포고령 이후의 행동에 관해서만 추궁한다든지 해야 할 거네. 그러지 않고 지금대로 나가다간, 모처럼 혁명을 한 사람들이 천추에 대죄를 짓는 것으로 될 거네."

라고 성유정은 자기가 방청한 공판의 내용과 그것에 관한 감상을 차근차근 얘기했다.

"현재로선 방관만 하고 있을 수밖에 없네."

라며 강한수도 한동안 잠깐 표정을 지었다.

성유정이 말을 계속했다.

"쿠데타나 혁명이 범하기 쉬운 과오는 이것은 쿠데타다, 혁명이다, 그러니 과격한 수단을 쓰는 것도 불가피하다는 사고방식 때문이네. 그런 사고방식에 이끌린 혁명은 대개 실패하고 말든지 현실적으론 실패하지 않았더라도 역사적으로 실패한 것으로 되든지, 범죄 사실로 남게 되지. 그리고 기어이 과격한 수단을 쓸 땐 대중들에게 충분히 납득이 가는 것이라야만 하네. 크롬웰의 혁명은 성공하고, 프랑스 혁명이 실패한 까닭이 거기에 있어. 링컨은 남북전쟁의 그 소용돌이 속에 있으면서도 꼭 한 번 한 사람의 사형집행에 서명했을 뿐 그 외엔 사형에 동의하지 않았어. 혁명의 지도자는 내가 있지 않았더라면 더 많은 사람이 죽어야 했을 것을 내가 있기 때문에 사람을 죽이지 않았다는 데 자부를 가져야만 할 줄 아네."

"누가 그걸 모르겠나."

강한수는 신경질적인 반응을 보였다.

"그러니까 하는 소리야. 강 교수, 고문이란 직책 말고도 박 장군을 만날 수 있지 않겠나. 중학교 시대의 동기생으로서 이런 걱정을 같이 해볼 수도 있지 않겠나."

라며 성유정이 이 주필 얘기를 꺼냈다.

"용공분자를 처단하는 것도 좋고 반대파를 견제하는 것도 좋아. 그러나 소급법으로써 하는 것은 죄악이네. 그런데 이 주필은 내가 맹서하거니와 공산주의자가 아니고 용공분자조차도 아니야. 그건 강 교수도 잘 알고 있는 사실 아닌가. 그런 사람을 억울한 죄명으로 처벌한다는 건 본인의 불행만이 아니라 군사정부의 불행이라고 생각하는데, 강 교수의 힘으로 어떻게 될 수 없을까."

"아닌 게 아니라 꼭 한 번 박 장군에게 이 주필 얘기를 한 적이 있네. 군수기지 사령관을 한 관계로 박 장군도 그를 잘 알고 있더군. 그런데 그 사람은 워낙 깐깐한 사람이더군. '죄가 있고 없고는 혁명검찰부와 혁명재판소에서 가려낼 것'이라고 잘라 말하더군. 그 이상 난 말을 달 수가 없었네."

"그 사람은 혁명검찰부와 혁명재판소를 백 프로 믿고 있는 모양이구나."

"믿지 않고 일을 맡겨둘 수 있겠나."

"그럴 테지. 그럴 테지만……."

하고 입맛을 다시더니, 그럼 술이나 마시러 가자며 성유정이 일어섰다.

나는 안 가겠다고 물러앉았다.

"그렇게 안 될걸."

하며 강한수가 내 팔을 끌어 일으켰다.

국일관은 백화요란했다.

가벼운 여름 옷차림으로 예쁜 아가씨들이 대청마루를 우왕좌왕하고 있는 것이 꽃과 같고 나비와도 같았다.

종업원의 안내로 들어선 방엔 한쪽 편으로 산수화가 있는 병풍이 둘러쳐져 있고 한쪽의 벽엔 조선조풍 가구가 차려져 있었다. 전형적인 기생방을 연상케 하는 방이었는데, 손님 세 사람에겐 지나치게 넓은 느낌이고 써늘한 정도로 에어컨이 잘 되어 있었다.

벌써 어느 방에선가는 밴드 소리가 울리고 있었다. 방마다 손님들이 꽉 차 있는 모양이었다.

성유정이 보료 위에 앉으며,

"한땐 자유당의 화원, 한땐 민주당의 화원, 지금은 자네들의 화원인가."

라고 강한수를 보며 빈정댔다.

"그 옛날엔 자네 같은 지주 아들들의 화원이었을 테지."

하며 강한수는 호방하게 웃었다.

이윽고 술상이 들어오고 세 아가씨가 들어왔다.

"미스 성이에요."

라고 말한 아이는 강한수 옆에 가 앉았고,

"미스 양이에요."

라고 말한 아이는 성유정 옆에 앉고,

"미스 박이에요."

라고 말한 아이는 내 옆에 앉았다.

"성가 성을 가진 여자가 이런 델 나오나."

라며 성유정이 미스 성에게,

"본이 어디냐."

라고 물었다.

"창녕 성씨예요."

라는 대답이 나왔다.

"이놈 변성명한 줄 알았더니 본성 그대로였구나."

라며 강한수가 놀라는 척했다.

"성씨는 이런 델 안 나오는 건데."

성유정이 입맛을 다시자,

"이보게, 춘향이 성이 뭔지 아나? 성춘향일세. 그런데 어째서 성가가

이런 델 안 나와."

라고 강한수가 쏘았다.

"무식한 소리, 성춘향은 기생이 아니었어."

성유정도 지지 않았다.

"그러나저러나 미스 성을 넘겨다보진 말게. 생피 붙을라."

강한수가 미스 성을 안았다.

"미스 양이 있는데 뭣 때문에 딴 여잘 넘겨다보겠나."

라며 성유정이 미스 양의 어깨를 가볍게 두드렸다.

이때 미스 성이 강한수의 귀에 대고 소근거렸다.

"뭐? 유 장군이 와 있다고? 잘됐구만. 오늘 밤 술값은 유 장군에게 떠밀어야 되겠다."

라며 강한수는 너털웃음을 웃었다.

나는 옆에 있는 미스 박에게 조용히 물었다.

"옛날엔 기생들이 성을 말하지 않고 이름만 들먹였는데, 언제 적부터 성만을 말하게 됐지?"

"기생이란 이름이 접대부란 이름으로 바뀌면서 그렇게 된 거요."

라고 강한수가 대신 설명했다.

"기생은 어떻고 접대부는 어떤 거야."

성유정이 물었다.

"기생이 되려면 가무음곡의 소양이 있어야 하는 것 아닌가. 접대부는 그런 것 몰라도 술만 따를 줄 알면 되는 거라."

강한수의 대답은 척척이었다.

"기생이 접대부란 명칭으로 바뀌고 이름 대신 성만 들먹이게 된 것도 군사정부의 방침인가?"

성유정이 이렇게 묻자,

"그것까진 모르겠네."

라며 강한수는 요정의 풍속도 대폭 바뀌었다는 얘기를 했다.

옛날엔 기생이 술도 따르고 권주가도 부르고 춤도 추고 했는데, 어느 때부터인지 국악반이라고 해서 고전음악과 고전무용을 전담하는 게 따로 생기고, 밴드라고 해선 유행가를 부르고 연주하는 부류가 생겼다

는 것이다. 그러니까 접대부라고 불리는 아가씨들은 술이나 따라주고,

"그야말로 접接하고 대待하는, 즉 부비고 문대는 일밖엔 할 게 없는 거라."

라고 '접대'라는 말에 중점을 두어 강한수는 익살을 부렸다.

뿐만 아니라 강은 술기가 더함에 따라 못하는 소리가 없을 만큼 방자하게 되었다. 아가씨들을 '이년', '저년' 하고 부르는데다 차마 입에 담지 못할 욕설을 토하기도 했다.

"오랜만에 만나 차분히 얘기라도 할까 했는데, 저런 모양으로선 아무것도 안 되겠다."

라며 성유정이 일어서려고 하자,

"술자리를 중간에 벗어나는 놈은 후레자식이다."

라고 덤비는 바람에 이럴 수도 저럴 수도 없게 되었다.

강한수는 큰 사발을 비워 갖곤 거기다 술을 가득 부어선 마시라고 내 앞에 내밀었다.

내가 사양하자, 내 머리에 들어붓겠다고 야료를 부렸다. 할 수 없이 그걸 받아 반쯤이나 마셨을 때 그는 성유정더러,

"미스 양을 끌고 병풍 뒤로 가라."

라고 호통을 쳤다.

"거기 가서 뭣 할 거냐."

라고 성유정이 물었다.

"몰라서 묻나? 그렇게라도 해야 접대하는 의식이 성립될 것 아닌가."

라며 강한수는 싫어하는 미스 성을 끌고 병풍 뒤로 갔다.

그 틈에 나와 성유정은 일어섰다.

그러고는 얼만가의 팁을 미스 양과 미스 박에게 쥐여주고 바깥으로

나왔다.

"저 친구, 사람은 좋은데 술에 취하면 저 지랄이라."

성유정이 내게 변명하는 말투로 말했다.

"주사가 대단하군요."

"버릇이 더 심해진 것 같애. 조금쯤 나아졌나 했더니."

"병풍 뒤로 가는 건 아무리 취했기로서니 심하지 않습니까?"

"요즘 풍속은 그렇게 되어 있는 모양이라."

불쾌한 기분을 씻을 양으로 금번 서울에 온 이래 단골집으로 하게 된 인사동의 골목집을 찾았다. 그곳엘 가려면 부득이 '삼미'라고 하는 요정 앞을 지나야 하는데, 그 앞엔 고급승용차가 길게 늘어서 있었다.

"요즘 요정 출입하는 계층이 어떤 사람들일까요. 설마 군인들은 아닐 테고."

내가 중얼거리자 성유정이,

"자유당과 민주당의 술값 외상까지 계산하며 만천하에 폭로한 군인들이 설마 요정 출입을 하려구."

라고 뱉듯이 말했다.

골목집 아주머니는 한가하게 앉아 있었던 모양으로 우리들이 들어가자 반색을 했다.

조촐한 술상을 둘러싸고 아주머니를 끼어 요즘 서울에 돌고 있는 풍설들을 들추고 있는데, 아주머니 입에서 온갖 얘기가 쏟아져 나왔다.

영화배우 K양과 H란 사람이 연애 중이고, 역시 영화배우 M과 J란 사람이 열애 중이며, H의 총애를 받은 삼청각의 D란 아가씨는 거금을 얻어 새 요정을 내게 되었다는 것이었고, 권력자의 한 사람인 누구는 보증수표를 한 움큼씩 기생들에게 뿌리는 호기를 부린다는 얘기였다.

한참을 듣고 있던 성유정이,

"그건 다 뜬소문일 거요. 혁명을 해서 구악을 일소하겠다는 사람들이 그럴 까닭이 있소."

라고 웃어넘기려고 하자 아주머니는 정색을 했다.

"뜬소문이길 나도 바랍니다. 그러나 그런 소문이 막상 근거 없는 소린 아닌 것 같아요. 신당동이나 한남동엔 어마어마한 비밀요정이 생겨나고 있답니다. 일반인이 접근 못하는 그런 데가 말입니다. 그런 곳에 다니는 아이들을 내가 잘 알고 있어요. 뿐만 아니라 반도호텔·조선호텔, 그밖에 호텔이란 이름이 붙은 곳엔 들먹이기만 하면 당장 알 수 있는 사람들이 전용실을 가지고 있다고 해요. 무엇에 쓰는 전용실인가는 물을 것도 없구요. 돈을 물 쓰듯 하는데 그런 돈을 대주는 사람들이 있는가 보죠. 그 사람들이 앞으로 재벌이 될 거라는 풍문도 있구요. 아니 땐 굴뚝에 연기가 나겠수?"

"아니 땐 굴뚝에서도 연기가 나는 것이 요즘 세상이오. 아무래도 아주머닌 구 정치인들에게 애착이 있는 모양이네요. 그런 애착이 그런 풍문을 듣게 되는 겁니다."

성유정이 이렇게 말하는 덴 근거가 있었다. 그 아주머니는 가끔 구 정치인 가운데의 어느 사람을 들먹이며 그의 정치적 실각을 못내 아쉬워하는 말을 하곤 했던 것이다.

"구 정치인에게 대한 미련이 없는 건 아닙니다. 그러나 그것과 이런 풍설관 관계가 없어요. 사람들의 말을 귀담아 들어보세요. 신악이 코끼리라면 구악은 그 코끼리의 눈곱만하다는 소문이 벌써 퍼지고 있는 걸요."

"아주머니 그만합시다. 불평하려면 한량이 없을 겁니다."

"세상이 앞으로 어떻게 될까요."

"그건 내가 묻고 싶은 말이오. 세상문제는 고사하고 지금 서대문에 붙들려 있는, 그리고 사형 선고를 받고 있는 사람들이 어떻게 될 것인가, 나는 그게 걱정이오."

성유정과 아주머니는 한숨을 쉬었다.

만사에 있어서 허무적이고, 그런 까닭에 초연하게 살려고 하는 성 선배도 혁명재판을 방청하는 동안에 절실한 심정으로 변한 것이로구나 하는 짐작을 나는 해보지 않을 수 없었다.

"모두 사형집행을 할까요?"

라고 말한 것은 아주머니.

"글쎄요."

라고 말한 것은 성유정.

8월 31일에 부산으로 내려갈 작정을 하고 8월 30일, 마지막인 셈치고 성유정과 나는 '부정선거 원흉 국무위원 사건'의 공판을 방청하기로 했다.

최인규 등은 '내무부 사건'으로 묶어놓고 있었기 때문에 이 사건의 피고는 최인규를 제외한 3·15 당시의 국무위원 전원, 즉 송인상을 비롯한 아홉 명이었다.

방청석은 입추의 여지가 없었다. 피고의 수가 많았고 따라서 관련 가족이 많았기 때문이다.

처음 변호인들의 변론이 있었다.

아홉 명 피고의 아홉 명 변호인들은 각각 무죄를 주장했다. 그 요지는,

—적극적으로 부정선거에 가담하진 않았다. 국무위원이란 자리에 있었기 때문에 결과적으로 휩쓸려들었을 뿐이다. 모든 책임은 내무부 장관 최인규에게 있다. 최인규의 독주를 막지 못한 데 대해서 도의적인 책임은 있을지 모르나 당시의 상황을 감안하면 그 점을 추궁해서 유죄로 한다는 것은 가혹하다. 관대한 처분, 즉 무죄판결이 있기를 바란다.

라는 것이고 이어 검사의 논고가 있었는데, 그 요지는,

—민주 선거 사상 그 예를 볼 수 없는 부정선거는 국민의 기본권을 유린한 중대한 범죄이다. 이에 피고인들이 가담했다는 사실은 의심할 여지가 없음에도 불구하고 모두들 서로 책임을 전가하고 있으니 더욱 가증스럽다. 국정의 책임자들이 이런 모양이니 한심스럽기 짝이 없다. 이 나라 민주주의의 터전을 잡기 위해서도 이들에겐 엄벌이 내려져야 한다.

라는 것이었는데, 구형은 추후에 있을 것이라고 했다.

최후진술이 있었다.

송인상은,

"결과적으로 국민의 선거권을 유린한 것으로 되었다. 죄송하기 짝이 없다. 자손만대의 치욕을 저질렀다. 속죄할 기회가 있었으면 좋겠다."

라며 간절한 표정이었고,

곽의영은,

"그 선거 때문에 나라를 망치고 나를 망쳤다. 앞으로 나는 다신 정치에 간여하지 않겠다. 평생을 야인으로 살며 참회할 작정이다."

라고 말했고,

이근직은,

"자유롭게 살 수 있는 여생을 주십시오."

라며 통곡을 터뜨리고,

김일환은,

"군인생활 10여 년에 이 꼴로 재판정에 서게 되니 창피막심하다."
라며 말끝을 떨었다.

혁명재판소에서 나오는 길로 회현동에 있는 김순녀 씨를 찾아갔다.
이 여인은 밤에 '무학성'이란 댄스홀에 나가 댄서 노릇을 하며 낮엔 서
대문 형무소에 가서 이 주필의 옥바라지를 하고 있었다.

부산에 있는 이 주필의 가족을 대신해서 그 여인이 그런 헌신적 노력
을 하게 된 것은, 이 주필이 한창 바람을 피우고 돌아다녔을 적의 단골
파트너라고 하는 인연 때문이었다.

어떤 인연이었든, 용돈을 차입하고 책을 차입하고 땀이 밴 옷을 매일
받아와선, 빨래한 옷을 매일 차입하는 정성엔 감탄하지 않을 수 없
었다.

김 여인의 비좁은 셋방은 석양의 직사로 숨이 막힐 정도로 무더웠다.
김 여인의 조용조용한 말이 있었다.

"어쩌다 아침에 가면 버스를 타고 검찰부에 조사받으러 가는 그분의
얼굴을 볼 수가 있었어요. 눈이 맞으면 웃어요. 조금도 걱정이 없는 것
같은 맑은 표정이었습니다. 건강엔 지장이 없는 것 같았어요."

"고생이 많으시겠습니다."
라고 한 내 말에 대해선,

"형무소 앞에 가 있으면 불쌍한 사람들을 많이 봐요."
라며 사형수들의 가족 얘기를 했다. 그런 사람들에게 비하면 자기가 하
고 있는 고생쯤은 아무것도 아니란 것이다.

또 이런 얘기도 했다.

정치범의 아내 가운덴 그런 게 없는데, 잡범들을 찾아오는 여자 가운덴 남편으로부터 이혼장의 도장을 받으러 오는 여자가 더러 있다고 했다.

"형무소 앞에 가면, 사는 것이 뭣인가 하는 생각이 들기도 해요. 무슨 큰 죄나 지었으면 석연할 수도 있겠지만 아무리 생각해도 죄 없는 사람들을 저렇게 가두어두고, 많은 가족들의 애까지 태우게 할 이유가 뭘까 하고 생각하는 거죠."

눈물이 글썽해진 김 여인은,

"어느 날 새벽에 있었던 일이었는데……."

라며 형무소에서 시체를 받아 가지고 나오는 사람들의 얘기를 했다.

"최근우 선생님의 시체라고 했어요. 최근우 선생이 누군지 몰랐지만 일제 때 애국운동을 한 사람이라고 하데요. 모두들 숙덕였어요. 중병에 걸린 나이 많은 어른을 하찮은 일로 붙들어두었다가 옥사시킬 건 뭐냐구요."

성유정이 대강의 날짜를 물었다. 8월 4, 5일경이었다는 김 여인의 대답이었다.

나는 최근우 씨의 옥사 소식을 듣고 마산으로 돌아가버린 배 교수의 모습을 상기했는데, 그는,

"난 정치를 모르지만 그런 어른을 옥사시킨 군사정부의 실수만은 평생을 두고 잊지 않을 참이다."

라는 말을 남겨놓고 홀연히 떠난 것이다.

그러나 정치라는 것이 모든 사람에게 골고루 만족스러울 수는 없는 것이 아닌가.

성유정과 나는 다시 한 번 김 여인의 노고에 감사하고,

"우린 내일 부산으로 갑니다."

라며 일어섰다.

성유정이 돈을 꺼내 김 여인에게 쥐여주며 부탁했다.

"이 가운데서 얼만가는 이 주필에게 차입해주시오."

"어떻게 풀려나올 순 없을까요."

김 여인의 애원하는 듯한 물음이 있었지만 뭐라고 대답할 건덕지가 우리에겐 없었다.

"그분과 같이 내려갈 수 있었더라면 얼마나 좋을까."

라며 김 여인은 울음을 머금었다.

김 여인과 헤어지고 회현동 골목길을 휘청거리며 내려오는데, 성유정 씨가 한 말이 있었다.

"이 주필은 저 여인에게 평생에 못다 갚을 빚을 진 셈이다."

필승의 기록인가

부산에 돌아왔다는 안심은 바다가 있기 때문이다. 공기 자체가 서울과는 다르다. 서울의 공기는 독처럼 내뿜는 입김, 숙취한 사람의 입김에 공리주의자와 사기꾼들의 입김이 섞여 구정물을 마시는 기분이다. 따지고 보면 사정은 부산도 마찬가지지만 바다와의 정화작용 때문에 구원이 있다. 바다를 비롯한 자연은 조용한데 사람들만이 자중지란을 일으키고 있는 것이다. 그것도 필경엔 컵 속의 회오리바람에 지나지 않을 것을.

서울에서 내려와 먼저 이 주필의 가족들을 방문하고 돌아오는 도중 나는 용두산에 앉아 한참 동안 바다를 바라보고 있었다.

송도 앞바다엔 조그마한 어선들이 보였다. 가을에 들어선 부드러운 햇빛을 쪼이며 한가하게 낚시질을 하고 있는 풍경이었다.

'저런 생활도 있다.'

고 생각하며 나는 고향의 농부들에게 생각이 미쳤다. 고기잡이나 농사일이 결코 수월한 일이 아니고 고된 노동이겠지만 터무니없는 악의에 말려들지 않을 것이란 사실만은 부인하지 못한다. 그 옛날 나의 조상이나 이 주필의 조상은 서울을 멀리 떠나 지리산 속에 삶의 터전을 잡았다. 할아버지의 말이 기억 속에 되살아난다.

"험한 꼴을 보지 않으려면 험한 자리를 피해야 한다."

이러한 도피의 사상이 불모의 생활로 될 것은 당연한 이치일 테지만 엄청난 함정에 대한 공포는 불모의 생활을 감수하게도 만든다.

나는, 이 주필과 혁명재판은 당분간 잊고 강의에 열중해야겠다고 마음을 먹었지만, 지금 사형수가 되어 있는 조용수만은 가슴속에서 지워 버릴 수가 없었다.

'그 사람을 죽여선 안 된다.'

고 했지만 내게 방법이 있을 까닭이 없다.

'비록 그가 과오를 범했다고 하더라도 아직 30세를 갓 넘은 청년이 아닌가. 개과천선할 기회를 마땅히 주어야 할 것이 아닌가.'

라고 생각했지만 나 자신 조용수의 과오를 인정하지 못한다. 그의 사상을 나눠 가질 의사는 없지만 그의 사상이 사형을 받을 만한 독소적인 것이라고는 도저히 생각할 수가 없는 것이다.

'언론을 하겠다는 사람이 군인들의 사상과 같을 순 없지 않은가.'

싶었을 때 내 뇌리에 시냐프스키의 말이 떠올랐다. 시냐프스키는 소련의 반체제작가다. 그는 소련을,

"학자와 장군이 같은 철학을 가져야 하는 나라."

라고 비난했다.

학자와 장군이 같은 철학을 가져야 할 때 거기에 전체주의 국가가 나타난다.

학생들의 표정은 그다지 밝은 빛은 아니었으나 모두들 서로를 반기는 정이 나타나 있었다. 긴 방학을 지내고 다시 만나게 되었으니 당연

히 기쁘다는 그런 기분보다 어려운 시간을 무사하게 지내고 서로 무사하게 만나게 되었다는 기분인 것 같았다.

마음의 탓인지 내게 인사하는 학생들의 얼굴엔 종전과는 전연 다른 반기는 빛이 있었다.

나는 그들의 손을 일일이 잡았다. 나는 원칙적으로 학생들과는 악수하지 않기로 하고 있었지만 어쩐지 그들의 손을 잡아보고 싶은 충동을 억제할 수가 없었다. 그런데 첫 강의시간부터 난처한 문제가 생겼다. 으레 개학 초에 하는 인사를 끝내고 강의를 시작하려는데 학생 하나가 일어섰다.

"선생님, 쿠데타에 관해서 말씀해주실 수 없겠습니까."

"상식적인 것, 즉 자네들도 알고 있는 것 이상으로 알고 있는 게 없다." 하고는 피하려는데 또 다른 학생이 일어서서 말했다.

"집이 무너졌거나 불이 났거나 하면 일단 그 부서진 터, 불난 곳을 정리하든지 치우든지 한 연후에 정상적인 일을 시작해야 하지 않겠습니까. 지금 우리들은 불난 집에 앉아 있는 기분입니다. 이 기분을 어떻게 하지 않고는 공부고 뭐고 될 것 같지 않습니다."

학생의 그 말은 충분히 납득할 수가 있었다. 납득할 수가 있었지만,

"전쟁통에 가교사를 짓고 공부하는 요량하면 될 것 아닌가. 보다도 지금의 시국은 대단히 어렵다. 며칠 전 신문을 보지 않았나. 혁명사업을 비판하는 자는 반역자라는 최고회의 의장의 발표가 있지 않았던가."

그러자 그 학생이 말했다.

"지금 진행되고 있는 사실에 관한 말씀은 안 하셔도 좋습니다. 역사에 있어서 쿠데타란 어떤 것인가, 외국에 있어서의 예는 어떤 것이 있는가, 그런 일반론이라도 좋습니다."

그래도 나는,

"쿠데타를 일반적으로 설명할 수 있을는지……."

하고 망설였다.

"군사정부는 혁명이란 말을 자주 쓰는데 혁명과 쿠데타가 같은 것인지, 다르면 어떻게 다른 것인지, 우선 그것부터 알았으면 합니다."

최초에 질문한 학생의 거듭된 질문이었다.

대답을 못하고 있는데 또 다른 학생의 말이 있었다.

"몽둥이로 캉, 하고 한 대 얻어맞은 기분입니다. 무엇이 옳고 그른지 혼란이 생겨버렸다, 이겁니다. 폭력은 옳지 못하다고 배워왔는데 그 폭력이 돌연 주인 행세를 하고 나타났다 이겁니다. 우선 폭력과 쿠데타의 구별부터 해야 하지 않겠습니까."

나는 되도록이면 알기 쉽게, 그리고 당국의 기휘忌諱에 저촉하지 않게 끔 설명을 다듬어보려고 했으나 그것이 거의 불가능하다는 것을 알고,

"얼마 동안 시간 여유를 주면 여러분이 알고자 하는 것을 설명해보겠다."

라고 간청할밖에 없었다.

학생들은 나의 간청을 납득해주긴 했는데 잇달아 또 골치 아픈 질문이 쏟아져 나왔다.

"민족일보 관계로 세 사람이 사형 선고를 받았는데, 선생님은 그것을 타당하다고 봅니까."

라는 것이 있었고,

"일본 라디오를 들으니 일본 언론계에선 그 세 사람의 구명을 위해 대대적인 캠페인을 전개하고 있다고 하는데 한국의 언론계에선 찍소리도 없다는 것은 어떻게 된 일입니까."

라는 것도 있었고,

"실제로 사형집행을 할까요?"

라는 질문도 있었다.

이와 같은 중구난방의 질문 공세를 받고,

"최고회의의 대변인도 대답하지 못할 질문을 나에게 하면 어떻게 되느냐."

라며 쓴웃음을 웃었다.

"객관적인 대답을 듣고 싶은 것이 아니라 선생님의 의견을 듣고 싶습니다."

라는 소리가 있었다.

"이러나저러나 추측의 정도를 넘어서지 못할 내 의견을 들어 어디다 쓸 것인가."

하고는 나는 겨우 질문 공세를 모면하게 되긴 했는데 뒷맛이 썼다.

교수와 학생 간엔 못할 말이 없어야 하는 것이다. 학생이 씨알머리 없는 질문을 했을 경우라도 교수는 어디까지나 성실하게 그 문제를 다루어 적절한 설명을 해주어야 한다. 그런데 그렇게 못한다는 것은 스스로 교수로서의 실격을 선언한 것이나 다를 바가 없는 것이 아닌가.

나는 조만간 대학을 그만두어야겠다는 생각을 하게 되었다.

교수 휴게실로 가서 구석진 자리에 앉아 냉차로 목을 축이고 있는데, 법과대학의 제 교수가 나를 찾아왔다. 이 주필의 안부를 물으러 온 것이었다.

"아직 기소가 되지 않아 면회를 못했다."

라고 하자,

"그럼 희망이 있는 것 아닙니까."

하고 밝은 얼굴이 되었다.

이 주필은 제 교수의 형과 친한 사이이다. 제 교수의 형은 마산에서 병원을 개업하고 있는 의사였다. 형과의 관계로 제 교수는 이 주필을 알게 되었었다.

이 주필에 관한 얘기가 대강 끝나고 나자 한참 동안을 묵묵히 있더니 제 교수가 한숨을 쉬었다.

"한숨은 왜 쉬우."

내가 물었다.

"오늘 혼이 났습니다."

"혼이 나다니."

"학생들이 글쎄, 혁명재판의 법적 근거가 무엇이냐고 따지고 드는 바람에 땀을 뺐습니다."

라고 말하더니 제 교수는 나지도 않은 이마의 땀을 닦았다. 그런데 그 손수건이 축축히 구겨져 있는 것을 보면 혼이 난 것은 사실인 것 같았다.

"그 질문은 내가 하고 싶은 질문인데, 법률학 교수의 대답을 듣고 싶군요."

라고 말했더니 제 교수는,

"말도 마이소. 바른대로 말하면 제 모라는 생물이 죽을 판이고 엉뚱하게 설명을 꾸몄다간 제 모라는 법률학 교수가 망할 판인데, 어떻게 그처럼 말을 간단히 하십니까."

제 교수의 얼굴에 씁쓸한 웃음이 있었다.

"제 교수의 말투를 보니 혁명재판의 법적 근거가 애매한 모양입니다 그려."

"그만둡시다."

"그러나저러나 학생들에겐 어떻게 대답했습니까."

"그건 복잡하기도 하고 심각한 문제이기도 하니 연구할 시간을 달라고 했지요."

그 말에 나는 어색한 웃음을 터뜨렸다.

제 교수의 얼굴이 핼쑥해지는 것 같았다. 나는 얼른 변명했다.

"아닌 게 아니라 학생들로부터 곤란한 질문을 받고 나도 제 교수가 한 것 같은 대답을 하고서 겨우 위기를 모면했소."

"난세에 훈장 노릇 하기란 힘들어."

나는 기이한 느낌을 갖기 시작했다. 지금 혁명재판을 진행하고 있는 심판관이나 검찰관들은 전부 제 교수에게 따지고 든 학생들과 같은 사고방식, 같은 기질을 가지고 있었을 시기가 있었던 것이 아닐까 하고.

나는 이와 같은 생각을 솔직하게 말하고 제 교수에게 물었다.

"만일 그와 같다면 심판관과 검찰관들은 혁명재판에 회의를 느끼고 있는 것이 아닐까요?"

"아마 회의는 없을 겁니다."

제 교수의 답이어서 나는 놀라며 물었다.

"어떻게 회의가 없을까요? 법률 운영은 단순한 기술이 아니라 법정신의 발현이기도 할 텐데요. 법정신의 발현이라면 회의가 반드시 있어야 할 것 아닐까요? 법률을 형편없이 유린해놓고 바로 그 자리에서 법률을 휘두르는데 어떻게 회의가 없겠어요."

"아닙니다. 그들은 혁명 논리에 승복하고 있는 겁니다. 혁명 논리에 승복하면 혁명재판에 회의를 안 가져도 되겠지요."

혁명 논리의 승복이란 그럴듯한 말이다. 나는 제 교수의 말을 통해 혁명재판에 관여하고 있는 법관들의 의식의 기점이 어디에 있는가를 비로소 납득할 수 있을 것 같았다. 한마디로 말해 혁명 논리에 승복한 다는 구실로 조용수 같은 사람에게 사형을 구형하고 사형을 선고할 수 있었던 것이다.

'그렇다면?'

하고 나는 순간 몸을 떨었다.

'조용수의 사형집행도 가능할지 모른다. 양심도 도의도 말살할 수 있는 혁명 논리의 관철일 테니까.'

그런 만큼 나는 뭔가 석연할 수가 없었다. 그래서 다시 물었다.

"그들은 정말 혁명 논리에 승복하고 있는 것일까요. 승복하는 척 꾸미고 법관으로서의 양심의 소리를 봉쇄해버리려고 하는 건 아닐까요?"

"이때까지의 혁명재판 진행을 보아 그들은 정말 혁명 논리에 승복하고 있는 겁니다. 아니, 나는 그렇게 믿고 있습니다."

정 그렇다면 법률가들은 단세포 동물인가 보다고 빈정대고 싶었지만 친한 사이기로서니 법률가 앞에서 그런 말은 차마 할 수가 없어서 대신,

"혹시 그 가운덴 법률은 권력의 시녀라는 사실을 믿고 그대로 처신하는 사람은 없을까."

라는 질문을 안 해볼 수가 없었다.

"권력에 약한 것이 어디 법률가뿐이겠습니까."

제 교수는 우울하다는 표정을 지었다.

"제 교수의 얘기를 들어보니 학생들 앞에서 난처할 필요가 없었던 것 같은데요."

"혁명 논리의 승복이라는 말까지 학생들에겐 할 수 없었으니까요."

"왜 그 말을 못합니까."

제 교수는 내 얼굴을 물끄러미 보며,

"선생님은 진짜 몰라서 묻는 겁니까, 괜히 나를 시험해보려는 겁니까."
하고는 웃었다.

나는 그때서야 알아차렸다.

혁명 논리의 승복을 말했다간 학생들 사이에서 제 교수는 어용학자
란 지탄을 받게 될 것이었다.

제 교수의 선배 M교수는 누가 뭐라고 하건 군사정부를 지지하는 입
장에 서서 얼마 전 장관으로 발탁되었다. 그런데 장관으로 발탁될 가망
도 없으면서 어용교수란 낙인만을 찍히기는 싫다는 것이 제 교수의 숨
김없는 심정일 것이지만 거기까지 남의 심정을 촌탁하는 것은 지나친
일이다.

"제 교수는 어떻게 생각합니까. 이걸 혁명이라고 생각합니까, 쿠데타
라고 생각합니까."

나는 화제를 바꾸었다.

한참을 생각하는 것 같더니,

"자신이 없네요."
하고는 제 교수는 고개를 갸웃했다.

"자신이 없다면 혁명 논리도 성립되지 않는 게 아닙니까."

"난 자신이 없지만 혁명재판에 관여하고 있는 재판관들은 혁명이라
고 생각한 모양입니다. 하기야 혁명이면 어떻고 쿠데타면 또 어떻습니
까. 엇비슷한 건데요, 뭐."

사실 그렇다. 혁명이면 어떻고 쿠데타이면 어떤가. 일은 이미 결행되
었고, 재판은 진행 중에 있고 희생자는 나게 마련이니 지금 와서 그런
것을 따져보았자 소용없는 일이다.

그러나 나는 따져보기로 했다. 학생들의 질문에 응하기 위해서가 아니라 나 스스로를 납득시키기 위해서도 쿠데타의 의미, 혁명의 의미를 살펴야만 했다.

한 달이 지났다.

성유정 씨로부터 전화가 왔다.

"하두 소식이 없어서 거는 거다. 요즘 뭣을 하고 있는가."

"나요? 요즘 쿠데타 연구를 하고 있습니다."

라는 말이 저절로 나왔다.

"쿠데타를 하기 위한 연구인가, 남이 한 쿠데타를 더듬어본단 말인가."

"그건 추측에 맡기겠습니다."

"아무래도 남이 한 쿠데타를 더듬어보고 있단 말 같은데, 그런 것 집어치우는 게 어떨까?"

"그렇게 간단히 집어치울 생각 없는데요."

"그건 또 왜."

"자미가 나서요."

"자미가 나서 한다면야 말릴 필요도 없겠지만 결과는 뻔할 거야. 허망감만 남을 테니까."

"허망감도 때론 술안주가 될 수 있는 것 아닙니까."

"그렇게 듣고 보니 술 생각이 나는군."

이런 전화를 하고 만난 탓이기도 해서 그날 술자리는 처음부터 쿠데타가 화제에 올랐다.

내가 말했다.

"역사상에 나타난 쿠데타는 전부 실패한 쿠데타입니다."

"아니 그건 무슨 소린가, 성공한 쿠데타가 얼마든지 있지 않던가. 현재 진행되고 있는 이 쿠데타도 성공한 것으로 볼 수 있지 않은가."

"시간의 스팬을 어떻게 두느냐에 문제가 있겠죠. 불발로 끝난 쿠데타, 발생하자마자 좌절된 쿠데타 말고, 일단 성공했다고 보이는 쿠데타도 어느 정도의 시간을 두고 보면 전부 실패했다는 말입니다."

"시간을 어느 정도로 두는데. 1백 년? 2백 년?"

"길게 잡고 50년, 보통으론 30년 스팬을 놓고 보면 쿠데타는 모조리 실패했습니다."

라며 나는 제일 먼저 나폴레옹의 쿠데타를 들먹였다. 나폴레옹은 브뤼메르 18일의 쿠데타에 일단 성공하긴 했지만 20년을 지탱하지 못했다. 그의 영광도 그의 정체正體도 허무하게 사라졌다.

"그러나 나폴레옹의 업적과 이름은 영원하지 않는가."

성유정이 말을 끼었다.

"그러나 그건 부산물이지 원래 나폴레옹이 노린 쿠데타의 목적이 거기에 있었던 것이 아니었으니까요."

"그러나 나폴레옹의 쿠데타를 성공했다고 보는 것이 사가들의 일치한 의견이 아닐까."

"그건 워낙 나폴레옹이 위대한 인물이었으니까, 그 행적을 역산해서 말하는 견해이지 정당한 해석은 아닙니다."

"어떻게 그처럼 단언하는가."

"단언할 수 있지요. 만일 그가 세인트헬레나에서 그처럼 비참하게 끝날 줄을 알았더라면 그는 쿠데타를 하지 않았을 테니까요."

"아니지, 나폴레옹 같은 성격의 사람이면 그렇게 알고도 쿠데타를 했을지 모르는 게 아닐까?"

"나폴레옹의 말이 있지 않습니까. 나에게 대한 나의 최대의 적은 나 자신이라고. 이것은 그의 전 생애를 부인한 말입니다. 쿠데타를 일으킨 행위까지 포함해서요."

"그래도 난 납득할 수가 없는데."

"그럼 성 선배는 나폴레옹을 성공이라고 봅니까, 실패라고 봅니까?"

"그만하면 성공이라고 볼 수 있지 않겠는가."

"그건 후세 사람들의 역사적인 판단일 뿐입니다. 생신生身을 가진 인간이란 사실에 중심을 두고 생각해보십시오. 장렬하다, 거대하다, 위대하다는 수식어는 붙일 수 있을지 모르지만 실상은 실패라고 보아야 할 겁니다."

"자네 말뜻은 알겠다. 그러나 난데없이 쿠데타란 테마에 나폴레옹을 결부시키고 나오니 초점이 흐려지는 것 같은데."

"쿠데타의 고전적인 예가 나폴레옹이니 그를 들먹이지 않을 수 있습니까. 보다 더 내가 말하고 싶은 것은 나폴레옹에 아득히 미치지 못하는 인간들이 나폴레옹을 모방하려고 했으니 그게 가당키나 한 일인가, 이 말입니다. 나폴레옹의 능력은 닮지 못했으면서 그 야심만 닮아 갖고 덤비는 놈, 이런 치들이 쿠데타를 일으킨다. 이렇게 일단 결론해도 무리가 없을 것 같습니다."

술상이 들어와 한동안 어수선한 시간을 지낸 뒤 성유정 씨가 물었다.

"나폴레옹, 그러니까 1세는 실패했다고 치고 3세, 즉 루이 나폴레옹의 쿠데타는 성공한 것이 아닌가."

"루이 나폴레옹이 대통령의 자리에 가만히 앉아 있었더라면 성공한 걸로 되겠지요. 그러나 그가 영구 집권하려고 쿠데타를 일으켰기 때문에 결국 실패한 거죠."

"쿠데타 때문에 황제가 되었는데두?"

"성 선배님은 아무래도 나에게 말을 시키려고 엉뚱한 말씀을 하고 계시는 것 같습니다만 그 쿠데타는 실패한 겁니다."

성유정 씨는,

"아무래도 자넨 쿠데타는 모조리 실패했다는 결론을 먼저 만들어놓고 그 결론에 맞추어 증거를 조작하려고 하는 혁명검찰부의 검찰관을 닮았다."

라며 웃었다.

혁명검찰부의 검사를 닮았다는 말이 내 비위를 거슬렀다.

"어째서 내가 그들을 닮았다는 겁니까."

하고 대들었다.

"성미 급하긴."

성유정 씨는 술잔을 내게 건네 놓고 물었다.

"루이 나폴레옹이 프랑스의 제2공화국의 대통령이 된 게 언제지?"

"1848년 아닙니까."

"나폴레옹이 죽은 것은?"

"1821년."

"그러니까 그가 죽은 후 27년 만에 그의 조카가 프랑스의 대통령이 되었다는 얘기가 아닌가."

"그렇죠."

"그렇다면 나폴레옹은 성공한 것 아닌가. 육신은 세인트헬레나에서 죽었지만 그 조카를 통해 그가 프랑스에 개선한 거나 다를 것이 없지 않은가. 나폴레옹의 후광 없이 어떻게 그가 프랑스의 대통령이 될 수 있었겠는가."

성유정 씨의 말엔 수긍할 만한 사실이 없지 않다. 루이 나폴레옹이 대통령이 될 수 있었던 것은 나폴레옹 1세의 덕택이었다. 나폴레옹이 남긴 재산은 방대했다. 그는 그 재산을 충분히 활용할 수 있었는데다 본인 자신 권모와 술수에 능하기도 했다. 그러나 아무리 돈이 많고 권모술수에 능했기로서니 영웅 나폴레옹의 후광 없인 대통령이 될 수는 없었을 것이었다. 게다가 나폴레옹의 그 시체를 세인트헬레나에서 파리의 앵발리드로 옮긴 것은 그의 조카 루이 나폴레옹이다. 성유정 씨가 그것을 나폴레옹의 개선이라고 한 것도 터무니없는 말은 아니다.

루이 나폴레옹이 대통령 선거에 압도적인 승리를 얻을 수 있었던 것은 노동자들의 덕택이었다. 그러나 그때의 선거제도는 간접선거였다. 그런데 2년 전에 선거법이 바뀌었을 뿐만 아니라 대통령은 임기 4년을 채우면 재선은 용납되지 않도록 헌법이 규정하고 있었다. 루이는 이것이 불만이었다. 헌법을 개정해 재선이 가능하도록 하려고 노력했다. 그런데 의회가 반대했다.

루이는 노동자와 농민을 이용하려고 마음먹었다. 그렇게 하기 위해선 직접선거에 의해 대통령을 선출하도록 하면 될 것이었다. 의회는 이것도 거부했다. 루이는 쿠데타를 하기로 작정했다. 그 기일은 1851년 12월 2일.

12월 2일이란 날은 기왕 나폴레옹 1세가 1804년 황제로서 대관식을 올린 날이며, 1805년의 그날엔 아우스테를리츠에서 대승리를 거둔 날이다. 이날을 쿠데타의 디데이로 정한 것은 영웅 나폴레옹의 가호를 비는 마음이 있었기 때문이다.

"그날 밤 엘리제 궁전에선 대연회가 베풀어지고 있었다. 국회의원, 학계·예술계의 저명한 인사와 그 부인들이 모여들고 있었다. 대통령의 얼굴은 창백하고 긴장되어 있는 듯했으나 불안한 기색은 없었다."
라고 어느 기록은 전한다.

마지막 손님이 떠난 11시 조금 지난 뒤 대통령은 육군대신 상따르노, 파리의 경시총감 모오파, 대통령 보좌관 베비르를 정무실로 불렀다. 이윽고 모르니가 들어왔다. 그는 루이 나폴레옹의 배다른 동생이다. 악랄한 일을 침착하게 해낼 수 있는 인물이었다.

대통령은 비밀서랍에서 밀봉한 서류를 꺼내었다. 봉투엔 '루비콘'이라고 씌어져 있었다. 루비콘이란 로마의 카이사르가 폼페이우스를 타도하기 위해 국법을 어기고 건넌 강의 이름이다. 그 봉투 안엔 쿠데타에 관한 선언문의 초고가 들어 있었다.

베비르는 선언문 초고를 들고 국영인쇄소로 달려갔다. 헌병 1개 중대의 호위가 그를 동반하고 있었다. 식자공들은 비상소집을 당해 대기하고 있었다. 식자공들은 인쇄물의 내용에 의혹을 느껴 처음엔 거부했다. 헌병들이 실탄을 장전한 총으로 식자공들을 겨누었다. 식자공들은 작업을 시작했다. 식자할 때 식자공들이 알아차리지 못하도록 원고는 한 줄씩 절단되어 있었다. 식자가 끝났을 때 전부를 맞추도록 하는 것이다.

오전 4시에 인쇄는 끝났다.

이 무렵 파리의 모든 경찰관 파출소에는 대기 명령이 내려져 있었다. 그밖에 약 8백 명의 경찰관이 경시청에 대기하고 있었다. 위험인물이 런던에서 오기 때문에 이에 대한 대비라는 구실로써였다.

인쇄소에서 나온 베비르가 경시청에 도착했다. 이때 경시총감은 40명의 경찰간부에게 각각 체포 명령서를 전달했다. 경시청 앞마당에 사람을 체포할 때 쓸 마차의 준비가 다 되어 있었다.

때를 같이해 참모총장 빌라는 육군 전체에 명령해 사령관의 명백한 명령 없인 비상소집을 못한다고 지령하고 비상소집용 북을 찢어버렸다. 반쿠데타가 군대를 이용하지 못하도록 한 조치였다.

6시 15분 체포 개시.

가베냐크 장군은 아무런 저항도 하지 않고 감옥으로 연행되었다.

전 파리 수비사령관 샹가르니에 장군은 피스톨을 빼들고 저항했지만 중과부적으로 체포되었다. 그런데 그에겐 유머가 있었다.

"프랑스가 외국과 싸울 땐 나에게 군대지휘권을 맡겨야 할 텐데 그때 나를 찾아내기가 수월하게 되었군."

아니나다를까 보불전쟁 때 그는 프랑스의 군대를 지휘하게 되었다.

라몰셀 장군은 감옥으로 가는 도중 마차의 창에서 얼굴을 내밀고,

"병사들이여! 궐기하라."

고 고함을 질렀다.

국회부의장 부도는 동행을 거부했다. 그러곤 계속 외쳐댔다.

"시민들이여! 반역이다. 총을 들고 일어서라."

고.

오를레안파의 거두인 티에프는 학자다운 위신을 지니고 체포의 불합법성을 경찰관에게 설명했으나 아무런 효과가 없었다.

이밖에 국회의원들의 체포도 순조롭게 진행되었다. 국회의원 말고도 언론계의 인사들 70명이 체포되었다.

국회의 회의장으로 되어 있던 부르봉 궁은 새벽부터 보병 2개 연대에 의해 점거되어 있었다. 그런데 병정들은 의장 관사를 통해 회의장으로 들어갈 수 있는 입구가 있다는 것을 알지 못했다. 체포 대상이 되지 않은 40여 명의 국회의원이 그 입구를 통해 회의장으로 들어가 의사를 진행시키려고 했다. 그러자 헌병들이 총검을 들이대어 의원들을 축출했다.

"공화국 만세."

"헌법 만세."

라고 외치는 의원들의 고함은 높은 천장에 공허한 메아리만 남겼을 뿐이다.

파리 시내엔 보병, 기병 합해 3만 명이 출동해 요소요소를 지키고 있었다.

아침 6시가 조금 지났을 때 경시총감이 대통령에게 전화를 걸었다.

"각하, 우리의 승리는 확실합니다."

그날은 아침부터 비가 내리고 있었으나 파리의 시민들은 이곳저곳 건물의 벽에 나붙은 포고문을 보려고 모여들었다. 포고문의 내용은 다음과 같았다.

프랑스 인민의 이름으로 공화국 대통령은 명령한다.

1. 국민의회는 해산되었다.

2. 보통선거제가 부활되었다.

3. 12월 14일부터 12월 21일까지 프랑스 인민은 각기 선거에 참여해야 한다.

4. 제1군관구 내엔 계엄령이 선포되었다.

문제의 핵심은 보통선거에 있었다.

이미 2월 혁명으로 보통선거가 실시되어 노동자 계급이 정치무대에 진출할 수가 있었다. 부르주아와 공화파 노동자의 진출을 싫어하고 2년 후인 1850년 5월, 법률로써 선거권을 제한했다. 즉 일정 장소에 3년 이상 거주한 자에게만 선거권을 부여한다는 것이다.

이 법률 때문에 직장관계상 거주지의 이동이 심한 노동자 약 3백 만이 선거권을 잃었다. 국회는 부르주아 계급의 의원들이 차지했다. 노동자들은 당연히 불만을 품게 되었다. 루이 나폴레옹 대통령은 이 사실에 착안한 것이다.

그날의 정오, 체포되지 않은 국회의원 2백11명이 제10구 구청의 대강당에 모여 대통령의 의회 해산 명령은 헌법 위반이라고 규정하고 만장일치로,

"루이 나폴레옹 보나파르트는 공화국 대통령의 직에서 해임되었다. 법에 의해 행정권은 국민의회가 장악한다."
라고 결의했다.

그리고 공화파인 우리노 장군을 파리 주재 사령관에 임명하고 로리스튼 장군에게 시민들에 의해 편성된 국민군 지휘권을 위탁했다. 그러나 무력의 배경 없는 이러한 결정에 무슨 보람이 있을 까닭이 없다.

경찰대와 군대가 들이닥쳐 의회의 해산을 명령했다. 의장이 대통령의 행위가 불법이라고 설명하고, 방금 결정한 대통령의 파면 결의를 읽었다. 경찰은 이에 아랑곳없었다.

"불법이건 합법이건 관계없이 우리는 당신들에게 해산을 명령한다."
그래도 국회의원들은 해산에 응하려고 하지 않았다. 경찰은 해산하지 않으면 체포하겠다고 위협했다.

의원들은 자진해서 해산하는 것보다 폭력에 의한 패배를 택하고,
"전원 감옥으로 가자."
라고 외치며 병사들에게 끌려 퐁루아얄의 병영으로 갔다.

한편 루이 나폴레옹은 시민 앞에 모습을 나타내는 것이 유리하겠다고 생각하고, 문무백관을 거느려 말을 타고 콩코드 궁으로 행진했다.

그런데 일행을 보는 시민들의 표정은 무관심한 것 같았다. 아무래도 저항의 징조는 없었다. 번화가는 언제나 다름없이 흥청대고 있었다. 유력한 인물 가운데 한 사람도 자기를 지지하는 의사를 표명하지 않는 것이 마음에 걸리기도 했고 시민들의 무관심이 더욱더 그를 불안하게 했다.

엘리제 궁으로 돌아온 루이 나폴레옹은 생각에 잠겼다. 쿠데타에 가담한 오늘의 동지들과 같이 장래의 프랑스를 과연 계속 지배할 수 있을까 하는 고민이 있었다. 루이는 많은 유력인사가 자기를 지지하고 있다는 것을 국민들에게 보이기 위해 자문회의라는 것을 구상하고 자문위원들의 명단을 길다랗게 발표했다. 많은 사람들이 사전에 의논도 없이 명단에 이름을 실은 데 대해 항의했지만 그런 사실을 일반 대중이 알 까닭이 없었다.

당시 프랑스 헌법 제91조에 의하면 제68조에 해당하는 반역 행위가 발생했을 경우 최고재판소는 당장 행동을 개시해야 한다고 되어 있었다. 이 법률의 규정에 의해 아르드윈 소장 외 다섯 명의 판사와 다섯 명의 판사보가 모였다.

쿠데타가 위헌임은 두말할 나위가 없다. 최고재판소는 판결로써 국회의원들의 대통령 파면 결의가 정당하다는 것을 증명할 의무가 있었다. 그런데 그들은 사태를 그렇게 만들 수가 없었다. 딜레마에 빠진 최고재판소는 군대가 법정을 해산해주었으면 하는 저의를 갖게 되었다. 군대의 방해로 직무를 수행할 수 없었다는 변명을 할 수 있기 때문이다.

그런데 강제 해산을 당한 것은 아니니 직무를 수행하는 척은 해야만 했다. 주임 검사를 선정해 루이 나폴레옹을 고소하도록 하고 피고인의 출두를 명령하기로 플랜을 꾸몄다.

3일 최고재판소의 법정이 열렸다. 검사가 고소장을 낭독하려고 할 즈음에 경찰관이 나타나서 정중하게 말했다.

"최고재판소 소장 및 판사 각하, 나는 이 법정을 해산하라는 명령을 받고 왔습니다."

아르드윈 소장은 엄숙하게 대답했다.

"우리에겐 우리가 해야 할 의무가 있다. 우리는 직무를 수행한다. 그러니 자발적으로 해산하진 않을 것이다. 그러나 폭력엔 질 수밖에 없다."

그러자 수십 명의 병사가 법정에 난입했다. 아르드윈 소장은 그들을 정지하라고 명령해놓고, 다른 판사들을 거느리고 위엄 있게 퇴장했다.

이런 촌극도 있었지만 쿠데타에 대한 저항도 준비되어갔다. 빅토르 위고, 미셸 등은 루이 나폴레옹의 반역을 비난하는 격문을 발표했다. 특히 미셸은 거리에서 민중의 궐기를 선동하기까지 했다. 저항을 위한 단체가 몇 개나 결성되었다. 그 가운덴 임시정부라고 호칭하는 것도 있었다.

국회의원들이 선두에 선 데모도 있었다. 그들은 50명, 또는 60명씩 뭉쳐 다니며,

"총을 들어라!"

"바리케이드를 쌓아라!"

라고 외쳤다.

몇 군데의 파출소가 습격을 당하고 무기를 탈취당하기도 했다.

그런데도 노동자들은 움직이지 않았다. 그들은 방관만 하고 있을

뿐이었다. 공화파 국회의원들에 대한 반발이었다.

일부 지역에선 군경과 민중의 충돌이 있었다. 그러나 육군대신 생타르노의 교묘하고 무자비한 작전으로 일거에 저항파들을 제압했다. 기병여단을 거리로 동원해 무차별 총격을 가했다. 무기를 갖지 않은 시민들·구경꾼·통행자들까지 그 총격의 희생이 되었다. 빅토르 위고는 후일 이 광경을 『거리에서의 학살』이란 제목하에 소상하게 묘사했다.

누구보다도 쿠데타의 성공을 위해 정력을 쏟는 자는 루이의 이복동생인 모르니였다. 내무대신이 된 모르니는 쿠데타가 유리하게 진행되도록 대폭적인 인사 이동을 하는 한편, 반대파 신문들에게 추상같은 발행 정지 명령을 내렸다.

12월 5일. 전국의 지방장관에게 지령을 내려 쿠데타에 반대하는 공무원과 지방 인사들을 색출하도록 했다.

6일, 발행 전에 사전검열을 받지 않는 신문은 발행 정지한다는 지령을 내렸다.

7일, 정부는 반대파 문필가의 명단을 만들고, 사회주의 좌파 간부들을 일제히 검거했다.

8일, 비밀결사와 비공인 정치결사의 멤버들을 범죄인과 동일 취급한다는 법령이 발포되었다.

쿠데타에 대한 지방의 반응은 갖가지였다. 북부는 대체적으로 조용했는데 남부에 있어선 공화파의 저항이 강했다. 그러나 그것도 군대와 경찰의 힘으로 이윽고 진압되고 말았다. 정부는 남부 공화파의 저항을 '이런 불온한 상황이었으니 쿠데타가 필요했다'는 구실로 이용하기까지 했다.

신문의 검열이 엄중했기 때문에 민중은 그 진상을 알 길이 없었다.

드디어 12월 21일 인민투표가 있었다. 대통령의 조치와 대통령이 제안한 신헌법을 승인하는가 안 하는가를 묻는 신임투표였다. 계속 싸움만 하는 의회에 염증을 느끼고, 민중의 봉기를 겁낸 유권자들은 독재권력하의 안정을 택했다. 7백48만 대 64만으로 인민투표는 루이 나폴레옹을 지지했다.

그리고 1년 후 루이는 다시 인민투표를 통해 황제가 되었다. 이른바 나폴레옹 3세다.

나의 긴 얘기가 끝나자 성유정 씨가 물었다.

"자넨 나폴레옹 3세의 쿠데타가 실패했다는 얘기를 하고 있는 건가, 성공했다는 얘기를 하고 있는 건가."

"그렇게 시작된 나폴레옹 3세의 제정도 이윽고 붕괴하고 말았으니 실패했다는 얘기로 되는 거죠. 내가 말하고자 하는 것은 역사가들 모두가 성공한 쿠데타라고 하는 나폴레옹 3세의 쿠데타도 실패한 것이니 쿠데타란 궁극적으론 성공할 수 없다는 사실입니다. 나폴레옹 3세는 국민들의 정치적 자유를 희생시키고 경제적인 안정과 번영을 주었다고 하지만 그는 말기에 가서 결국 정치를 혼란에 몰아넣어 프랑스를 빈사의 병자로 만든 장본인이니까요."

"그건 그렇고 어떻게 나폴레옹 3세의 행적에 대해서 날짜까지 기억하고 있을 정도로 소상하지?"

"책을 한 권 완전히 외워버린 겁니다. 그러니까 이 이상 소상하게 얘기할 수가 있지요. 이제 말한 것은 내가 알고 있는 것 가운데 10분의 1가량입니다. 학생들이 쿠데타에 관해 소상한 걸 알고 싶어하고 있거든요. 그런데 이 책 저 책 읽다가 보니 나폴레옹 3세의 이야기가 쿠데타를 설명하는 데 가장 적당하다는 생각이 들데요. 쿠데타가 정권을 장악하고 있는 편에서 감행되기도 한다는 실례이기도 하고 그때 그들이 쓴 수법을 에피고넨들이 그냥 그대로 답습하고 있거든요. 말하자면 나폴레옹 3세의 쿠데타가 그 후에 배출된 쿠데타 지망생들에겐 교과서처럼 되어 있는 겁니다. 국회에서 대통령을 선출하게 되어 있는 것을 국회의원들의 저항을 물리치고 직선제로 바꿀 때 이승만이 쓴 책략을 보십시오. 아무래도 이승만이 나폴레옹 3세를 배운 것 같애요. 반대파에 속하는 지식인을 체포하는 수법 같은 것, 경찰의 이용법 같은 것, 나폴레옹 3세의 제자들이 아직도 세계에 우글거리고 있지 않습니까."

"학생들에게 쿠데타가 무엇인지를 가르치려면 나폴레옹 3세를 들먹이는 게 가장 효과적이겠군."

성유정 씨는 비로소 내 의견에 동조하는 말을 했다.

나는 신이 나서, 영국 크롬웰의 예부터 시작해서 볼셰비키의 쿠데타, 히틀러의 쿠데타, 무솔리니의 쿠데타, 스페인에 있어서의 프리모 데 리베라의 쿠데타, 오스트리아의 돌프스의 쿠데타, 아르헨티나·브라질·파라과이·베네수엘라 등 라틴아메리카에서 속출한 쿠데타, 이라크 카셈의 쿠데타 등을 설명하곤

"보십시오. 쿠데타로써 잘된 나라는 한 군데도 없지 않습니까. 요컨대 쿠데타는 실패하게 마련인 망동이란 결론입니다."

"그래도 쿠데타는 현재도 발생하고 앞으로도 발생할 것이니 어떻게 하나."

"역사에서 교훈을 배울 줄 모르는 우매한 인간들의 탓이죠."

"그 우매한 인간들의 지배를 일시적으로나마 받고 살아야 하니 답답

하다.”

“그러니까 허무주의자가 될 수밖에 없다, 이겁니까?”

“그 정도로 집어치우자.”

라며 성유정 씨는 고개를 저었다.

“쿠데타에 관해서 또 할 얘기가 있는데요.”

“그건 학생들 상대로나 하게. 난 골치가 아프다.”

라며 성유정 씨는 술잔을 들었다.

한동안 말없이 술을 마시고 있다가 성유정 씨는 자기가 이제 막 그만 두자는 쿠데타 얘기를 다시 꺼냈다.

“쿠데타에 대한 연구를 하려면 쿠데타의 경과보다도 쿠데타를 일으 킨 인간의 의식 구조를 조사해봐야 할 게 아닌가.”

“그런 것에 관한 문헌은 비교적 많이 있습니다. 그런 문헌 가운데의 하나에, 이미 권력을 잡고 있는 편의 쿠데타를 제외하고 쿠데타를 획책 하는 사람 가운데 대부분은 자존심이 강한데도 열등의식을 갖지 않을 수 없는 신체적 조건이나 환경 속에서 자란 사람들이라고 되어 있더군 요. 헌데 독재자는 대개 키가 작답니다.”

그러고부턴 씨알머리 없는 말들이 오갔다. 여자들을 들어오라고 하 곤 노래도 시켰다.

통행금지가 가까워서야 술집에서 나왔는데 헤어질 지점에서 성유정 씨는,

“오늘밤 좋은 이야기 들었다. 쿠데타는 반드시 실패하고 만다는 것, 얼마나 좋은 얘긴가.”

라며 내게 손을 내밀었다.

하늘엔 초승달이 있었다. 초승달은 차가운 빛이었다.

그해 5월 1

지은이 이병주
펴낸이 김언호

펴낸곳 (주)도서출판 한길사
등록 1976년 12월 24일 제74호
주소 10881 경기도 파주시 광인사길 37
홈페이지 www.hangilsa.co.kr
전자우편 hangilsa@hangilsa.co.kr
전화 031-955-2000~3 팩스 031-955-2005

부사장 박관순 총괄이사 김서영 관리이사 곽명호
영업이사 이경호 경영이사 김관영 편집주간 백은숙
편집 박희진 노유연 김지수 최현경 강성욱 이한민 김영길
관리 이주환 문주상 이희문 원선아 이진아 마케팅 정아린
디자인 창포 031-955-2097
인쇄 예림 제본 예림바인딩

제1판 제1쇄 2006년 4월 20일
제1판 제2쇄 2022년 2월 18일

값 14,500원
ISBN 978-89-356-5938-8 04810
ISBN 978-89-356-5921-0 (전30권)